U0588733

悠悠乡愁

黄三丛 著.

YOUYOU
XIANGCHOU

中国出版集团

现代出版社

图书在版编目（CIP）数据

悠悠乡愁/黄三丛著. --北京：现代出版社，2016.7
ISBN 978-7-5143-5081-4

Ⅰ. ①悠… Ⅱ. ①黄… Ⅲ. ①散文集－中国－当代
Ⅳ. ①I267

中国版本图书馆CIP数据核字（2016）第130035号

悠悠乡愁

作　　者	黄三丛	
责任编辑	李　鹏　陈世忠	
出版发行	现代出版社	
地　　址	北京市安定门外安华里504号	
邮政编码	100011	
电　　话	010-64267325　010-64245264（兼传真）	
网　　址	www.1980xd.com	
电子邮箱	xiandai@vip.sina.com	
印　　刷	北京一鑫印务有限责任公司	
开　　本	787×1092　1/16	
印　　张	17	
版　　次	2016年7月第1版　2022年7月第2次印刷	
书　　号	ISBN 978-7-5143-5081-4	
定　　价	49.80元	

版权所有，翻印必究；未经许可，不得转载

让阅读奏响生命和弦

（代序）

早在二十世纪六七十年代，我从学校回到家乡务农，接受着繁重体力劳动的洗礼，然而喜欢读书的积习难改，工余饭后的树荫下，晚上昏暗的煤油灯下，总有我捧读的身影。可是那些时段太短，零碎分散，满足不了胃口，于是最盼望老天开恩下雨。一下雨，大部分农活不能做，不用出集体工，我就可以躲进小楼成一统，对那些借来的书饱览一气。

我和共和国同龄，有幸生长在红旗下。然而命运带给我的却是一连串的遗憾，正当长身体和启蒙读书，就遇上了三年自然灾害，肚子吃不饱，书也没读好，修公路、挖铁矿，或是隔日制半耕半读，把成长的黄金时期耽搁在胡乱的折腾中。

稍微能静下来读一读书的是初中三年，正值国家调整巩固提高时期。我所就读的学校新上任一位懂教育的校长，也配备了一批精兵强将老师，那虽是一所农村中学，却氤氲着一股浓郁的尊师重教笃学的氛围。教我们语文的是一位中年老师，饱读诗书，学问渊博。听他上课简直是一顿顿精神大餐的享受。他一站上讲台，精神抖擞，嗓音清越洪亮，字正腔圆，叫人悦耳赏心。尤其让我们折服的是每当上新课，他一律把课文声情并茂、滚瓜烂熟地背诵一遍，无论多长篇幅的文学作品还是政论文。欣赏着老师琅琅的背书声，聆听着老师深入浅出的讲析、庄谐并重的授业解惑，我们蒙昧的心智被开化，知识在拓展，视野在开阔，灵魂在升华，老师的丰碑也永远留在了我们的心田！

老师的言传身教，使我越发喜欢读书了。我的"胃口"颇佳，除了学习课堂知识，涉猎甚广，尤其喜欢读文学作品，只要能够借得到的书，都会读得爱不释手。那一篇篇美文佳作，充满了少年时代的书香记忆；尽管难免有不求甚解之虞，仍然解饥解渴，受益匪浅。积极上进，勤奋好学，使我成了一名品学兼优的学生，特别是写作能力提高很快，学校每次举行作文竞赛，我都能获奖。那一张张普通的奖状，一份份简单的奖品，还诱发了我的作家梦。

可惜好景不长，我的高中才读了一个学期，由于众所周知的原因，学校难以安放下一张课桌，不久就被发落回乡接受贫下中农的再教育。在那凄风苦雨般的岁月里，读书几乎是犯忌的，稍有不慎就会扣上"迷恋封资修"的帽子，穿上"走白专道路"的小鞋。有一次饭后出工的空隙，我放松警惕坐在家门口捧着一本用红书壳伪装的《聊斋志异》在读，被一个革命派人物发觉当场拿获，把书撕得粉碎扔进垃圾坑，还非常严肃地"再教育"了我一气。然而凝聚着人类文明结晶的那些典籍的诱惑力太大，就像人天天要吃饭才能维持生命一样，读书也成了滋润我生命不可或缺的需求。当年，无论横扫"四旧"的暴风骤雨多么强劲，都洗涤不了烙印在我头脑中要读书的意识，一如既往地迷恋着书籍，稍有风平浪静，我就千方百计找书来读，从《楚辞》《史记》到《三国》《水浒》《红楼梦》，从鲁迅、周立波到莎士比亚、托尔斯泰、高尔基，都是我涉猎的对象。我原本是一个蒙昧无知的山村顽童，由于经常沐浴在润物细无声的书的雨露中，也逐渐融入了现代文明群体。

回乡不久，我就被推荐当了一名民办教师。我把做老师当成师生共同读书、励志、圆梦的契机，我效法我的初中语文老师，对所教的课文全部示范背诵。学生们受到感染，纷纷投入读百篇、背百篇的读书活动中。我们班的读书热潮在全校引起连锁反应，一时间，所有的课堂上，课后的操场边、树荫下，到处有师生们的琅琅读书声；讲台上，学校礼堂的舞台上，经常有老师和学生们同台背诵竞赛的队列。恢复高考以后，我们几个"老三届"资历的老师和学生激战在同一条起跑线上，奋力拼搏。功夫不负有心人，在1977年、1978年两届高考中，包括我在内的六名老师和几名学生先后上了高校或中专录取分数线。

然而又不免遗憾，我高中阶段荒废了学业，除了语文有点基础，其余科目都缺乏系统训练，成绩不理想，虽然上了录取线，可因分数不高而落选。不过，我没有因高考落选而丧志，反而激发了我急起直追的信心。我找准自己的短板，认真读书，矢志提高学识素养，专攻文学。我借助《古代汉语》等工具书自学，潜心研读了一系列古典文学名篇，包括中学和各级各类高等院校中国文学作品教材中的古代散文，以及《古文观止》《古文辞类纂》等著名文选本，都在其列。读书时尤其注重其间名句，一篇之中，摘得几句，含英咀华，吮甘吸饴，精妙之处，往往颇有余音绕梁、三月不知肉味之情状。我一边读书，一边写读书札记，积累了1000余张约30万字的读书卡片。后来遴选出部分篇什，编成《玩赏珍珠》一书，由珠海出版社出版。

随着读书的扎实深入，我的业余文学写作也有点起色，20世纪80年代初就开始在各级各类报刊上发表一些习作，包括小说、散文、戏曲、报告文学等。其中纪实小说《血祭野人山——一个中国远征军老兵的自述》一书由花城出版社出版发行，当年颇为畅销。我的不懈努力得到了大家的认可，我和同样有着作家梦的家兄以及一位族侄，被一个不小的文学圈内外的人们称为"武冈三黄"。

我只是个资质平平的普通人，按学历只能算一个初中生，没有天才、名家们过目成诵"日试万言倚马可待"的天分，因而书读得不活，文章也写得不精，更没有创造出轰轰烈烈的业绩。可是我已经很知足了，回首昨天，因为"承袭"了老师们饱读诗书的"基因"，让阅读伴奏出不太雄浑却也不太平庸的生命交响曲的和弦，并愿意让这壮美高亢的和声陪伴终身。

（原载《邵阳晚报》）

目 录
CONTENTS

○ 心路寻踪　　　　　　　　　　　　　　XIN LU XUN ZONG

○ 故园采风　　　　　　　　　　　　GU YUAN CAI FENG

○ 巫乡撷奇　　　　　　　　　WU XIANG XIE QI

附录

心路寻踪

XIN LU XUN ZONG

蛙　　韵

朦朦胧胧的，我徜徉在一片音乐声里。这音乐铺天盖地，时而和谐舒缓，行板如歌，时而奋发激昂，潮起潮涌……这是久违的悦耳之音啊，源自何方？惊异间，随即完全清醒过来，原来我是睡在乡下旧居二楼的床上，振荡耳鼓的原来是居所前面满田满垅的蛙鸣！时值春分，又临近春社，天气温和，春意氤氲，正是从冬眠蛰居中复苏过来的蛙族们呼朋引类、繁殖交配的狂欢时节。我们乡下有"蟆蝈嘈社"一说，就是指春社前后这种热热闹闹的情景。

正由于厌倦城市的喧嚣，我才逃避似的回到乡下，以温习安谧宁静的旧梦，眼下，蛙类朋友善解人意地为我演奏出如此波澜壮阔的天籁，我真是感动不已。睡意已烟消云散，于是披衣下床，拿起手电，步出门外，要去田畴间零距离领略一番那众多乐手演奏的交响乐……

上弦月已挪到西山顶上，乌蓝的天穹上星辰闪烁，在月光星光的辉映下，田畴间纵横的阡陌依稀可辨。我在一块泱满水的田边伫立，一一地分辨着乐手们演奏出的音乐。"咣，咣——"我知道，那是老蛤蟆的大堂鼓，雄浑有力，似把空气也振荡得微微发颤；"咕噜咕噜——"，那应是一种青皮蛙吹奏的唢呐，节奏何其欢快；"哆哆哆哆——"不用说，那是"背心蟆蝈"演唱的生活进行曲，昂扬而激越；"哇哇哇哇——"嘿，那可能是虎皮斑蛙在演唱咏叹调，旋律简洁，情感丰富。

我蹑脚徐行，这里那边，近旁远处，有丝弦独奏，有管弦合奏；大合唱，群情激越，小演唱，轻歌曼舞。款款朗朗，鼓乐喧天抒胸臆；嘈嘈切切，大珠小珠落玉盘……只觉得整个田野就是一个大乐池，演奏的是一首规模恢宏的协奏曲，自有谁在统一指挥。有时候，乐谱中也出现休止符，音韵斩钉截铁般戛然而止，全场一片沉寂。而当休止时值一到，顿时又金鼓齐鸣乐翻天。循环往复，乐此不疲。

我惊叹于蛙类卓越的音乐天赋，按亮手电，好奇地轻轻走近水边，想一睹艺术家们演唱时的风采。光圈中，一只拇指大小的青皮蛙盘腿蹲坐在草茎旁，只见它先吸一口气，就把肚子鼓起来，然后肚子缩小，喉部下面鼓突起一个薄膜般白腻的大气囊，就发出音来。——那是一种共鸣音，是怎样产生共鸣的，那应是大自然的秘密，我可不知道。我突然心血来潮，想向青蛙学习唱歌，搞人蛙合唱，就吸气鼓腮，如此这般，却发不出音来，最后只好抵着舌尖，勉强发出"吱吱哕哕"的叫声。可一听到我的叫声，周围不小范围的蛙们立即警惕起来，息声罢唱。手电光圈中，一只青皮蛙跳进水中，藏匿起来。我为搅扰了它们的演唱而愧疚，立即屏气静声。过了一阵，它们才解除警报，重新活跃起来。

鸟叫山更幽，蛙鸣夜犹静。这份幽静，这份安谧，怎不叫人心旷神怡，又怎不叫人浮想联翩？

（原载《邵阳晚报》）

小巷口哨声

我走在古城的一条小巷里。我知道，这条小巷先前还算繁华热闹的，可惜而今已经萧条零落了。但走着走着，我就体味出一种特殊的味道来了。较之另一些大街的熙来攘往，心急火燎，这里是何等悠闲宁静，舒缓从容。是的呢，这里行人稀少，且都如我一样闲散——本巷人也许历来如此，"外来"的呢，也许一进这巷子，那忙碌、浮躁的尘埃就被洗却了。

我一边散漫地走一边饶有兴味地观光。你看，当街的铺面大多还保留着古朴典雅的风格，尚能觅出古城的踪迹。商店、药铺，则还沿袭着旧制，设有柜台、保廊，中规中矩。"正宗祖传"卤菜作坊飘散出诱人胃口的陈年醇香。裁缝店里，"嘀嘀嗒嗒"的脚踏机声，舒缓悦耳，仿佛在朗诵着一首古典清丽的小诗；老字号铁匠铺里，传出叮叮咚咚的铁锤声，好似节奏明朗的快板书；杂货店门口摊子上的盆里砵里，有其他地方很难找到的明帆、烧碱、灯草和中草药酒曲苯药等货物……这里的店铺除了正式的招牌，看不到"大放血、跳楼价"等血腥恐怖的广告，也没有"勃尔特""一粒挺"之类糜烂色情的招贴，店家们一概如太公钓鱼心气平和等待顾客光顾。我在柜台前伫一伫，店老板也老朋友似的向我点点头，却又没有向我作"××已到，欲购从速"的广告。

正当我徜徉在幽雅、和谐的氛围中，耳后忽然传来口哨声，清亮，婉转，悠扬，柔和，舒徐，如行云流水，似空谷足音。吹奏者的技法简直炉火纯青。我听出这是久违的祁剧南路行板，音正调圆，声声玑珠，有京胡的清脆细腻，有洞箫的圆润柔美。那音律，抒发的是绵绵心意、悠悠情怀；那神韵，浓缩了岁月沧桑，叫人无端地生出淡淡的思古之幽情来。这深巷，因了这一路口哨，更加素雅古典。我真正陶醉了。陶醉之余，我驻足循声，只见一个男子的身影飘忽般隐入一条更窄的小巷，只是仍有余音袅来……

我想跟进深巷，求他再原原本本吹奏一曲，让我用手机把音录下来，然后慢慢欣赏。转而我又打消了这一念头，如此高雅的音乐只有在如此清幽的环境中才能活色生香，尽善尽美；美妙的事物只有在不经意间发现、领略，才能如甘如饴，刻骨铭心；一旦有了勉强炒作之嫌，就会失去本真，味同嚼蜡了。

（原载《邵阳日报》）

放 篆 子

先前，我们乡下有一种诱捕泥鳅的手段，就是用一种细竹篾编织的特制渔具坐收渔利。这玩意儿一尺多长，身子呈圆筒型，直径两三寸即一围大小，尾部收束一把后又交叉张开，看上去像草鱼的形状。它的核心技术在头颈处，编到顶端时，把做经筋的篾片向内倒折，再用纬筋编成敞口漏斗状；漏斗咽喉刚好能钻进一条泥鳅，而咽喉以下寸把长的经篾形成一圈几乎交叉的逆须，泥鳅溜进去就出不来了。它的鱼状尾部的经篾是交错的，为防止泥鳅出来，用线扎着。每个成品还配有一根两尺来长的小竹竿。这种渔具我们家乡喊作篆子，用它去诱捕泥鳅叫放篆子。一般配备十来个这样的篆子，每次就可以有一份不菲的收获。以前，隆回县城桃花坪的篆子做工精良，结实耐用，据说还特别"吃腥"（诱得鱼到）。我们家乡的人，包括我父亲，都喜欢买桃花坪的篆子。

那么怎样用篆子捕泥鳅呢？小时候，我曾经协助父亲放篆子，领略过其中的渔趣。

每逢阳春三月天气暖和的时节，无论晴雨的傍晚和早晨，都是我们播种希望和收获喜悦的时候。下午收了工，父亲首先用锄头到屋前屋后湿润肥沃的土沟间盘一竹筒蚯蚓，我即爬上椿木树摘一把绛红色的嫩椿芽。接着，父亲从灶膛里盛一铲热柴草灰，连同蚯蚓和香椿芽一起放进一个凼子里，用柴刀背不停地捣，直到捣成半干半湿的泥尘，做成香饵。然后，我们提着一串篆子和盛有香饵的竹筒，向田野走去。这时的田垄，或已经翻耕、平整过，被水浸泡着，或已经插上禾苗，正是泥鳅们开始繁殖的季节，一根根体态健壮，肉质丰美。父亲总是选择泥鳅经常出没的田坎边、水圳旁或水塘岸畔，用手盘开一个较深的泥坑，挖一捧黏性好的泥巴捏成饭碗形状，再抓一撮香饵放到碗里，然后铺在篆子的头颈处，夯实，抚抹平滑，于是把篆子横卧在泥坑里，再覆一些泥巴在篆子身上压稳当，只留住漏斗口让泥鳅进去。父亲说，泥鳅们的嗅觉特别灵敏，隔很远的地方都能闻到腥香味，这篆子外面裹封着的香饵，就是引诱它们进婆婆的。最后，父亲在篆子旁边插上小竹竿，作为号记，便于明天早晨来取篆子时辨认。就这样把篆子一个个放置好以后，我们就踏着夜色回家。我一路想象着，那些泥鳅们闻到香味后，迫不及待地游到篆子旁边，东顾西盼，最后饥不择食地径往香味最浓郁的漏斗口钻，进去以后，却只闻其香，不见其饵，明知上了当，却又出不来，只好欲火中烧吹胡子瞪眼摇头摆尾干着急……不由为泥鳅们的贪婪而滑稽的嘴脸忍不住笑起来。

第二天清早，我也起个大早，跟着父亲去起篆子。这可是个"心花怒放"的时候，当父亲循着竹竿号记，把篆子从泥坑里起出来，扒掉封着的泥巴，顺便在水中冲刷泥浆，刚出水面，只听得篆婆里面噼里啪啦闹腾开了，从疏而不漏的篾缝里可见一条条壮乎乎、黑黢黢的泥鳅或黄鳝惊慌失措地蹦跶着，继而跳累了就绞成一团，做无可奈何状。我从父亲手里接过篆子，每个里面七八条、十来条不等，提在手里，沉甸甸的。都说捉鱼比吃鱼有兴味，我提着篆子满载而归更开心呢！回到家里，我在木盆里放点水，和父亲一起把一个个篆子尾巴上的线绳解开，掰开交叉的篾片，让泥鳅、黄鳝们顺着开口溜出来，掉到盆子里。盆子里少不了又演绎出一轮更莽撞的闹剧，鱼们不时跳跃翻滚、飞梭般游窜，溅起一串串水花，有些脾气暴躁的大黄鳝甚至蹿出盆子。我眼疾手快捏住它们的腮帮子扔进盆子，得意地教训道：谁叫你们贪心太重，还是老老实实做我们的下酒、送饭的美味吧！父亲却把一些只有筷子头大小的仔泥鳅选出来，要我放回屋前的池塘里……我问父亲："下一次到那池塘里去放篓子，这些泥鳅还会进篓子吗？"父亲说："谁知道？有些肯定还会进的。"

（原载《邵阳日报》）

桃 花 坪

　　我的老家在武冈东北边隅的一个小山村，与隆回、洞口两县接壤。先前交通不便，我们那里的人很少去一百二十里城路的武冈，与外界接触、交流主要有两个窗口，一个是离家十五里地的洞口黄桥镇，一个是三十里之外的隆回县城桃花坪，把去这两个地方办事约定俗成称之为上街。至于要问上的哪个街，只要从回答的口吻就能判断得出，若是声音洪亮，语调上扬，颇有点掩饰不住得意与自豪的，就知道是去了或要去桃花坪。因为桃花坪是个相当热闹的大地方，人口众多，物产丰富，无论什么，别的地方买不到的去那里买得到，卖不脱的卖得脱，对于深居山角草弄的村民来说，没有一定的经济实力或弥足重要的事情，是去不了的。

　　20世纪50年代末初秋的一天，父亲要给母亲买棉纱用来织布，带我去了一趟桃花坪，见了大世面。

　　头一回出远门，我倍感新奇，精气神十足，跟在父亲后面连颠带跑，不经意间就到了新街这边的河岸上，放眼一望，顿时大开眼界：资江自西向东浩浩荡荡奔流不息，江水清澈碧绿，河面上白帆点点，时而有小竹筏箭一样在碧波间飞蹿；河对岸，覆覆压压一大片房屋，瓦面有红的，有黑的，栉比鳞次，间或有一两只高大的圆柱耸立在半空。我不由惊讶地叫道：那院子好大哟，还竖着那么高的柱子！父亲噗嗤一笑，说那就是桃花坪街上，高大的柱子是工厂的烟囱。我于是长了见识，街上原来也是由很多房子凑成的，只是多了烟囱。

要去对河的老街须坐渡船。坐在船舷上，才觉得脚有点酸痛，脚踝微微肿胀，可是体味着船行时那种摇晃飘忽的新鲜感，舒展着平视下浩渺、荡漾水面的壮阔视野，倦意全消。对岸的码头边停靠着很多乌篷船，桅杆林立，有的后舱上升起炊烟，船上的女人正弯腰从河里舀水淘米、洗菜，还有小孩子在上面咿咿呀呀唱着歌儿。看着他们似乎颇悠闲自在的生活，想象着他们驾船经宝庆下益阳汉口闯荡世界的浪漫劲，我羡慕不已。我的视线往上移，却见码头上一溜青石板铺就的台阶仰斜而上，石级上行人上上下下，忙而不乱；顶上，矗立着一个高大人字形亭子，迎面山墙垛粉壁正中赫然一个红五角星，下面写着"桃洪镇"三个红漆大字，显得巍峨壮观。我从憧憬航船的浪漫移情眼前的现实，急于要去领略街的风韵。

我们扶着护栏拾级而上，爬上亭子，只见两侧竖着几块功德碑，横眉上镌着"千秋壮观""流芳百世"之类的大字，下面竖刻着为修建渡船码头捐款的先民们的名字。石碑旁摆着小摊子，还有卖凉粉的。我正口渴，巴望着父亲。他善解人意，花两分钱给我喊了一碗，自己却不吃。喝着甜甜的酸酸的凉粉，浑身觉得润滑舒爽，也许是第一印象效应使然，至今想起犹口中生津，回味无穷。

凉亭连着老街，离开亭子，上个小坡，拐个右弯，我终于发现与乡下迥然有别的景观，原来这叫街的房子整齐划一地排列在道路两旁，由南往北逶迤伸展；还有就是所有的房子临街开门，形成铺面做生意；最奇特的是很多铺子的山墙除了高出屋顶呈一字形或二字形做隔火墙以外，还伸出廊檐边，使毗连的铺面之间互相隔开，各成小格局；那伸出的墙面都粉刷一白，上面写有徽记，我记得的有"永兴祥""和顺轩"或"康泰居"之类的雅称，绝不像现如今的招牌标榜得霸气十足，铜臭味刺鼻，色素妖艳不堪入目。有了街的直观印象，我忽然领悟到"街"字兼有会意和象形的特征。

街道宽敞、干净，店铺林林总总，各种货物琳琅满目。街上行人熙熙攘攘，或公平交易，或聚会交友，都和颜悦色，谦恭礼让，一派祥和的气氛。父亲带我走进一家棉纱经纪房，老板特别和气，热情地与父亲寒暄，敬烟筛茶。老板娘也不嫌弃我这乡里伢子土头土脑，爱昵地捏着我的脸蛋，问我几岁了，读书么，还给我糖粒子吃。

背着刚买的棉纱，父亲带我去看车子。走出北街口，就到了马路上。路那边就是现在县政府前面的广场一带，当时还是一片稻田。我站在路边，忽然看到左前方轰轰隆隆滚动着一具庞然大物，颇有排山倒海之势仿佛迎面向我扑来。我惊叫一声，急忙跃过水沟，呆立了一阵心里还在咚咚直跳。父亲怪我胆子太小，汽车在路中间走，用不着躲避的。我这才知道那就是汽车。

从街上回来，虽然走得身斜脚跛，四肢乏力，可是当邻居老叔问我们到哪里时，我立即来了精神，抢先回答："到街上！"语调上扬，一脸得意。老叔笑眯着眼，问我道："你是头一回上街吧，那么你拜了街么？"

"什么，拜街？"我愣住了。

他一本正经："是啊，细伢子头一回上街，可是要拜的呢。不信，问你爹。"

我望着父亲。他也幽幽地说："谁叫你只管吃凉粉，忘了拜？"

事后我问母亲到底怎么回事，她告诉我，那是大人逗细伢子玩的话。然而我却觉得那街确实值得礼拜，是它让初出茅庐的我们接触到外面精彩的世界，开阔了眼界，诱发着我们奋发向上，日后去争取人生出彩的机会。

后来几十年中，我走遍大江南北很多城市的大街，可是情有独钟的还是这条老街，每次去桃花坪，总要怀着感恩的心情，去老街逛一逛，捡拾曾经的梦的碎片，感受一番人与老街与时俱进的脚步声。不久前，我们几个在外工作、发展的乡邻，牵头捐资并争取财政奖补，修建了一条连接隆回境内的公路，老家的人上街更方便快捷了。

日前，我又去上了一趟街，特意从北往南观光了一番老街，如今这里已改建成一条繁华的仿古商业街，街道扩宽了，铺设着水泥砖地板，店铺一律砖木混凝土结构，大部分保留着先前的格局，古朴典雅又不失时尚气派；不过山墙只有二楼以上伸出廊檐呈吊脚状，走在铺面壁脚廊道间畅行无阻。徜徉其中，一股异样的情怀荡漾着：故人鬓发斑白，垂垂老矣；老街却返老还童，青春靓丽……

出了街口，横过防洪大堤上的沿河大道，来到老码头边。码头早已废弃，先后被汽船轮渡和长虹卧波似的资江大桥替代；亭子也荡然无存，遗址上建了公厕，那些碑记残破地躺在厕所当头的一片逼仄的空地上。只有石阶悬崖边那棵香樟舒枝展叶，见证着沧海桑田。

凭吊着故地，我没有如前朝遗老遗少般的贵恙，矫情地做睹物思情伤感状，反而心里一片释然；展望着焕然灿烂的老街以及较先前扩容了好几倍、初具现代化规模的县城，尤其慰怀。老街啊，当年你以"大世面"的姿态引诱着我们去构建人生出彩的梦，不就是期盼着千千万万的我们去革故鼎新、创造辉煌吗？碑记上镌有芳名的先人啊，你们梦寐以求的不正是国泰民安、物阜民丰吗？如今，残碑侧畔万象新，你们英灵有知，定然会和我们一样欢欣鼓舞的吧！

（原载《邵阳日报》）

悠悠乡愁

老家是个山清水秀的地方，村前一片阡陌纵横的稻田，一条绿绸飘带般的小河绕垅而过，村后就是勾起我悠悠乡愁的后龙山。

后龙山是凤凰岭的余脉，从整体效果看，一只金凤引颈探头在河边饮水，村前的石拱桥是金凤的啄，村子是她的脸面，这山坡就是她的额头眉宇了。先人在这块得天独厚的"风水宝地"上，遍植竹木，北侧楠竹竿竿，翠绿茂密，山风习习，竹影摇曳，波翻浪涌；南边的主角是几棵稠树，每一棵都高大挺拔，几人合抱才能围住，枝繁叶茂，遮蔽着一亩见方的天地。那竹子，那稠木，一年四季氤氲着绿意紫气，与山坡下栉比鳞次的青瓦木楼相映成趣，俨然那高贵而青春靓丽的金凤头脸，格外滋润养眼。这景观正契合着先人永续"龙脉"的雅意。为了保护龙脉不受污秽和践踏，先人特地向相邻的钟姓院宅买了一条绕向后山的路径，用于殡葬和放牧。

其实，即使撇开"风水""龙脉"的迷信色彩，先人的这一善举，也是值得称道的。那昂扬的绿的旋律，是龙的传人永葆青春理想信念的寄托，是华夏子孙凝聚正能量勃发向上的意愿，是先人薪火相传世代繁荣昌盛的憧憬！

这片大人们守护着的神圣净土，也是我们孩提时代的乐园。我和小伙伴们是那幅风水画中的活跃元素，经常出没其间，除了尽情嬉戏玩耍收获快乐，还从快乐中陶冶情操。

竹园是我们的最爱，风和日丽或熏风送爽的日子，我们流连其中，藏猫猫，比攀爬。小伙伴们一个个猴精似的，嗖的一声，就手脚并用溜上竹梢，趁着竹子晃荡的瞬间，顺势就攀到另一竿竹上，浓绿中不时传出欢笑声。暮春时节，竹笋长高了，脱下衣服似的笋壳，裸露出结节分明的主竿和枝梢，新绿青嫩，活力四射。我们怕伤着新竹，不再顽皮，却认真地拣一些长条宽幅的笋壳，展平了，学大人的样，编织缝合成叶筲箕，给自己或送邻居家盛载东西。看着大人们托着出自我们手里的"工艺品"去播种或满载果实而归，别提多惬意了。笋壳还可以编成展翅的岩鹰，用绳子系在竹梢上，由一个戴破旧斗笠的稻草人握着，负责在刚播种的秧田或者将要黄熟的麦田中吓唬麻雀和鸡娃。看着那些馋嘴的麻雀不敢落脚、鸡娃们望而却步的滑稽相，我们笑得特别开心。

椆树是常绿乔木，材质坚韧而有弹性，用途广泛，木匠的刨子、制作秤杆和算盘都少不了。那些伟岸的大树脚下，也有我们难忘的童年记忆。那椭长的叶片脉络分明，从尖梢处沿叶柄一撕，马上就变幻出一把锯子来，锯齿玲珑细巧，让人把玩起来爱不释手。秋末冬初，是椆籽成熟的季节。那果实花生粒大小长短，板栗色的硬壳，光洁圆润，头部顶着残存的萼壳，整颗椆籽就像戴瓜皮帽的胖娃头脸，敦实可爱。它的果肉富含淀粉，放在火堆里炮烙熟了，吃起来香醇糯软；还可以磨成浆，煮熟掺点石灰水冷却后凝成椆籽豆腐，是一道珍品菜肴。这些椆仔在夜里秋风过后，就簌簌地从枝叶间落下来。清早，天刚麻麻亮，小伙伴们就不约而同地爬上后龙山捡椆籽。说是捡，其实是摸，树叶、草丛间，摊开手掌，触摸到滑溜而圆鼓囊囊的颗粒，准是椆籽无疑了，窃喜间就揣进锁口小布袋里。不多一会儿，袋子里就悉索作响，收获颇丰了。晨曦中，一张张兴奋的脸蛋埋进臂弯里，无暇嬉笑打闹。

我们凯旋后，大人们嫌一个人捡的分量太少、单独操作费工夫，于是把相邻几家捡的聚合起来，协同磨桐籽豆腐，一下子就大功告成。分享着自己的劳动果实，格外有味道；邻居大婶家没人去捡，母亲就打发我给送去一块尝鲜。听到感谢和夸奖，心里美滋滋的。

后龙山以青春焕发的胸襟诱发着我们爱劳动的热情，激励着我们互相协作与关爱他人的纯情，从这个意义上说，她也不愧是一块释放正能量的风水宝地！

然而，令人扼腕的是，一场大炼钢铁的旋风，把那些桐树一起卷进高炉；又一阵阵狂风，荒坡上先后竖起了集体的牛栏、仓库和私人的红砖瓦房。再后来的风又把牛栏、仓库刮得只剩断墙残垣，后龙山满目疮痍，面目全非！除了北侧那片竹林还残存着一角，南边的树木终因失于栽培，光秃秃的而了无生机，导致引颈的金凤焦头烂额，昔日的风水宝地风光不再。

前不久我回了一趟老家，看着颓废的后龙山，心里隐隐作痛。我建议人们植树造林，重振后龙山当年雄风，无论从重塑风水宝地接续龙脉的抽象意义，还是从优化环境提升宜居指数的层面，都很有必要呢。然而村民们都忙着打造各自小家庭的风景款式，对于我的提议不以为然，也无暇做为。

叹惋之余，我只好将后龙山昔日的风采植进胸怀，让她荫庇着我的一方心田。

（原载《武冈报》）

从爬格子到敲键盘

"旧时王谢堂前燕，飞入寻常百姓家。"这也许是眼下许多普通人生活的写照。进入新世纪以来，本人也适应时代潮流，从业余爬格子转轨到业余敲键盘，成为电脑"发烧友"大家族的一员。

本人粗通文墨，略知书算，教书之余，多流连于故纸、新书堆中。幸亏尚有点悟性，读了一些书，就生出非分之想，模仿人家爬起格子来，文学的，艺术的，学术的，都有所尝试。且一发不可收拾，一爬就是三分之一个多世纪。可惜不是科班出身，底气不足，功力匮乏，且蜗居山乡，孤陋寡闻，爬得鲜有长进，功难成，名未就，转换成铅字的加在一起，只相当于人家一部长篇的字数多。好在本人见识少，心气不高，淡于功名利禄，"醉翁之意不在酒，在乎山水之间也"。每读书、爬格子，徜徉于古今中外风光山色和人文环境之中，寄情于纷繁驳杂的炎凉世态之外，陶醉于自己创设的喜怒哀乐情趣之内，自是一种"其喜也融融"的美妙意境。其实也并不是仅有只管耕耘、不问收获的洒脱，"堤外"收益也不薄，自此有了些人气指数，人们究竟也有点刮目相看的意思。

这甜头激起了本人的奔头，除了乐此不疲地广种薄收之外，还老夫聊发少年狂，移情别恋，泡上了电脑，敲起了键盘。我敲上键盘同样具有本人特色，英语是睁眼瞎，也没有经过科班训练。几年前，和一位老师兼朋友联袂写些东西，先由我爬格子出初稿，再由他用键盘敲成正稿。耳濡目染间，就眼馋他那现代化的运作手段。经过一番交涉，买下了那台他正想更新换代的手提电脑。据说其时人家早已用上了奔腾N代的产品了，本人却守着那台286台盘都没上的洋玩意儿，在"古老"的UCDOS编辑平台上，乐滋滋地发起烧来。好在有点汉语拼音基础，记住了老师兼朋友教的几句口诀，用双拼的自然码输入法打字，又由他耳提面命了两回移光标、选菜单、复制、粘贴、拷贝以及打印一系列操作方法。不上一个星期，居然也能像模像样地打字编辑打印了。课余饭后，夜阑人静，键盘叮咚，光标闪烁，心灵的轨迹凭借电流转换成屏幕上的一个个方块字，把人带进了一种新奇神秘的境界，令人在高科技成果面前叹为观止的同时，更萌生出无限的乐趣、遐想与开拓的激情。文章打印出来，继而发表后，那种艰辛劳作后的丰收喜悦，那种壮心不已的亢奋，简直只可意会，难以言传……

不久，那台手提电脑的"神经"衰退，完成了它的历史使命。拳不离手，曲不离口，本人一天不敲敲键盘就瘾得不行，于是不断地由鸟枪换炮到大炮换核武器，三易其机，日前终于购进一台赶得上潮流的品牌机，配置颇高，CPU是双核的MDA3800，硬盘160G，内存1G，19寸的液晶显示屏。不愧是新式武器，它更能善解人意，快捷方便，鼠标一点，各类窗口、菜单立即被激活，无论打字、编辑、制表绘图套色打印，唾手可得，让人海阔任鱼跃地遨游在神奇的数字化海洋里。同时还配备了一只"猫"，常去网络世界探奇览胜，浏览新闻，发送电子邮件，建立博客或发表文章，闲暇时，点开"千千静听"或"风行"视频，听听歌曲，看看电影，无不自得其乐。

本人因爬格子而充实了人生，激活了不断探胜的窗口，又在键盘的叮咚声中找回了昔日爬格子的感觉，虽然仍然没有多大的长进，可是我愿意"为伊消得人憔悴"。人有各自的活法，本人没有别的选择。

（原载《武冈报》）

看西洋镜

孩提时代我看过一次西洋镜。

西洋镜是旧时从西洋传入的游戏装置，匣子里装着画片和放大镜，根据光学原理，在暗箱操作下，可看到放大的画面。现在看来，那玩意早已落伍，可放在20世纪50年代闭塞偏远的山村，人们从未看过电影，听说从西洋镜里能看到外面大世界的景致，那种新奇、神秘感就不知道有多诱人了！

那天村前禾场上来了个放西洋镜的，只见地上立个四脚架，上面放一个四方匣子，用蓝布罩着，像一架风车，师傅正边唱曲边敲锣招徕生意，并说凡看的每人出两分钱。细伢子不当家不知柴米贵，迫不及待想一饱眼福，可很多大人都赶紧躲开，那时代钱特紧缺。老伍他爹说："看它做什么？两分钱买盐要咸好几餐菜呢！"

然而，当我巴望着母亲时，她毫不犹豫地准许我兄弟俩看。母亲还对身边的几个伯叔婶娘说："别舍不得钱，让细伢子们开开眼界呢。"在母亲的提议下，有几个伙伴和我们一样享有看的机会。

师傅把轮到看的人用布罩着形成暗室效应，教我们凑上一只眼睛对着匣子边框上的圆孔朝里看。里面亮堂堂的，显出一些晃动着的美丽画面。

在师傅打打唱唱和暗箱操作下，我瞻仰了神圣的北京天安门，浏览了繁花似锦的上海滩，领略过汽车、火车、轮船和飞机的神奇风采……那种视觉大餐的愉悦效果深深震撼着我，至今记忆犹新。

我回到家里缠着母亲想探知西洋镜神秘的底细。母亲当然也不知道，却对我说："什么精彩稀奇的事物人都有办法做出来，就看你有不有本事。要有本事就得崭劲读书。"我一知半解地领会着母亲的话，庄重地点点头，把一个崭劲读书去闯大世界的梦根植在心头。

后来因种种原因，我的书读得不顺利，没能闯出大世界来，可我还是当了一名老师，启迪我的一拨一拨的学生们去闯世界，去创造辉煌和神奇。无独有偶，那年凡是被父母恩准看上西洋镜的同伴，日后都得到出彩的机会，分别当了老师、干部、军官或法官。

感谢母亲给我们有梦的契机和启迪了追梦的念头！

（原载《文萃报·陈年旧事》）

芒　果

　　如今，每当看到大街小巷的摊贩上比比皆是的芒果，我就会油然想起四十多年前一件关于芒果的往事。

　　1968年正是"文化大革命"如火如荼的岁月，又是造神运动的巅峰阶段。5月5日晚间，红色电波传来特大喜讯，伟大领袖毛主席把刚果总统赠送给他的两颗非洲芒果转送给了首都工人毛泽东思想宣传队（简称"工宣队"），以示对全国工人阶级的关怀。喜讯传来，神州沸腾。为了满足革命人民争睹芒果风采的强烈愿望，工人阶级研制成功了塑料和腊制仿真芒果，送往各地巡回展览。

　　"春风也度玉门关"，是年九月某一天，堪称山角草弄的邓家铺也披上节日般的盛装，热烈庆祝毛主席送的芒果（仿制品）供大家瞻仰。那天天公不作美，雾霾弥漫，阴沉沉的，可是并不影响人们高昂的热情，吃了早饭，我们就争先恐后地涌向目的地，占据着有利位置。一时间，从东风大会堂门口到如今汽车站的公路两旁，人头涌动，摩肩接踵。人群中彩旗飘扬，欢歌笑语一浪高过一浪，直到中午时分，虽然还不见任何车子的踪影，可大家的情绪仍然保持在最佳状态。

　　午后2时许，在通往县城武冈方向的公路拐弯处，终于看到山坡下冒起股股浓烟，随即听到突突突的机器轰鸣声。"来了，来了！"大家抑制不住狂欢起来，挥舞着手中彩旗，高喊着口号。在一波一波的狂潮过后，只见一辆半新的大型东方红拖拉机颠颠簸簸开了过来，人们争相踮起脚跟，或蹦跳着往拖拉机上张望。只见驾驶台一个木质的托盘上，罩着个玻璃匣子，正中摆放着那个仿制的芒果，金灿灿的，椭长圆浑，一头大，一头尖，大头上的果蒂也许是鞋耙子钉的，晶亮晶亮。当时到处盛传，这芒果非常珍贵，五百年一熟，吃了能长生不老。眼下看到芒果，想到伟大领袖竟然把这么珍贵的宝贝送给工人阶级，无不感动得热泪盈眶，"毛主席万岁！"的口号声此起彼伏。沉浸在激情中的人们对那个芒果百看不厌，拖拉机开过去了，又潮水般涌上去，与前面迎过来以求一饱眼福的人们把拖拉机围得水泄不通……

当年的我们早已狂热不再，毛主席也早已走下神坛，芒果更是再寻常不过的事物。回味起那一幕，却并不全是荒唐的感觉。

（原载《文萃报·陈年旧事》）

当年的文艺宣传队

解放初期，我们钟桥村弯山院子组建了个阳戏班子，逢年过节在村口搭台演出。后来戏班子当"四旧"扫除了，大队就成立文艺宣传队演新戏。队伍拉起来了，宣传队员中却没人识简谱，没人会弹琴吹笛，更没人会舞蹈戏曲之类的基本功。然而大家"一不怕苦，二不怕丑"，排了几个节目去参加公社文艺会演。表演《不忘阶级苦》，唱到"苦难没有头"，就一起把帽子脱去，表示没有"头"。

后来，我们几个老三届知识青年回乡，充实了宣传队的力量，有了搞表演的，演奏乐器的，做道具、放幻灯的。大家的积极性空前高涨，无论三九严寒还是盛夏酷暑，每天晚上都在祠堂里集合排练节目。这种热情有两个原因，一是为了"宣传毛泽东思想"；二是没有别的事可做，要宣泄过剩的精力。记得一年的大年三十晚上，邻县湖水田的人都放鞭炮吃年饭了，我们还在为明天的演出搞彩排呢。

我在学校是文艺活跃分子，又随学校文工团下乡巡回演出过，因此在大队宣传队，导演的担子天经地义般落在我肩上。面对一群五音不全的"乐盲"和手脚硬撑的"舞盲"，我"诲人不倦"，从简谱七个音教唱起，从不甩同边手踩十字步领跳起。有时一节旋律要纠正八遍、十遍才唱得稍准一点，一个左右甩手起跳的舞步要领着跳跃半小时才稍整齐点，教的练的都声嘶力竭、汗爬水流了还意犹未尽。

那时大家对排演舞蹈、表演唱之类费时费工的短小节目不感冒，只想"贪大求洋"，于是啃起歌剧《白毛女》《洪湖赤卫队》、祁剧《杜鹃山》等一些硬骨头。可是大家的牙口实在太嫩，啃得十分费劲却不理想。大部分队员是文盲、半文盲，剧本都读不动，还得补文化课，更谈不上声情并茂地表演了。很多人记性不行，上了台更慌神，全靠幕后提词。有一次提上一句括弧里的动作表情提示语"如临大敌"，台上演戏的也依样画葫芦跟着念诵"如临大敌"。台上台下笑声如潮。这收获额外欢乐的场景多着呢，有一回演一出援越抗美的戏，一个用面粉揉捏了一个又高又勾的鼻子的"美国军官"，正瓮声瓮气地叽里咕噜着什么，那面团突然塌陷下去，高鼻子成了塌鼻子。

演出的服装道具奇缺，大家因陋就简就地取材。演杨白劳的，就借他娘穿的破布败絮般的掩襟棉袄，捆上一条白汗巾；帽子就用自己头上那顶很旧的人造毛护耳帽，戴时旋转九十度，两个护耳前后耷拉着；再用白油彩涂抹上胡子眉毛。这样一来，还真是一个苦大仇深的农民。

一切困难仿佛都难不倒我们，可是有一项工作特别难做，就是表演男女情感方面的戏时，费九牛二虎之力也不见得奏效。《白毛女》有一场喜儿和大春在山洞里相遇的戏，由似曾相识到相识，要求男女演员在演唱到曲终时相互扑向对方，扶着手臂相拥在一起。演喜儿的女孩对"男女授受不亲"有本能的认同，每次唱着唱着，刚要迈步，就"咔咔"一笑，羞涩地抱着头蹲下去。无论我怎样劝慰诱导，无论大家怎样发誓保证不笑话她，无论青年书记怎样扣政治帽子吓唬，都无济于事。后来吓唬她，不听话就换人，她才不服气地勉强就范。当第一次扑过去，刚和大春拥上，就马上挣脱，逃到一旁，笑着笑着就哭起来。当时的女孩那么拘谨，现在听来简直不可理解！当然，有了第一次的破冰之举，以后就慢慢适应了。

　　随着时间的推移，大家的表演技巧有了长足进步，宣传队也有了一定的声望，节假日除了在本大队演出，还不时被兄弟大队和邻县村寨请去助兴，把歌声和欢乐洒向山山水水。

（原载《邵阳日报》）

风雨如磐担道义

　　1967年是"文化大革命"的第二年，学生由大串联转入"复课闹革命"阶段。当时我在武冈五中（驻邓家铺）读高中，回到学校，无课可复，革命也"闹"得不彻底，倒是与一些志趣相投的同学玩起了见义勇为的危险游戏。

　　其时，全校革命师生大方向是一致的，可是在对待本校两个主要领导的问题上，却分成两派，一派支持农民出身的副校长，实际掌权者；一派支持知识分子出身的正校长，已经被打倒的"走资派"。我们几个高中部的同学就是暗中支持"走资派"校长的。

　　我们这些同学往常在校表现很出色，品学兼优，又是文体活动的积极分子，深受校长和一些老师的器重。我们对德才兼备的校长常怀崇敬之情，是他提倡走"红专道路"、注重尊师重教笃学这些治学方略的拥护者和践行者；我们对一些科班出身、有真才实学的老师很崇拜，是他们的"得意门生"，尤其和一些年纪大不了几岁的年轻老师关系十分和谐，课堂上同交流，球场上同比赛，舞台上同演出。与此同时，却对那位靠吃政治饭出身的副校长有点不太认同；对一些"根子正、苗子红"只会喊口号的人有点鄙夷不屑。可是"文化大革命"狂飙一起，一切都被颠倒了，靠运动起家的"权力欲"者成了革命领导干部，炙手可热，靠喊口号混日子的成了"红人"，耀武扬威；有治学能力的校长成了走资派被打倒，有才干而出身不好的老师成了"黑五类",被群众专政。我们对这种倒行逆施口里不敢说半个不字,还要跟着喊口号坚决拥护,可心里不想苟同,出于一颗尚未泯灭的正直之心,依然"爱憎分明"着,对权力欲者和其追随者的所作所为并不买账;对受迫害的校长和老师们深表同情。

当然,如果明目张胆地和当权者对着干,站在被揪出来的"黑帮"们一边保护他们,那是冒天下之大不韪,我们肯定不敢。我们的策略是,口头上与号称代表正确路线的当权者站在一边,同仇敌忾,也一样写大字报批判"走资派""黑帮"的错误思想,行动上却往往背道而驰,暗中保护受迫害的弱势群体。每当召开揭发批判大会,有的人想泄私愤,有的人想表现自己最最革命,就露出一副极左面孔,准备对以"走资派"校长为首的批斗对象大打出手。我们几个"战友"心照不宣,一旦发觉施暴苗头,有的带头高呼"要文斗,不要武斗"的最高指示,有的以维持革命秩序的名义组成人墙隔开想冲过来打人的暴徒;我是班上的"笔杆子"兼"名嘴",乘隙冲上去,以"武斗只痛皮,文斗触及灵魂"的冠冕堂皇理由,照着稿子慷慨激昂批判一气,就这样不露声色地避免了一场场惨祸。

随着斗争的持久深入,学校当局把以校长为首的一批"黑帮"分子赶到学农基地劳动改造,任务是打红砖坯子。学农基地离校五六公里远,为了勒令"黑帮"们老实改造,不许乱说乱动,需要安排一批革命小将去监督。那些平时左得出奇的干将们嫌山上清苦,千方百计躲避。于是我们几个志同道合的同学自告奋勇上了山。当局规定"黑帮"们每人每天要打八百块砖胚,这对于文弱的知识分子来说,难堪重负,明显是摧残。在那天高皇帝远的山里,"我的地盘我做主",我们给他们下了三条命令:按时早请示、晚汇报,反省错误;按时作息,八小时工作制;不搞单纯任务观点,慢工出细活,必须保证质量。这看似"严厉",其实是松绑,那些平时在校受够折磨的人们一听,紧绷的脸松弛下来了。那位"走资派"校长担心打砖坯的数量不够会追究责任,连累大家。我们说自有办法。于是,当着外人的面，我们和他们是专政和被专政的关系，背地里怀着心照不宣的师生情分，同吃同住同劳动，还经常上山采蘑菇、下水沟捉泥鳅改善清苦的生活，过着世外桃源般的日子。

半个月后，当局派了三个"红人"来检查。其中有个靠溜须拍马得势的人物，"巡视"后大为不满，当面斥责"黑帮"们没有完成勒令的砖坯数量是罪该万死。我们心平气和地跟他算从建工棚到平整场地等所用的工日，又强调了质量第一的原则。他还是不舒服，明显察觉出我们有袒护"黑帮"们的嫌疑。中午，他看到餐桌上有蘑菇和泥鳅等山珍"水味"，还有米酒，又是和"黑帮"们同桌共餐，更加嗅出了阶级斗争的新动向，只是碍着点面子，不好当面采取什么革命行动，勉强坐下来和大家一同端起酒碗。面对这个欺软怕硬的家伙，我的"战友"林早就想教训他一番，却强装笑脸，豪爽地劝酒，和他碰"碗"干杯。此人不胜酒力，没喝上几口就面红耳赤微醉了，于是毫不知趣，借着酒力发泄起对我们如此监督"黑帮"们的不满来。

"砰——"的一声，随着一道飞逝的弧线在那人耳畔的土砖墙上响起，一只酒碗应声粉碎，瓷片飞溅。却见"战友"林虎地起身，怒目圆睁，直指他的鼻尖，连珠炮般斥责他是小爬虫，只想踩着别人的尸骨向上爬；揭露他干扰、破坏我们"通过劳动改造'黑帮'们的思想而不是摧残他们肉体"的革命计划，接着话锋一转：既然对我们的工作不满意，就让你们来吧！说完就做出要打道回府的架势。那人早已被那只飞来的酒碗吓软了骨头，一听要他们来基地监督"黑帮"，更加慌了神，连忙向我们赔不是，肯定了我们的作法是革命行动，好得很。饭后，他们一行灰溜溜下了山，从此再也不敢来指手画脚了。

风雨如磐担道义。我们凭机智勇敢保护老师们的行为，至今回想起来仍然有正能量意义，姑且一记。

（原载《邵阳日报》）

体验幸福

　　小城百姓广场南端、老年大学后面，有一条300来米长的卵石小径，蜿蜒凹凸，掩映在绿荫丛中，是休闲散步的最佳去处。每天傍晚，在小径漫步的人络绎不绝。我也是这条路上的常客，并且赤脚从上面走过，一次次体验着幸福。

　　设计卵石路的初衷是供人们健身的。从脚底穴位图看到，一双合并的脚底板，相应地分布着全身各器官、脏腑的反射区。通过脚底按摩可以起到全身保健护理的作用，据说还可以减肥美容。而赤脚从卵石路上走，是最给力、全方位的免费按摩。难怪我每次走过后，都有一种神清气爽，血脉畅通的感觉，那一定是按摩效应使然。

　　然而，我还把踩踏卵石路当做对生活态度的领悟。

　　这条卵石路看上去铺设得规范齐整，图案错落有致，色彩黑白分明，有可供品鉴的工艺价值。可设计者仿佛故意要制造"麻烦"，将一颗颗扁圆的卵石侧身排列着，形成嶙峋的路面。那卵石密密麻麻，赤脚踩上去，每块脚板都要受到10个左右的锋棱锥刺，齐刷刷硌得钻心的疼痛，很多人都不敢赤脚在上面走。为了不辜负建设者们的"苦心孤诣"，我甘做"苦行僧"，决计脱下鞋子踩踏上去。"咝——"我不由倒吸一口冷气。由于长时间没有赤脚走路，脚板养尊处优变得娇贵了，刚接触路面，就被硌得麻辣火烧地痛，情不自禁地脚跟发软想蹲下去，或急于逃到平滑的大理石路肩上去。我为自己的软弱和矫情汗颜，顿时强打精神，站立不动，一任痛楚煎迫着，并且坚忍地迈开步子。困难像弹簧，你强它就弱，你弱它就强。我守着意念，一个劲地砥砺着：坚持，坚持！做生活的强者！这样，痛苦仿佛减轻了许多，尽管步子趔趄，一步一歪嘴，热汗也沁出来，可我全然不顾，于是，渐渐迈得平稳、坚实了一些。艰难地挪移了一段路面，站到大理石台阶上，麻辣的脚板贴着平整光滑的石板，凉爽，浸润，细腻，舒坦，与卵石路面相比，有冰火两重天的强烈反差。

下了几级台阶，又是锥刺丛生的卵石路，可也有"人性化"设计，中间等距离摊放着大理石板。这时，脑子里的两个"我"在搏斗，一个"我"认为何必自找苦吃，不如沿着石板走；一个"我"觉得吃点苦头才能体验出生活的滋味，不能浅尝辄止。于是我不被路中的平滑石板所诱惑，一步一步踩在尖刺的石棱上，接受着痛苦的砥砺，渐渐地步履显得平稳、自如一点。但是，当走了近半的路程来到一段低洼地带，不知是建设者粗制滥造还是故意设置"障碍"，那些卵石分外粗粝、不规则，也铺设得凌乱，踩上去格外硌痛难耐，我发现有人在这里打退堂鼓，沿着路肩图轻松去了。我不想当逃兵，咬紧牙关迈开步子往前走，好在有了先前的考验，忍着一阵阵灼痛终于闯关成功。

剩下的路相对容易对付一些，扑腾了一阵，总算走完了全程。穿上鞋子，踩在柔软的鞋垫上，一种苦尽甜来的舒爽感温润着我的心。我欣喜地想着，要是这时候有人问我幸福是什么，我会爽朗地告诉他，是赤脚走过卵石路后的感觉。人生就是一条卵石路，有曲折、有起伏，有坎坷，有诱惑，有坦途，当你勇敢地毫不避讳地走过去，等待你的就是幸福。

（原载《都梁风》）

品味"太极"功夫

　　如今的美容美发店遍布小城的大街小巷，且大多装饰豪华，气派新潮。然而我还是一如既往喜欢去骧龙桥的老店理发。我并不是贪图老店比新潮店子便宜几块钱，而是想去品味一番正宗的"太极功夫"。

　　很多年前，我和朋友去桃花坪街上他亲戚家玩，问及亲戚的儿子在哪里"贵干"，老人说在太极店当太极师。我愕然。朋友告诉我，在理发店做功夫。我释然：把理发称为太极工（功）夫，含蓄，机趣，贴切。理发是头顶高尚（上）的事业，头顶是人的极致，冠名太极情理相宜，称理发师为太极师也顺理成章。有一副理发店的楹联："虽然毫末技艺，却是顶上功夫。"足见其了得的程度。

　　我把理发当作一种享受，源于儿时对剃头的深恶痛绝。那时乡下少有剃头匠，父亲就用他那把剃胡须的刀给我削柚子脑壳（光头），剃刀很钝，削得我疼痛难忍，"杂草"丛生的头皮上留下斑斑血迹。后来我留了西式头，不仅免除了削柚子皮的炼狱之苦，还兼有美容的功效：鬓角和后脑勺坡度分明而齐整，三七开的头顶棱角分明，镜子中映现出一个精神焕发的英俊小伙子来。我从此对理发师很有好感，自从那次领略过理发师称太极师的雅意后，对于理发的兴致也更高。

有的太极师还有名副其实的极致功夫。早些年有位师傅把我修剪得容光焕发，还给我掏耳朵、"弹嘀喨"。他把耳屎掏干净后，左手将一根弹片似的太极扦伸进耳朵，右手捏着太极镊在扦子的小柄上高速均匀地弹动，形成扇面一样的振动波，且"嘀喨嘀喨"响；振动时波及耳蜗，顿觉得酥痒酥痒，向全身辐散开去，爽得心尖打战。这颤动持续分把钟后，又换一只耳朵，直叫人忘情物外。

虽说"弹嘀喨"的绝活可遇而不可求，可理发还是有很多值得品味的乐趣，骧龙桥头老店是我体验得最多的。当年我第一次进这家店，觉得够奢侈，有比乡下更齐全的工具和设备，电动太极剪先进而快捷，转动自如的太极椅坐上去宽松舒畅，太极师给洗头擦脸更受惊宠。后来，到了需要剃胡须的年龄段，几乎别具风情。师傅将太极椅旁边的机关一扳，人就随着椅子仰躺在上面。擦洗、热毛巾敷过以后，师傅立马横刀，左右开弓，理鬓角，修眉毛，剃下巴，刮人中。簌簌中，闲毛应声剔去；痒痒时，胡茬纷纷滚落。闭目养神时，感受着师傅娴熟的手艺；屏声静气中，体悟着轻抚细摩时的细腻温馨。而当被师傅从椅子上扶起，和镜子中的自己打个照面，惊诧着何以容光焕发年轻了十岁，欣慰之情溢于言表。

我也曾嫌那老店的陈旧与简陋，进过一两次美容美发店。可那些店子不是为我们这些"古董"们开设的。那里动辄就是几十上百元档次的高消费，染、烫、拉、吹多功能服务，而正宗的理发难屑一顾，偶尔为之，也是轻描淡写，没有仰躺太极椅剃胡须之类的享受。有的师傅刀功不熟，刮胡子用刀片，全然找不着感觉。

我喜欢点幽默，一次去理发，摩挲着秃了一半的头顶道：按照计件工资制，我这头发少了许多，价格是不是也该相应少一点？那年轻的师傅不解其中味，说得一本正经：那恐怕难办，我们老板没交代过。我哑然失笑，无言以对。想起前次进老店，也调侃同一个话题，那老师傅回复道：照理说还要加价呢，您那稀疏零散的头发整理起来更费工费时。我们会心大笑。还是老店有乐趣和情趣，后来我理发，只进那家老店，即使现如今住到汽车北站这边，还是不远五六里，逶迤前往。

快节奏的工作需要慢节奏的休闲方式调节，在生活中寻找和发现乐趣，不失为智者。

（原载《邵阳日报》）

馥郁的椿香

人们把父亲比作椿树，父亲健在称"椿荣"，献给父亲的寿幛离不开"椿树千寻碧"之类的佳句。父亲逝世叫"椿木凋零"，挽联"椿影已随云气散，鹤声犹带月光寒"，表达着儿子对父亲的深切思念。

椿树多在庭院中生长。它伟岸、挺拔，虬枝茂叶，撑着一片蓝天，风雨中傲然屹立，护卫着门庭院落；烈日下树影婆娑，遮蔽出一方阴凉。儿女再大，在父亲眼里总是小孩，以小孩的眼光仰视椿树矫健、威武的身姿，肃穆感会油然而生。把父亲比作椿树，实在贴切不过。

不像桂花、香樟之类香气外溢，椿树馥郁的芳香，需揉搓过后才扑鼻沁心。

我是六姊妹中最小的一个，"爷爷奶奶爱长孙，阿爹阿母爱晚崽"，可以想见我承受父爱的丰厚。可是正如椿树，只能在其荫庇下乘凉休憩，避风躲雨，那硕壮笔挺的、绝少旁逸斜出的躯干，叫人不敢贸然近前攀爬、狎玩。在我自幼的心目中，父亲总是威严、不苟言笑的。在他面前，我从不敢轻举妄动，只能规规矩矩，这很符合自古称之为"严父"的章法。

虽然如此，可在几十年的记忆中，我仅接受过父亲一次"严"的教训。那是凄风苦雨的三年困难时期。父亲以其公正、无私、和善的品格赢得众人信赖，举荐在公共食堂当大师傅蒸钵钵饭。那年代每天定量150克大米，十来岁的我们常常饿得眼花缭乱，对一粒米、半口饭都视为珍宝。一日午餐我去领饭，父亲随手拿来一钵双份的，要我和哥哥分。我嫌双份的大钵饭水分不足蒸得不胀分量少，又怕分不均匀，就赌气不要。父亲和颜悦色地说没关系，我反而任性地反推过去，饭钵差点掉下地。众目睽睽之下，父亲哪里还忍得住素来有点急躁的脾气，双眉一耸，圆睁着血红的双眼，扔下饭钵，骂一声"鬼崽子！"随手操起一根苗竹梢，狠力抽在我的大腿左侧，顿时肿起一条手指粗的血痕。

只要这一次尽管嫌粗暴了点却也治在火候上的教训就够了。从此，父亲那公正、凛然、严厉的目光，深深地烙在我的脑际，时时观照着我的言行举止，呵护着我谨慎、克制，催我奋发、自强。

我是个生不逢时的命，正当长身体的时候常常挨饿，正当长知识的时候却遭逢十年动乱，恢复高考那年似乎赶上了末班车，分数上线，可因种种制约与大学无缘。严重"后天不足"的我并没有沉沦，而是在上下求索的道路上不敢稍有懈怠。为了弥补知识缺陷，我如饥似渴地坚持自学，一边教学，一边业余创作。教学相长，我至今档案中的履历表上，文化程度栏上虽然还赫然写着"高中"，何况还是"文革"中的68届毕业生，可是我在学生、家长和同行们中享有名牌老师厚遇，前些年在"尊重知识"口号喊得有点力度的时候，不仅较早地晋升为小学高级教师，还过了一把"官瘾"，荣任本乡中心小学校长，年事稍高后才急流勇退。我教书、写作两不误，几十年来，我在全国各级报刊发表过一些文字。尽管我年近"耳顺"，仍然大器没有晚成，可作为以业余写作为精神寄托的我，醉翁之意不在酒，而在乎情思之中。较之挖空心思投机钻营，较之将生命耗费于麻将字牌之中，较之放浪形骸沉溺于声色犬马，我自豪于写作带给我的愉悦和充实感。

我衷心感谢父亲曾经给予过我的严厉，使我的生命才有了充实感。

当然，我能自觉置于父亲严厉目光观照之下，是以父亲对子女博大精深、呕心沥血的爱为契机的。

我的家乡地处穷乡僻壤，凭着父亲一颗坚忍不拔的心，又不失勤劳智慧，务农之外，偶尔挑脚贩运做点小生意，硬撑着送我们兄弟读书。我们工作后，有了点微薄的收入，父亲也年事日高，照理该享享儿女福了，可是我们要成家立业，要送儿女读书，父亲把享福的念头收拾起来，仍然不辍劳作，不仅维持着二老的日常用度，还不时接济我们一些。每期开学前，总要掏个红包，连同对孙儿孙女的嘱托与期望，目送他们踏上求学之路。

父爱是坦诚的，又是沉甸甸的。母亲谢世前三年，不幸中风偏瘫在床。危险期刚过，父亲就把轮流服侍母亲的儿女打发回家或回工作单位，主动承担起照料母亲的重担，喂饭递茶，接屎端尿，洗澡换衣，无论日夜，无论寒暑。我虽然从外地调回离家近的学校工作，以便于照顾二老起居，可父亲从不轻易叫醒睡在隔壁的我，以致老父自己也累垮在床。

那年，八十三岁高龄的老父油灯将残。临终前三天，他无病的身体彻底疲惫了，我和妻子悉心照料，延医抓药，服侍汤汁，搀扶坐卧。老父似乎过意不去，不时责备自己不硬朗，拖累了我们的工作。有一次，他把我叫到床前，羞赧地说："儿啊，为父的犯了个过错。"我问怎么啦？他说屙坏了裤子。他的大小便已经失禁！我的心头一痛，强忍泪水，边为他处理，边安慰："您别顾虑什么，做儿女的服侍您是应该的。"老父那没有多少生气的脸上露出欣慰的微笑。他再也没有力气像以往一样，为他做点小事的儿孙们馈赠点礼品了，却给我们留下了旷世珍贵的遗言："我的儿女、媳妇、孙儿们都有孝心，我去后，要保佑你们的。"

虽然"椿影已随云气散"，可"馥香永沁儿女心"。我没有把父亲"保佑"的遗言披上迷信的色彩信奉，而是坚信父亲平凡而高尚的品德将永远观照着儿孙们奋发向上。

（原载《武冈报》）

母爱，永恒的丰碑

母亲用无言的大爱在儿女心田里树起鲜活的丰碑。

母亲已经到另一个世界去了二十多年，我也年逾花甲，活在心中的母亲形象，主要是从记事起到成家前这一年龄段所感受的音容笑貌，永远是那样慈祥、善良，虽然饱经风霜，两鬓斑白，身子骨却还硬朗，耳聪目明，举止端庄。我则自觉是那只母鹰用坚韧而温情的羽翼护佑下的雏鸟。

母亲生养了我们六姊妹，个个都是她的心头肉，我作为最小的儿子，得到的疼爱和呵护更多。可是在二十世纪五六十年代艰苦的岁月，父母只能用她们辛勤的劳作，为我们提供可资果腹的粗茶淡饭，聊以御寒的旧衣烂衫，节衣缩食送我们姐弟仨读书（三个大的姐姐已出嫁）。这本来已经足够了，母亲却还以她天性般的母爱滋润着我们的心灵，用她慈祥而期待的双眼观照着我们去做事，去做人。

母亲的一生，几乎是在纺车和织布机上度过的。她心灵手巧，把棉花纺成纱，再织成布，或者把麻接成绩，用绩织成蚊帐。她含辛茹苦，长年累月，不避寒暑，夜以继日，一丝一缕，一分一寸地把一匹匹家织布，一床床蚊帐送到别人手里，换取微薄的手工费，以供日常用度，为我们缴纳学费。纺车前，母亲把匀细的棉纱悠得老长老长，仿佛是对儿女们无尽的牵挂；织布机上，母亲飞梭穿线，撞机欢畅明快地演奏着永不变调的快板书，正是母亲充满慈爱和希冀的心曲。

母亲不识字，却是我人生的启蒙老师。那年我刚读小学一年级，因为贪玩惯了，领回新书时，猎奇地翻了一些图画后，看着书上密密麻麻的文字，想到要一个个地读写记住，不由有点犯难，对正在织布的母亲撒娇说：这么多的字要我认，我哪里奈得何。娘，我不读书。母亲停下织梭，把我揽进怀里，莞尔一笑，和蔼地说：傻宝宝，哪里要你一下子认完呢。读书认字是积攒功，就跟娘织布一样，一天积一点，日子长了，就会学得多起来，好起来。母亲那双明亮的大眼看着我，爱抚里充溢着启智的信息，我第一次用新奇的眼光欣赏着细密均匀的布幅，母亲织布的手艺精湛，请她加工的人很多，我们的生活也比一般人家稍微宽裕，母亲还不时给我煎个荷包蛋下饭，赏赐分把两分零钱买糖粒子吃，这些都是靠母亲一经一纬日渐积攒起来才拥有的啊。我认真地点点头：嗯，娘，这么说来，读书我也奈得何的，我要学娘的积攒功，一天认几个字，越认越多，得到老师表扬，日后有出息了，我要让娘享福。母亲甜甜地笑着，俯下身子在我额头上啵个吻：我的宝宝懂事了，娘做得有力气了。

母亲的言传身教濡染着我，我勤奋刻苦地学习，日积月累，不仅课本上的字都会认能写，还经常找一些课外书来读，还能写文章，常被老师在班上读，出刊。

读六年二期那年初夏，我被选拔为优等生参加公社文教组织的小学生作文竞赛。同学们羡慕，我却愁眉不展：我一向穿哥哥姐姐的旧衣服，既不合身又补丁叠补丁，平时在家里寒碜点也就罢了，这可是第一次出远门，穿得一身像鹅撮烂的一样，实在不雅观。当然我没有抱怨母亲的意思，她要给人家赶活，要给家里创收，才无暇顾及给我做新的。当我把参赛的消息告诉母亲，嗫嚅着欲言又止时，她打量一下我身上，决定连夜为我织布做件新衣，并且请隔壁的裁缝阿姨先给我量好身材尺寸。

我喜不自胜，做完功课，就坐在纺车前给母亲绕梭筘，以便加快缝新衣的进程，绕好后就守在织机前看她织布。也许是穿新衣心切，我觉得母亲的手法没有以往敏捷，进度缓慢。抬头一看，昏暗的煤油灯光中，母亲斑白的头发有点凌乱，一脸倦容，气色晦暗，不时皱着眉头，很难受的样子。清早听她说过头有点晕，于是我说，娘，看你……要不别织了，我不要穿新衣服，也一样参加比赛。母亲没有歇手，换着梭筘，摇摇头激灵一下身子，说声没事的，催我先去睡觉，又踏着踏板，摆动织梭，唧唧有声地操作起来。我阵阵感动，眼眶潮热，暗暗下着决心，一定要比出好成绩，让母亲高兴。夜深了，母亲一再催促，我也实在困倦了，就去睡下。

清早，母亲果然给我一个惊喜，把一件崭新的家织布白衬衣递到我手上，扎袖子，牛舌子后摆，透明的玻璃纽扣，挺洋气，穿在身上俨然一个小帅哥。我兴致勃勃走进赛场，凑巧得很，作文题是《我的母亲》。我几乎没怎么搜肠刮肚地选材构思，也没堆积华丽的辞藻，就把母亲昨晚忍着劳苦为我织布赶做新衣的事写进文章，写到动情处就眼眶发酸，盈着泪水，朴实的字里行间透现出对母亲的感激，映射出朴素而伟大的母爱。也许质朴而圣洁的母爱最感人，评审的老师们一致判我的文章为第一名。这是后话。

我怀着自我感觉良好的心情回到家里，正想向母亲汇报我的"杰作"，却被一番不愿看到的情景吓坏了：母亲病倒在床！我想一头扑进母亲怀里，诉说我莫名的内疚与自责，却被当医生的四姐制止住。她悄悄告诉我，母亲有高血压，操劳过度就引起头晕目眩。值得庆幸的是母亲有着顽强毅力，本来昨天早晨就有了症候，可为了我的新衣服，晚上织布到鸡叫二遍，撕下布来就马上叫起隔壁的肖师傅，求她裁缝，直到大天亮，看着我穿上新衣去了学校。据母亲醒着的时候说，半夜时分，她实在支持不住了，只想倒在床上歇一歇，想到不能让我穿得破破烂烂地去比赛，她要看我赢得比赛的喜报啊，不能睡；下了布机又一阵眩晕差点栽倒时，想到一旦倒下就会影响我的比赛，就咬紧牙关扶着门框，硬是挺了过来。可是当目送着我欢蹦溜跳的身影渐渐远去后，一块石头落了地，神经松弛下来，陡然刹间眼前金星飞溅，天旋地转，口眼歪斜，直流涎水，眼看摇摇晃晃就要栽倒，被父亲发现了，赶紧搀扶住并放到床上，立即要人把四姐叫回来。好在母亲体质还好，更幸亏没有摔倒，形成血栓时没引起脑溢血。经过抢救病情稳定下来了，只要注意保养，经常服降压药，就问题不大。

听四姐说着，我一边庆幸老天开恩给我留住了娘亲，一边后怕不已，要是万一有个三长两短，叫做儿女的怎么承受得了？我这个断奶不久的落巴儿子更要遭受炼狱之苦，没有娘的疼爱，没有娘饿了为我煮茶饭吃，冻了为我添衣裳，夜里为我掖被窝，进屋看不到娘的温馨的笑容，听不到娘的暖心暖肺的话语，我会成为一棵孤凄飘零的贱草……想着想着，我不禁嘤嘤地哭起来。

"傻宝宝，你回来了？"母亲虚弱的声音传进我的耳朵，"比赢了吗？"

我再也忍不住，扑进母亲怀里，带着哭腔，"娘，要不是怨我爱乖态（漂亮）、求虚荣，你哪里会受这样的苦呀？早知道会这样，哪怕是中状元我也不去。"

母亲抚摸着我的脸蛋，嗔着我"傻宝！""娘应该让你穿得体面一点的，只怪娘不能为你们造福。娘只有唯愿你们兄弟争气为人，崭劲读书，日后有出息，不愁吃不愁穿。"这竟是我苦命的娘最大的心愿，想起来就叫人心酸！

我泪眼婆娑地看着娘，凝重地点点头，告诉娘我的文章写了她，写着写着就感动得流了眼泪。娘替我揩着泪水，欣慰地笑了，病也仿佛减轻了不少。我依偎着娘，觉得自己是世界上最幸福的人。

比赛揭晓后，母亲端详着我捧回的奖状和三个作业本的奖品，略显苍老的脸上绽放出奕奕光彩，不住地颔首，我觉得这是对我最大的奖赏。

　　母亲就是用这种无言的大爱温暖着我，感动着我，激励着我！我也没有让娘太失望，当年就考上了初中，接着读高中。遗憾的是，20世纪60年代中后叶时局变幻，我们的大学梦破灭。在那个艰涩的年代，农民的一切小本经营包括母亲织布，统统被当作资本主义尾巴割掉了，可是母亲教谕的积攒功被我承袭下来，以圆作家梦。在回乡务农的岁月里，我工余饭后见缝插针，夜深人静一盏蚕豆大的煤油灯焰相伴，如饥似渴地读书，只管耕耘不问收获地搞文学创作，数十载工夫下来，读书笔记和习作手稿不少于10公斤。虽然没成大器，却因有点文化色彩和文字功底，恢复高考后榜上也有名，只是阴错阳差才失之交臂，好在还是有人赏识，被择优录取当了教师。再后来，也圆了迟到的作家梦，有一些文字散见于全国各地报刊。

　　面对这些由母爱润泽结出的些许果实，我的心沉甸甸的。

　　我没能履行让母亲享福的承诺，当我参加工作以后，接踵而来的便是结婚生子，每月二三十元薪水养家糊口负担儿女读书，已是泥菩萨过河自身不保。年迈的父母不仅没有要求儿女承担赡养的义务，反而凭着勤劳自食其力之余，还不时接济我们一些。政策松动后，母亲又与织布机结下不解之缘，还要帮我们照看小孩，料理一些家务，日夜操劳，不敢稍有松懈。她把对儿女们的希冀转移到孙辈们身上，经常叮咛鼓励，殷切有加。每逢新年，孙辈们的压岁钱没少给过；开学初，总要给每人一个红包，拳拳浓情，令人动容。

　　让我们做儿女撕心裂肺的是，当20世纪90年代初期，我们达到了母亲终生向往的不愁吃不愁穿的境界以后，她为儿孙操持的神经终于松弛下来，那天早晨，我起床后见她老是在厨房里磨磨蹭蹭，近前一看，只见口角歪斜，涎水直流，僵硬的手在顽强地尝试着系上衣扣而不能如愿。我情知不妙，是脑血栓复发，立刻把她搀扶上床。遗憾的是没有上一次那么幸运，母亲终因年事已高，心力交瘁，抵抗力衰竭，由血栓导致脑溢血，经多方医治，还是留下了半身不遂的后遗症。在全力以赴抢救母亲的日日夜夜里，我们姊妹只有一个心愿，让母亲早日康复。眼看都日渐宽裕有条件让苦了大半辈子的双亲安度晚年了，母亲却病倒了，谁也不情愿让病魔把母亲夺走啊。每当奔波在为母亲延医抓药的路上，我总是在心里默默地呼喊：苍天作证，大地作证，高山流水作证，我们对母亲的孝心是真诚的，只要母亲能痊愈，只要让母亲能享福，什么样的苦我都愿意吃！

病重期间，母亲处于半昏迷状态，但是对儿女们的关爱之情始终萦绕心头，她怕影响我们的工作，不让我们晚上陪护。每当我给她梳头、喂饭、端尿盆，或者帮着父亲为她擦洗身子，她总是过意不去，反复自责。我宽慰她，你一辈子为儿女付出了一切，我们照护你一下子完全是应该的啊。菩萨心肠的母亲由衷地为我们祝福，说她去了以后，要保佑子孙们兴旺发达的。我们领受着母亲的心意，也为母亲祈福。我不避迷信之嫌，连续三年发心斋戒，不远千百里去南岳进香，虔诚地向神灵祈祷庇佑母亲安康长寿。

然而自然规律不可抗拒，生命之树终究要枯萎。1993年10月14日，母亲抛下她牵肠挂肚的儿孙们，驾鹤西去，享年八十一岁。扶着余温尚存的母亲，瞻仰着母亲为儿女们奉献出大爱而熬干了血肉的遗容，一幢幢母鹰护雏的温馨身影映现脑际，积攒功的教诲犹然响在耳边，想到从今而后只有在梦中才能母子相见……一股孤独无依的惶恐咬噬着心头，难以割舍的亲情叫我肝断泪连，年近半百的我，又像孩童一样嘤嘤哀哭着，一发不可收拾。

二十多年来，我对母亲的缅怀之情没有丝毫减退。由对母亲的感念，我体会到先圣"父母在不远游"的教诲是至理，体会到二十四孝图的故事为什么长传不衰，赞同封建社会历朝历代涉及亲情的典章制度，包括举孝廉、定忤逆罪、为父母守孝离职三年的丁丧制度，等等。也感悟到中华民族因为有馥郁天地间的至情母爱，有孝敬父母的传统美德而长盛不衰的真谛！

　　母爱的丰碑永垂不朽！

（原载《都梁风》）

吃亏是福

日前，我回乡下的老家，闲暇时在田野里漫步。田畴间有几块曾经是我家的责任田，二十年前我和老婆像宠儿一样服侍过它们。怀着对老朋友似的眷恋，我一一前去"拜访"。流连间，昔日寒来暑往披星戴月辛苦劳作的一幕幕视频在脑海里回放，也感激着它们对我们家慷慨的赠予，让我们一分耕耘有一分收获。

徜徉着，比照着，我突然像哥伦布发现新大陆，发觉了我们的责任田与比邻田的一个秘密——当年的责任田是以组为单位划分的，各组分到不同地段、不同质量、灌溉条件优劣有别的股份以后，再具体分摊到每个农户——而我家的田每个地段都在本组其他农户最边远的地带，质量虽然基本不相上下，可是灌溉条件差，水路远。显然，这是当年分田时几个叔伯兄弟刻意而为的。

那时，我和老婆都是民办教师，以往体力劳动参加得不多，更没有劳动技术和经验，对生产队农田的优劣、灌溉难易等都不甚了解。同时我一向书读得少却有点书生的迂气，既无害人之心，也没有防人之心，在分田时，任由他们摆布。本来每分一个地段时，采取拈阄的办法定优劣、次序，可是据我所知，其中两个人专好取人家的摩天岭，平时不管分什么物品或办事情，做阄时总能让别人拈到稍次的，自己拈到长阄。虽然我当时因为缺乏防范心理，没有发觉他们要狡，但是从我家每一股田都占劣势就能推断，他们正是利用我缺乏经验和书呆子气这一点，有意作弄。

拥有这种相对地处偏远、放水困难的田，就意味着我们的生产成本和付出的劳动代价比他们的要大。单说水路远这一点，每到天旱时节去放水灌田，必须先给前面几户的田放满，才能流进自家的田。有时候缺水，必须夜以继日守护在渠道上，以防别人掘开口子。多少个不眠之夜，我和老婆轮流巡逻在水路上，暑热疲劳，蚊叮虫咬，全然不顾；而他们却坐享其成，酣然入梦。有一年，那个大叔要我把水路最远的鼓车田那丘留一部分作晚稻秧田，他家的秧田也在我家的上一梯级。谁料到，育秧其间，我每天都要给他的田汊满水才能流进自家的。一旦缺水，放水规定了时间，往往刚把他家的放满就到了时限，他则早把田坝口子固定了高度，不许我掘开。我只好为他做义务工，眼睁睁看着自己的秧田受旱、开裂。可要是发生涝灾，他就把口子全部掘开，不管我的禾苗被洪水淹没，田堪被冲毁。那年插晚稻，我们费尽了周折和艰辛，因开裂而泥土黏结，田里水太浅，要把一个个粘着泥巴足有脸盆口宽的秧把子提到田下面的河里洗，再一担担挑到很远的田里去插，时值大暑季节，骄阳似火，我们搞得比老天还热火。

好在那时我们对被作弄没有觉察，一直蒙在鼓里，年复一年精心舞弄着那份耕地。生产责任制让包括我们夫妇在内的所有中国农民释放出无穷无尽的生产积极性和劳动热情，一心只想摆脱贫困奔小康。我们还肩负着赡养父母和培养三个孩子读书的义务和责任，更加不敢稍许松懈。因为我在乡中心小学负责，也是十分卖力的苦差事，不敢掉以轻心，所以老婆成了家庭建设的功臣。尽管节假日我也参与一些劳作，孩子们逐年长大也能帮点小忙，但是种责任田（使牛打耙请人帮忙）、养猪放牛和做家务基本上被她一肩挑，还要不折不扣完成繁重的教学任务。那些年，她只感到有使不完得劲，做不完的事，总是力求比人家做得好，效益高。对于比同组的人多付出代价，全然不觉得吃亏。

老天是公平的，功夫不负有心人，在全家人怀满理想和希望的艰苦努力下，我家一步一个新台阶，生活上，从贫困边沿步入温饱行列，家里粮满仓，猪满圈，鸡鸭成群，自给有余。有些以为我们不会种田而想看我们笑话的人，后来反而要到我家借粮食度荒月。责任制不到两年，我凭自学和拼搏，通过激烈的竞争，由民办教师转为国家教师。儿女们也很争气，都通过自己的努力考上学堂，走上工作岗位，有了各自的事业和家庭，老婆后来也转正为国家教师。我们家较完美的境遇，成了当年全乡同仁们津津乐道而又羡慕的对象。

当我们一家的户口全部农转非——用当年的流行语叫做端上铁饭碗以后，那份责任田也被退给集体，我们只得与相濡以沫十多年的那份耕地道声拜拜了。

三十多年后的今天，我才突然发现那些年被人耍弄的端倪，不禁哑然失笑，自嘲于自己毫无心机的迂讷之余，也慨叹于那些叔侄兄弟的狡黠，惋惜于一些变迁的世事、人事。我们在"吃亏"中不知不觉一步步走过来了，可是有些凭着奸诈狡猾占便宜的人，并没有在"便宜"中滋润出什么名堂来。也许是巧合吧，那位让自己拈到第一阄占尽灌溉之利的族侄，因忽视道德修养贪婪小利而获罪坐了三年监牢，那位大叔因种种缘故英年早逝，还有一位族兄因为缺乏对天道酬勤的认识而几十年如一日地"享受"着贫下中农的待遇。

比起这些狡黠的叔侄兄弟来，吃亏的我们算是有福的。

（原载《武冈报》）

老师经典

　　每次和老伴去湘乡市女儿家作客，走在大街小巷时，总要在人群中逡巡一番，希望能发现我们中学时代的一位老师。可是至今没能如愿，给我俩留下莫名的遗憾。

　　这位老师叫李承恩，原湘乡县城关镇人，邵阳师专俄语系毕业，1963年分配在我俩就读的武冈五中任俄语教师。李老师一调来，就在学校引起不小的轰动效应。他生得眉清目秀，英俊潇洒，用现如今的流行语，是位典型的帅哥。他又和毛主席是近邻，湘乡县城离韶山冲仅18公里，在领袖热开始升温的年代，直令我们羡慕得不行。当然，让我们成为他的"粉丝"，还在于他过硬的软件系统，即老师的品行、学识和才华。

　　当时，五中所在地邓家铺还是个偏僻落后的农村小镇，办学条件较差，师资力量也相对薄弱。在李老师和其他几位大专毕业的老师调进之前，只有十几位并非科班出身、从小学调上来的土生土长的老师，教俄语的竟然是一位只受了半年培训的代课老师。李老师们这些正规大学生来充实教师队伍，简直让学校有点蓬荜生辉的景观。对他们不讲价钱，"越是艰苦的地方越是要去"的高度组织观念，我们除了敬佩，更觉得庆幸。李老师的专业水平高，教学能力强。教俄语虽然注重的只是知识性、专业性，可他上起课来不仅严肃认真，要求严格，传授知识准确，说话字正腔圆，往往也注意教书育人，对学生耐心教育与辅导，还像上文史课一样穿插一些生动的故事，很能激起学生的学习兴趣。

李老师又是一位多才多艺的人。歌唱得雄浑有力，略带磁性的嗓音格外优美动听。跳起舞来刚柔相济，时而如骏马欢腾，时而若蛟龙幽游。琴声婉转，笛音悠扬，风琴演奏得倜傥激昂。学校的每次文艺演出，都少不了他既当导演又兼主演……文艺门类几乎无所不能。他的书法功底也很雄厚，毛笔字写得刚劲挺拔，钢笔字飘逸潇洒，粉笔字工整流畅，美术字无论仿宋、黑体无不典雅规范。他又是球场上的健将，打篮球当前锋，健走如飞，运球稳当，投篮命中率特高；排球场上是二传手，发球飘飞旋转，难得捉摸，扣杀干脆有力，势不可挡；打乒乓球长拉时轻歌曼舞，短攻时凌厉猛烈……

老师的偶像效应影响着他的学生们。在我们的心目中，李老师的品行十分经典，值得崇拜、仿效。他和我们年龄相差不大，加上他和蔼可亲，平易近人，我们一批成绩优秀兼文体活跃分子和他建立起既尊卑有序，又亲近平等的和谐师生关系。我本来对学外语有颇高的兴趣，自从初二开始听他的课，俄语成绩进步更快，到了初三，不仅可以与老师、同学用俄语进行简短的会话，还能坚持用俄语写日记了。虽然后来因为中苏关系恶化，取消了俄语学科，可时过境迁将近半个世纪，我还记得上百个俄语单词和几十句常用口语。

学生崇拜老师，老师关爱学生。我从一个不谙世事的山村顽童，成为一个品学兼优的中学生，与李老师的呵护是分不开的。从初二起他当我们的班主任，第一学期，他就培养我做业余文艺宣传骨干分子。至今还记得我第一次参加演出是跳一支用彝族舞曲伴奏的简易舞蹈，是他手把手教的。后来我的演出受到不少同学和学校所在地群众的追捧，差不多有点明星效应，无不倾注着他的心血。初二时，我是学校少先队大队长兼班长，自然属品学兼优之列。在他的推荐下，学校准备将我以三好学生代表资格上报县里参加表彰大会。他亲自为我整理好优秀事迹材料，并且多次找我谈话，要我戒骄戒躁。我欣喜之余，唯有把老师的话作为鞭策自己进步的动力，自此学习更勤奋刻苦，工作更积极，文体活动更活跃，帮工友挑水、给五保户捡柴、帮生产队捡牛粪之类学雷锋的好人好事做得更勤。

可惜其时阶级斗争的硝烟日益浓郁弥漫，我因家庭出身小商阶级，外祖父是地主成分等原因，被认定有白专典型之嫌（天理良心，我其实很红专的），参加表彰会的资格被取消了。好在我有李老师"胜不骄，败不馁"教导垫底，并没有多少失落感，照常怀揣着一颗赤诚的心乐观地生活着。

山雨欲来风满楼。李老师也因为出身小土地出租家庭而受到歧视，还因为他的多才多艺和生活作风不够艰苦朴素而被打入小资产阶级知识分子的另册。他自此收敛起很多青春活力，夹着尾巴做人。可是工作责任心仍然丝毫没有松懈。老伴不知多少次回忆起李老师给她补习俄语的往事，总是免不了流露出对老师的感激之情。她初中所就读的洞口七中没有开设俄语，回原籍报考升入高中后，请求李老师为她补课。他欣然答应，但是她只能在他办公室兼宿舍的窗子后面听课。原因很令人心酸，其时他尚未结婚，为了避免男女师生关系暧昧的非议，才出此妙策。高一上学期的多少个早读和下午休息时间，所有五中师生都见证了一幅师生窗里窗外教学俄语的风景画。

十年浩劫开始以后，李老师和所有出身不好的人一样，受到极不人道的待遇。有一次刮政治台风，他和十几个以前在学生心目中都很经典的领导、老师，统统被造反帮捆绑起来，戴上高帽子游团。看着老师们受着炼狱般的酷刑，良知尚未泯没的我们心都在颤抖，在滴血。在那种高压环境下，曾经遭受过迫害的人们，有的沉沦，有的彷徨，更多的随波逐流，甚至为虎作伥。然而李老师没有低下高贵的头，依然故我地兢兢业业工作，老老实实接受改造，对那些自以为得意的当权者从来没有过奴颜卑骨。

20世纪70年代初，李老师因所学俄语专业没有用武之地，被调到武冈县体委担任职务。其间有一段经历，至今想来都令我愧疚。当时的体委和文化馆，都设在原来展览馆、现在的党校左侧二楼。那时我作为公社文化辅导员和业余作者经常参加文化馆组织的活动，有一次我在二楼的过厅里一眼看到李老师提着一个热水瓶上楼，本来十分高兴，想上前打招呼。可是瞬间工夫，我鬼使神差地想起不久前有人用极左思潮的语调谈论起他，一种担心沾惹麻烦的卑污心态促使我欲言又止。我顿时发觉，李老师原本要和我亲近的神态立即消失殆尽，路人般从我旁边怏怏而去。我十分尴尬地晾在原地，极想趋过去向老师检讨，又没有足够的勇气。有了第一次的失误，以后再见面，我还是心情十分矛盾地没有开口喊过他，至今只把自责和遗憾留在心里。再后来据说他调回湘乡工作，我们再也没有见过面。

李老师如果健在，应该早几年都退休了。我和老伴想寻找他，就是想表达我们对恩师的感激，央求老师对学生过失的原谅。

又一个教师节降临之际，我们谨以此文献给所有值得学生怀想的老师！

土豆飘香

　　每年春夏之交收获土豆的季节，我总要挑选一小篮大小一致、形象美观的新鲜土豆，洗干净，用竹片刨去表皮，一个个如剥了壳的鸡蛋，煞是精致。接着把锅子洗刷得油光锃亮，架到灶上烧热，淋上菜油煎得八分熟，在锅面上泼洒均匀，然后倒进备用的土豆，一个个摊匀在锅面上，让文火慢慢煎炸。等到贴锅的一面开始焦黄，再翻一面。当整个土豆全面焦黄后，里面也就熟了。这种煎炸的土豆，拌上精盐和葱蒜等佐料，吃起来香脆粉嫩，落口消融，既开胃口，又营养丰富；既可作下饭的菜肴，也可当主食充饥；于我，还别有一番滋味在心头……

　　是啊，三十多年来，我把煎炸土豆作为传统节目一直保留下来，除了它长盛不衰的食用价值以外，还缘于一段珍贵的记忆。

　　1970年冬，我作为回乡知青，被派遣到新晃县境内的湘黔铁路工地做宣传鼓动工作，后来在团部干文书。翌年春，大兵团作战结束后，宣传机构压缩，我依然留在连队参加劳动。驻扎的地点也由原来一个叫暮山坪的村寨转移到新店坪。说实在的，由轻松的文秘工作转为繁重的体力劳动，生活环境的也越发恶劣艰苦，二十多个人挤在一座木架子屋的楼板上睡连铺，汗臭味，嘈杂声，蚊叮虫咬，文弱的我不堪其苦。

　　房东姓刘，是一位铁匠，个子不高也不粗壮，倒有三分英俊，说话文雅，尤其有一副好嗓子，唱起样板戏的选段来，字正腔圆，惟妙惟肖。他的老家在邵东，为什么流落异乡做铁匠，我不曾探问。那时搞大呼龙，他不在自己店铺里做营生，而被集中到公社的手工联社上班，平时很少回来。而我们驻扎在他家的那段时间里，他的老婆也回邵东老家去了。

　　一天晚上刘师傅回来了，在楼下唱起《红灯记》中李玉和的唱段《愿战友多保重》，那悠扬顿挫，声情并茂的韵味，听得人回肠荡气。我对他顿生仰慕之情，极想和他交往。于是我麻着胆子，下了楼敲开他的门。他很友好，让座、递烟、筛茶，接待老朋友似的。见我一副读书人的模样，言谈举止不俗，很乐意和我交谈。我们一边天南地北地侃着，一边用竹片刨土豆。后来他精心煎炸出一锅色香味俱全的土豆款待了我。这顿土豆晚宴欢乐的氛围，脍炙人口的味道，像一段精彩的电影，永远拷贝在我记忆的深处。

　　刘师傅把家里的钥匙交给我，让我在他的卧室里看书、睡觉，并且吩咐要是肚子饿了，可以煎炸土豆。我为交上刘师傅这样的好朋友欣喜万分，仿佛从糠箩里跳进米箩，不仅免却了与众人挤住在一起的困苦，还可以安安静静读读书，又时不时可以一饱煎炸土豆的口福。这些对于患上严重失落感贵恙的我来说，有着十分强烈的慰藉效应。

　　有了钥匙，我出入刘师傅家门，俨然主人般十分随心，也不失懒散，收工回来，锄头扁担任意摆放，有时还和战友们在屋里下棋、打扑克。

　　有一次刘师傅回来，我正为没来得及收拾整理屋子感到过意不去。忽然，他躬身朝床底下一看，立即痛心疾首地叫了声："糟糕，糟糕！"旋即探进身子，抱出一个坛子，唉声叹气不已。我一看，也大惊失色，尴尬得无地自容，原来那是一坛雪白的冻猪油，足有二十来斤，却因为我的疏忽、莽撞，有时将锄头扁担往床底下捅，不慎推倒坛子，被老鼠发现，日夜饕餐，吃空了一个大窟窿，没吃的也被糟蹋得一塌糊涂。在那个艰苦的年代，一坛熟猪油实在太珍贵，也许是刘师傅一家一年多的食油贮备，何况资源紧缺。当时，我想到应该赔偿刘师傅的惨重损失，但明知天亮却爬不起，每月发十几元钱的零用，买得牙膏肥皂来，每天还要抽一包劣质纸烟，加之朋友交往，所剩无几，即使一分钱不用，也起码要两个月的补助……

刘师傅看出了我的窘境，不再叹惋，反而自我安慰兼安慰我："算了算了，不就是一坛油吗？少吃点就是。"

我并不觉得好受，"赔"字无能为力说出口，不赔也深觉难堪。那天晚上我不知是怎样离开刘师傅的，已经没有印象，但是那份愧疚至今烙在心头。

在我们行将转战的前一天，刘师傅的老婆带着儿子回来了，她只清点出少了两只碗要我赔，我爽快地应承了。我私下里向老天爷祈祷，千万别让她发觉那一坛被糟蹋的猪油啊，否则，若是扯住我的行李作赔偿，那就惨了。

第二天坐在车上从刘师傅家门口经过时，我探出窗口，想向他道别，可他还是没有回来。我带着遗憾，久久地凝视着曾经给予我温馨的屋子，直到消失在我的视野里，心里盘算，日后一定和他联系，道谢兼补偿损失。回乡后，我向刘师傅写过两封信，可是不知什么原因，一直没有得到他的回复。我把希望寄予日后与他会面，可惜没找到机会，只是曾经三次坐湘黔线的火车经过那一带，旧地重游，也只能一次次勾起无尽的怀旧情愫。

一晃三十多年过去了，每当我品尝着飘散着香味的土豆时，脑海里就演绎出那难忘的一幕，沉浸在经久不衰的激情中。它激励着我对有恩于我们的人常怀感激，也鞭策我做事谨慎，免得玩忽了职守遭遇难堪。

美丽的缺陷

　　日前，家住天龙山腹地的姨妹打电话来，说妹夫近来因一些家事不顺心而情绪不好，希望亲友们都去开导开导他。妹夫是个性格内向的人，一向勤劳俭朴，任劳任怨，不轻易发泄情绪，可能真有什么过不了的坎，于是我决计去一趟他家。

　　上了天龙山，我几乎忘记了此行的使命，居然被美不胜收的风光山色和原汁原味的农家饮食陶醉了。

　　这里远离闹市，环境清静幽雅，颇有点"白云生处有人家"的韵味。沿着蜿蜒陡峭的石径，爬上一道山梁，几经峰回路转，别有一番"洞天"：群峰环绕着一个微缩型盆地，数十丘农田阡陌纵横，一口两亩宽窄的山塘碧绿如蓝，仿佛超大型的高清视频头，把蓝天白云、修竹茂林和点缀其间的烂漫山花一起摄入取景框；七八座红砖青瓦房舍坐北朝南依山临涧而建，我进村时分，家家屋顶上正升起袅袅炊烟；鸡鸭在场坪、小池中欢叫嬉戏，与房前屋后果树和棕榈上鸟儿们的啁啾相呼应，共同演奏着一曲自然和谐的山村交响乐。看家狗在屋檐台阶上审视着陌生的我，狺狺地正欲引颈示警，姨妹从屋里出来，才把它支使开去。

　　头天晚上就电话联系好的，姨妹早就准备好了饭菜。妹夫还把回来探亲的二哥夫妇请来作陪。啜饮着家酿米酒，品尝着家常菜肴，吃着柴火饭，我们几个做客的异口同声地称赞这货真价实山寨版美餐，庆幸着享受到一番久违的口福。

除了这大山腹地得天独厚的自然环境，妹夫还是个生态"守护神"。他种田作土绝少使用农药化肥，除了水稻育秧下一次尿素催苗，其余都是人粪尿、猪牛淤等农家肥。只施有机肥，农作物招病虫害的概率不大，即使偶然发生，遍山是祛病除害的草药资源，妹夫用自己熬制的土农药喷一喷，用石灰撒一撒，就能保收。这种无公害、无污染、按照自然规律种出来的大米、蔬菜，质量上乘。酿制的米酒浓度不是很高，却清冽馥郁，口感醇和，滋润喉咙，多喝一点也不会醉，不上头。米饭用柴火焖熟，香喷喷，糯软，细嚼慢咽，满嘴回甜，分外想多吃一碗。

姨妹喂的养牲从来不添加带激素的饲料，以青饲料为主，辅以杂粮，鸡鸭则用蚯蚓等昆虫发苗催长，一般要喂养一年左右才出栏处理。我不是美食家，味蕾不是太丰富，可是经常在城里生活吃厌了用含激素饲料催长的速生肉类，偶然品尝到这农家荤菜，竟然别有一番滋味萦绕在舌头。姨妹的烹调技术只是一般化，血浆鸭用菜油煎炒，不添加味精酱油，仅佐以酸辣椒、葱段和生姜片，然而吃起来却甘之如饴，那肉质紧致细密，滋润脆嫩，肥而不腻，咀嚼间，酥香中夹带着丝丝腥气，这正是人们津津乐道的原生态土菜信息的反馈，唇齿留香之余，让人找到了原始的本真感觉。那盘腊肉也风味独特，因熏烤得恰到好处，瘦肉片呈绛红色，连皮带脂肪的则如透明的琥珀，看一眼就诱人胃口，吃起来熏香扑鼻，松脆爽口，回味无穷……品味着这一切，让人领悟出脍炙人口的实质性含义。

身临如此优美的自然环境，品味如此美酒佳肴，在酒过三巡之后，微有醉意的我不由生出"日啜美食三两顿，不辞长作天龙人"的感慨来。略带夸张的口吻，不无暗示妹夫调整好心态、珍爱这种原生态生活的激励效应。

二哥是个退休工人，乘着三分醉意，说话没有转弯抹角，谆谆地劝导妹夫要热爱生活，安于现状，过去了一尺，还愁一寸么？儿子读研究生毕业后，就会有出息的……

二嫂也帮着展望前景，他们可以发展喂养土鸡土鸭的特色产业，眼下通村公路修到山脚下了，离进山的日期不会太远，不久就可以和外面的世界接轨了。

这些话也许不止一次听很多前来劝导他的人说过，读过高中的妹夫，不乏读书人的敏感和含蓄，借荐酒的机会，终于以略带调侃的口吻发话，首先对我不避跋涉之苦来这深山老林"访贫问苦"表示感谢，对二哥二嫂的谆谆教诲也铭记心怀。"你们对眼下这顿家常便饭的夸赞，特别是姐夫的富有诗意的感叹，理应让我解脱不少，原来我们这种环境和饮食文化竟然受到人们的追捧，这大概就是现如今人们向往回归自然的注脚罢。"转而，他黯然一笑，"只是，正如《围城》说得好，在外面的人想进来，进到里面的人想出去。我们山里人过的这种生活和钱钟书先生笔下的人们对婚姻的感受有相似之处哩。"

他这一说，我哑然，二哥还在絮叨什么，我没有听进去，不禁陷入沉思。在电话中姨妹曾向我陈述了妹夫情绪不好的有关诱因：越来越觉出山里山外生存条件的强烈反差；儿子大学毕业后不仅没能缓解拮据的家庭状况，反而还要借钱供他深造读研究生，苦熬苦挣似乎茫无际涯，加之年事渐高，体势减弱，都影响着他的情绪，对生活缺乏乐趣。实事求是地说，妹夫们所处的山村生态环境没遭多少破坏和污染，正好暴露出这里欠发达的劣势。时代进入21世纪，妹夫和小村的人们还承袭着日出而作，日入而息传统生活习惯，几乎与现代化绝缘。他们家里，能体现出共享时代发展成果的，只有几盏电灯、一台黑白电视机、一个廉价手机，仅此而已。而今我却暗示妹夫珍惜这种生活，岂不有失公平，强摁着他的头忍受贫困，以资如我一样的有闲阶层们像欣赏古董一样前来猎奇撷趣。扪心自问，我真的愿意在这种地方久住吗？不出三天不脚板搽油溜之跑也才怪哩……

想着这些，我为自己的浅薄汗颜。我觉出妹夫的黯然一笑里，除了无奈之外，其实有对我的矫情的讥讽。我赔着笑脸，举杯和对面的二哥碰下杯，咪一口酒，以掩饰自己的尴尬。

妹夫似乎觉察出我的情绪变化，为我斟着酒，超脱地释然一笑："请各位放心，虽然这美丽的缺陷有点残酷，可是经你们一点拨，我会试着去努力去弥补的。"

我欣然，对他解开心结后的颖悟，对他的"美丽的缺陷"说的别出心裁。其实城里人有优越的硬件设施，却缺乏绿色、低碳、环保的软件环境，也是美丽的缺陷。但愿大家共同努力，让他和山民们的缺陷与我辈"市民们"的缺陷能互补双赢。

（原载《武冈报》）

穇　子

　　朋友送我一小袋穇子粉，撮一点深棕色的粉末在手心里观赏研究了一番，就不由生出深深的感慨。

　　穇子是禾本科粮食作物，子粒为圆球形，大小与粟米差不多，深棕的颜色，表面还张着网状的纹路，抓一把，手感极粗。这东西原是五谷杂粮之中最低档的品种，比起稻谷、麦子、高粱、玉米、粟米之类来，根本登不得大雅之堂。原因是它的产量极低，亩产不过百十来斤，只是具有耐旱、在极贫瘠的不毛之地也能有点收成的"贱性"，人们才勉强种一点以应付饥馑。勉强，就含有迫不得已的意思，确实如此。旧时代的人只有到了饥不择食的紧急关头，才肯吃穇子做的食物。它没有稻米饭的香甜可口，也没有麦子食品的细腻爽喉，没有玉米的绵软润心、没有粟米的嫩滑养胃，甚至不如红薯的糯甜润肠……它只是粗涩，粗涩！无可通融地粗涩！我们这里有句谚语，叫"不到高山不知平地，不吃穇子不知粗细"，就一针见血地揭示出穇子的粗糙涩口的德性。如果用它来做粑粑，就要用石磨来磨，过细地磨，以为磨得很细很细了，做成粑粑吃时还是觉得特别粗涩。记得小时候吃穇子磨成粉熬的稀糊糊，黑里巴黢的，一看见就败胃口，用筷子卷一点送进口，粗糙干涩，舌头像在砂布上磨砺，味道是一点也没有的。

虽然饥肠辘辘了，还是觉得吞咽不下。当然，为了生存，不好吃还是要吃的。

不料现如今，糁子的身价陡涨起来了，很有丑小鸭变白天鹅的趋势。因为它粗涩，就难吃，因为难吃，就不能不少吃。而现今一些人，特别是有钱人，就是要"节食"。山珍海味不敢多吃，怕成为"三高"人物，怕发胖。——虽然少吃了一点，却仍能"强身健体"。据说糁子除含有较高的蛋白质，还含有丰富的膳食粗纤维和各种人体不可或缺的微量元素。于是"用钱买健康"，糁子自然就成了抢手货，价格由先前只有谷米的半价攀升到如今的每千克15元，是大米现价的十倍左右，大有"三千宠爱在一身"的娇贵态势了。

我家虽然还没有达到有的是山珍海味而不敢多吃的档次，过的还是"温饱型"日子，但对朋友盛情赠送的糁子粉，仍然珍重有加。因为知道它难吃，就精心制作，先拌和成稠稠的糊糊，再用植物油煎炸成烙饼状，焦脆黄爽，油香扑鼻。这样似乎颇能勾起食欲。然而吃进口里，那种粗砾干涩的本质特征依旧！但是"为了健康"，我还强行咀嚼，吞咽，甚至一边吃还一边说着好吃，有诱导家人多吃点的意思。

后来有一天在农贸市场，我看见有人卖糁子，居然又买了一小袋。隔三岔五地，还要吃一点那难以下咽的东西。

人就是这样，为了生存，得吃"苦"，为了健康，也得吃"苦"呢。

（原载《邵阳日报》）

那一抹盎然的绿意

三十多年了，那一抹盎然的绿意仍然时时飘忽在我的眼前。

那时，我在大队办的中小学合璧的学校里当民办老师。在那几乎与世隔绝的山旮旯里，生活枯燥干涩，几乎没有故事，唯一给我们带来一点生趣的，是那一抹新绿。

每逢周一三五中午时分，我们都能如期看到一抹绿色出现在石宝坳的羊肠小道上，心里就荡起一片欣喜的涟漪；继而峰回路转片刻之后，校门前的斜坡路上绿意盎然：身着邮政制服、挎着邮袋的乡邮员老沈大驾光临！大家禁不住有点雀跃地笑脸迎住他，寒暄、打趣，小有一番仿佛久别（其实只间了一两天）的亲昵。老沈三十岁光景，中等偏矮的个子，背稍有点佝偻，长相也不敢恭维，三角眉单眼皮，尖嘴窄腮，黑黢黢的脸上还有几颗不规则形的麻粟，然而那身新绿却衬出他几分英俊来。不过我们一般无暇去品评他的形象，只感激他风雨无阻奔走六十多里山路，为我们传递邮件。

校园右侧一棵伞盖似的椿树下，是老师们饭后和课间休息、看报纸、侃大山的小天地。老沈在我们的簇拥下径直来到树下，将报纸杂志和信件一一分发到大家手中，也接过发出去的信函。还没等老沈离开，大家早已各自一份报纸在手，或站着，或蹲着，或席地而坐，翻开来，先是提纲挈领地浏览一番头版的新闻标题，以了解世界和国内大事；再阅读自己感兴趣的篇幅，以充实各类知识和侃大山时的谈资。至于杂志，得拿回去抽时间细嚼慢咽的。在那个信息技术不发达的年代，尽管只有清一色的中央和省级党报，充其量还有一份《参考消息》，信息片面单一，还是时隔三两天的历史报，可大家还是那么投入，凭着它们与外面的世界沟通，跟上时代步伐，不至于荒废了当代人的身份。

老沈来的日子，还会给我带来振奋和激动。我是业余文学爱好者，常常给报纸杂志投稿，盼老沈就多了一份希冀。虽然对于初学者来说，退稿信远远多于采用通知，可我一如既往地守候着编辑部的信息反馈。当老沈递过一个鼓囊囊的信封时，就预料是退稿，我却能在众目睽睽之下第几十几次脸不变色心不跳地接过来，回到房里拆开了，抽出回复函，如饥似渴地读，为编辑老师对稿件肯定的优点倍受鼓舞，对缺点也在心悦诚服接受之余，确立起改进的目标。在老沈不厌其烦递给我的信件中，偶尔也有采用通知或刊载了习作的报刊，我则按捺住激烈跳动的心，在人们淡淡的妒忌眼神下不骄不躁地接过来，回到房里体验着那份由自己的钢笔字变成铅字的甜蜜。有来就有往，我们也不时将稿件交给老沈寄送出去，又添一份期盼。

我在有了充实感之后，越发觉得老沈不可或缺，欢迎他，尊重他，也濡染上他对工作兢兢业业的风范。老沈几乎融进了我的生活，无论迎来那一抹新绿还是目送那一抹绿意远去，都牵动着我的心。终于，当那一抹绿在寒来暑往中穿梭般飘过一个个春秋后，老沈陆续递给我的一些稿件采用通知和样刊后，又递给我一份民办教师转公办的通知书。

如今，岁月的风霜漂白了我的两鬓，每当看到如今邮政新绿依旧，邮递手段更趋现代化，或机械化运作，或数字化创新，可我依旧怀念老沈风尘仆仆绿意盎然的身影……

（原载《武冈报》）

那嫣然一笑

那嫣然一笑老是萦回在脑际，似春风拂在湖面上荡起粼粼的涟漪，如月光掠过云彩时给大地披上的袅袅轻纱，美妙撩人，让人遐思绵绵……

那天晚上，我穿行在大街上，穿梭般的车流，熙熙攘攘的人潮，五光十色的霓虹灯光，甚嚣尘上的噪音，剪辑成一幅闹市夜态视频。被白天杂务缠得疲惫不堪的我，更添几分烦闷，后悔误入"歧途"，来掺和这一曲市井闹剧。

然而，就在我行将逃离，想去寻找一处僻静的里弄憩息片刻时，匆匆的人流中忽然激起一朵绚丽的浪花，一位异性与我邂逅！她风韵犹存，质感丰富，情态自然，仿佛有一股特别的气场圈住我的身心，让我朝她忘情地一笑。我相信，她也被我的翩翩风度感染上了，回眸报以嫣然一笑。我立刻在记忆的仓库中快速扫描，希望搜索出她的相关信息，却是一片空白，我们纯属萍水相逢。犹疑间，她已淹没在人潮中，我正驻足寻觅，却被一股逆流推着我向后浮游。

她的身影消逝了，可是这短暂的一瞬却留在我的记忆深处，她那恬恬的笑容清晰地映现在我的眼前，久久不能抹去。这虽然只是近在咫尺间的擦肩而过，只是四目相对时瞬间的舒心一笑，我却从她那张灿烂的脸上和波光荡漾的眼中解读出丰富的信息：那是天然去雕饰的淳情闪烁，那是超然物外的灵犀沟通，那是毫不设防的友善流露……

大千世界茫茫人海中，偶然一回眸的情感互动，我坦诚地说，我也相信对方，我们没有邪念，没有猥亵，与情色无关。有缘千里来相会，我相信这可遇而不可求的一瞥是缘分。我更愿意相信这是人性的本真渴求，在眼下世人一味追求物质享受、以金钱为纽带的大氛围中，人们的灵魂并没有沉沦，灿然甜美的事物在眼前显现，就会激起热情，擦出耀眼的火花。

在后来的日子里，我时而下意识地去大街上走走，希冀能再一次与她相遇，可是好景不再。隐约地遗憾之余，却也释然：如果真的遇上，不排除进一步相识，也可能发展到更深层的关系，等待我们的也许是世俗百态中的某一种结局；可是这并不是我理想的境遇，永没有我们相互把这嫣然一笑保存在大脑网盘中来得美妙、浪漫。

（原载《武冈报》）

尴　尬

　　人多经历过尴尬的处境。每忆及几十年前的一次拙劣表演，至今都要羞赧好一阵子。

　　我在武冈五中读初中时，几乎还算得上是个人物，年年官运亨通，初二那年官居学校团总支宣传委员。那时虽是花季年龄，可是形象并不如花似玉，反倒是脸面黑黢黢的有点土老帽，缺乏靓丽色彩；尤其那一期我竟然和一个女同学同座，她又是那么让我心仪，因而私下里总想改观一番，以便形象能与地位、身份配套，更能吸引该女同学的眼球，赢得她的垂青。却苦于条件限制，不能像现如今的靓仔、款爷、官员出入美容机构实施系统的形象工程。

　　一天，我发现团支部办公室的小立柜中有一包雪白的扑粉，是校文工团演戏化妆后废弃的。我却如获至宝，揣在怀里，极想寻找机会施上一点，窃以为可以"蓬荜生辉"，使原本黑黢黢且土头土脑的形象增添点亮色，并且使身上有股诱人的淡淡清香。

　　机会似乎来了，有堂生物课，老师讲得鸡零狗碎，学生听得兴味索然，大多讲起小话、玩起把戏来。我窃喜，在课桌抽屉里实施暗箱操作，悄悄撕掉扑粉封口，倒一点在掌心搓匀，趁着纷乱的时机，把头低下去，凭着课桌当掩体，将粉往脸上敷去。就在这时，我突然发现那女同学正朝我看着，清亮的眸子好奇地睁大了，旋即恍然大悟地为我羞红了脸，立刻伏在桌上偷偷地笑起来。其时，讲究穿着打扮是小资产阶级思想的表现，不过它确实又是一块闻起来很臭吃起来挺香的臭豆腐，爱美之心，人皆有之，自古皆然嘛。我原本只希望通过偷偷施粉产生天然去雕饰似的靓丽、芬芳效应，而让人发现就等于暴露了丑陋的小资灵魂，何况我正当处在十分在乎女同学印象好坏的敏感年龄段，见她发现了我的隐私，顿时面红耳赤，浑身爬满蚂蚁似的难受，恨无地洞可钻。我赶紧将扑粉掐进手心揉成一团丢到抽屉旮旯，同时伏在臂弯里，暗暗在袖子上使劲想蹭脱沾在脸上的粉末……

其后好长一段时间我不敢和那位女同学打照面，她也似乎不敢看我，一看到就忍不住要脸红。我们虽然同桌，却视而不见如同隔开一堵无形的墙。后来，趁着期中变换座位，我和她分开了，不过，那份尴尬总是缠绕着我，拂也拂不掉……

人贵有自知之明

我因为有过一些文字见诸报端或者书刊，善意的人们便让我忝列作家一族。其实，那年武冈网友陈碧秋先生在《文学大家谈》栏目向我访谈时，我就说过，我是不能称之为作家的，充其量是个老业余文学爱好者而已。鲁之洛老师看过我的访谈录以后，在给朋友的邮件中，说我为人低调，值得表扬。朋友把邮件转过来，我读后高兴之余，却甚觉汗颜，因为我这人原本就没有高调可唱，没有值得张扬的资本；如果因为没有刻意像那位卖瓜的王婆一样推销自己而得表扬，实在受之有愧。

我自知功底浅薄，非科班出身，仅仅是个"文化大革命"时期的高中生，这还只是微不足道的学历，至于学力更是羞于启齿了，那个年代根本没有学习知识的机会呀！正因为如此，别说写作上没有什么造诣，就是起码的谋食岗位也只是个山角草弄的小学教书匠。唯其如此，前年我为拙作《血祭野人山》维权过程中，有人向侵权者发邮件，说我写不出那样的"好作品（邮件原文用词——本文作者注）"。

好在我这个人肠子比较大一根，向来不太计较地位的卑微，甘心安于现状，疏于甚至反感于名利场中丢人现眼的血腥角逐。正因为缺乏上进心，所以恢复高考的第二年，我和家兄同时上了大专分数线。他被录取了，我却因为种种原因名落孙山。我没有失落、颓丧，并且由衷地为家兄高兴庆贺。至今谈起这回事，他都称谢我的气度；也所以，在二十世纪八九十年代，我先后参加过湖南师大的在职教师招生考试和武冈报社记者招考，都以笔试第二名的分数而与录取、录用绝缘，然而本人自我感觉依然良好，竟然沾沾自喜于究竟证明了自己的价码……

又好在我这个人有点自强心，知道自己的知识先天不足，渴望学习。我不是天才，"地才"也不够格，不能像那些天资聪颖的佼佼者一样，读起书来一目十行，过目成诵，立言著述文思奔涌，一挥而就。我用的是笨办法，舍得花时间去读、去练笔。教书时，为了把知识传授得准确生动，无论小学还是中学的课文，一般强迫自己先背诵，并且在范读课文时当着学生背下来。读书百遍，其义自见，加上课前查找资料精心备课，讲析课文时就基本能做到水到渠成，游刃有余。为了增强教学和写作的能力，我还广泛涉猎古今中外的文学作品，背诵了不少名著。我边读边写读书笔记，带点赏析成分，积累了三十多万字，后来辑录了一部分，冠上《玩赏珍珠》书名，由珠海出版社出版。正因为这样，读过后去教学，去写作，教然后知不足、写然后知困，又去读，如此这般，似乎有了点良性循环效应，教学有了点进步，在20世纪80年代初叶崇尚知识有点实质性内涵的时期，我凭成绩录用为公办教师。同时，写作也有了些微收获，渐渐有一些文字变成铅字，发表在各级报刊上。

上述文字，也许有自吹自擂之嫌。请诸君先不忙唾弃，严格说来，这倒把我的"短"板暴露无遗了。别人一旦自我介绍起来，动辄就是著作若干累计几百上千万字，获奖若干。我在那些高产大家面前，常常有"破帽遮颜过闹市"的窘态，因为我写了近四十年，才那么百十万字，还自觉不敢登大雅。

好在我这个人有点"内省"素养。古代圣贤曾子自律地"吾日三省吾身"，我也试着效法，省自身的弱点，力求改过；省自己与他人的差距，力争不太落伍。如果说我写作上广种薄收有点进益的话，也是与不断参师分不开的。我把周围的老师、兄长、朋友当作标杆，在和他们的交往中学习他们为人之道，在阅读他们的作品时揣摩他们的为文之义。读自己心仪的师友的东西，和读别的文字感受是有区别的。文如其人，人如其文，熟悉这个人，读起他的文章来就有一种亲近感，如同心灵交流；有一种透明感，没有神秘，颇具可塑性。在耳濡目染中，我领略出鲁之洛老师作品内涵的深邃和磅礴，外延则语言文字的严谨、精湛，与老舍、巴金们一样堪称语言大师。我也体味出周宜地老伙计为文的昂扬大气与儒雅倜傥，常常为其作品中构思奇巧的故事情节和独具匠心的布局谋篇拍案叫绝。而读起曾维浩来，常常有一种回肠荡气的酣畅，那空灵诡谲的氛围，那瑰丽奇异的画面，那沁润着睿智而灵气的语言风格，无不叫人振聋发聩。至于读家兄三畅的作品，更是别有一番感受在心头，那一个个被独具只眼剪裁、提炼的载体——小说的人物和故事情节、散文描写的对象，别致新颖；那曲径通幽的意象，令人忍俊不禁的同时，别有一番心灵的震撼；细腻而老到的笔触，幽默、风趣而又不失含蓄的语言，无不折射出作者深厚的功底和机趣的个性特征，难怪张建安老师在论述湘西南地区作家群时，称他为"鬼才"，当之无愧。还有唐谟金老师的为文的严谨不苟，选材准确，构思巧妙；钟连城先生的超高产，悬念迭起的故事链……这一切，都是可资我和为文朋友们汲取不尽的珍馐佳酿。我每在读他们时，总有一种自愧弗如的感佩，有一种努力追赶的冲动。

　　人贵有自知之明，不仅贵在敢于解剖自己，还贵在懂得解剖自己，知道自己有几斤几两，不妄自尊大，贻笑大方。我在这方面也有体会。拙作《血祭野人山》维权成功以后，花城出版社去年又再版了，还按照出版合同，销售超过六千册以后，按8％的版税付了万把元钱的稿费。有朋友祝贺我，并且不无吹捧之嫌，说近些年来，某个文学圈子除了钟连城的书出版发行并领取稿费之外，我是第二个，仅此而已。我深感惶恐，不敢苟同他。我说，我那本书的出版只是一种特殊的巧合，因祸得福，算我行了点小运，发了笔小财，却不能凭此论高下。因为体制的关系，出书难成了作家的难言之痛，好多作家的作品比我的优秀得多。在细节方面，我也挺注重改过从善，去年我在武冈人网站上贴的文章，有几篇被网友指出了瑕疵，用词不当，语义含混，标点失当等。有几位好心的朋友为了照顾我的面子，跟帖为我打圆场，佐证我的行文不算失误。我除了感谢朋友的良苦用心，并没有倚老卖老恼羞成怒地和指瑕的网友打笔墨官司，而是在自责之余，警告自己日后一定要谨慎。

为人若能掂量出自己分量，能战胜自己的浅薄，或许就能胜出。

愿以此文与诸君共勉。

（原载《都梁风》）

魂牵梦萦4305.cn

  武冈人网"情系家乡，欢叙梦想"2014年终聚会的帷幕已经降下10来天，可是武冈大酒店五楼多功能厅内那一张张熟悉的、不熟悉的亲切笑脸依然映现在大脑的荧屏上，那一句句乡音未改的问候、祝福和一阵阵的欢歌笑语犹然响在耳际，那一番番洋溢着乡情乡谊的话语仍然震撼着心灵……是的，这次聚会提供给与会者的精神大餐享受远比当天筵席上的美食佳肴享受含金量高！

  网络本来是个虚拟的世界，在别的网站上，人们多"隐身"式涉足其中，扮演着一个个色彩斑斓的角色，而网络一关闭，就各自天涯海角"云深不知处"互不相干。而我们的4305.cn作为一个地方门户网站，却是一个实实在在的凝聚家乡游子的理想平台。通过这个平台，上网时大家是网友，是楼主，互为粉丝，发布信息，广而告之，八卦，点赞，拍砖，灌水……百花齐放，百家争鸣，率性而为，构成网络世界中一道五彩缤纷的精彩景观；现实中，大家又是兄弟姐妹，是乡友近邻，是同学同事，是师生师徒，是老板员工，大家同饮一江水，同吃一锅饭，同品一壶茶；为了凝聚人气，以站长高远为代表一群热血青年，在一些情系家乡企业家的赞助下，每年组织一次年终聚会，让五湖四海、天涯海角的游子欢聚一团，畅享情谊，欢叙梦想。这是朋友们津津乐道的独具武冈人网特色的一大亮点,其他网站望尘莫及。

尤其让人网朋友们引以自豪的是4305.cn这些年那些事,她吸引着四万多名同乡在其中注册,点击量达数千万人次之多;她的几个板块办得各有特色,《武冈同乡录》联结着数万颗同乡赤子之心;《武冈信息》为沟通乡友之间的联系提供了"免费的午餐";《武冈新闻》让四海游子能时刻把住家乡建设和发展的脉搏;《武冈文学》更是文学爱好者的一方乐土。

作为一名老年文学爱好者,我要特别为《武冈文学》栏目点赞。将近十年来,《武冈文学》可谓群贤毕集,星光灿烂。早些年,家乡文学泰斗鲁之洛老师曾经加盟其中,使这块文学园地颇有"蓬荜生辉"之幸;周宜地、黄三畅、张小牛、邓星汉等家乡著名作家、诗人至今活跃其中,为这块乐土增添着肥沃的养分;老特务、舟子、张一、蛤蟆、蒲楚、闯飘、芒果、苏山、熊晔、姜远林、黄畅等一大批文学新秀如雨后新笋林立,使这块风水宝地显得昂扬向上,生机勃勃;淡淡清辉、妙玉、长发飘飘、沈慧英、姚遥、刘姣美、云淡风轻等一位位才女,让这块翡翠园活色生香。青松、蓝豆子周、黄生楚等摄影爱好者用一幅幅精彩的照片为她锦上添花。我还要特别推崇的是为这块乐园培土施肥的辛勤园丁们,言宋老师近十年如一日坚守在这里,慧眼识珠发现新人,扶植新人,让以老特务为代表的一批后起之秀脱颖而出,其默默奉献的精神几欲催人泪下;钟文晖老师诲人不倦的精神,也让文学爱好者们深受感动;李飞不仅笔耕不辍,还以"挑刺专家"著称,为大家的习作点评润色,功不可没;陈碧秋更是一位热心人,早些年经他推出的一系列《陈碧秋访谈录》,为向外界推介湘西南地区这块文学热土的盛况费尽心血,如今又在人网团队担纲担责,已推出的九期《达人访谈》在网络上产生着深远的影响。正因为有这一大批老将新秀的共同努力,才重新开创出继二十世纪八九十年代以来武冈文学的又一次高潮。

　　我还要为人网点赞的是她的侠肝义胆。几年来，无论抗震救灾，还是救贫济困，网站多次组织动员网友伸出援手，慷慨解囊。日前为见义勇为的落难英雄捐助的义举，产生了强烈的社会反响。

　　正因为4305.cn是这样一个凝聚、温暖家乡游子的平台，人们才热爱她，守护她，为她增色添彩。年终聚会则是对这种凝聚力的检验，马年腊月二十八的空前盛况，昭示了一个不争的事实，则人网的人气越来越旺，她已经成为家乡游子魂牵梦萦的第二精神家园。

　　从聚会现场回家的途中，我为人网的发展壮大庆贺、祝福之余，也萌生出一丝乡愁，就《武冈文学》而言，作为人网最具品牌的栏目，开头几年繁盛的风光难再，这也是不争的事实。作为过来人，我衷心希望能从这个平台涌现更多的文学新人，走出武冈，走出湖南，走向世界！愿与诸君共同努力，打造辉煌！

我骑单车也潇洒

退休赋闲住进小城以后，一直想买一辆车代步，便于郊游、购物或走亲访友。可是原先的居室苦于没有合适的车房，未能如愿。现如今搬进新居，也有了车库，置车于是提上议事日程。家人们有主张买电动摩托的，有主张买燃油摩托的，有主张摩托、单车两样货色齐备各派用场的，甚至有主张买夕阳红轿车式电动车的。在诸多的意见中，我采纳了其中的半条，于元宵节后买了一辆价值四百八十元的变速赛车。

如此出手"大方"，并不是从购买能力范畴来考量的，我还叨念过只要允许我考驾照就飙一辆小轿车摩登摩登哩。买单车其实不失英明之举，小城不过弹丸之地，无论郊游、购物或走亲访友，摩托能承载的工作量，单车也能胜任，至于回乡下或远程旅游，单车勉为其难的，摩托也爱莫能助，非汽车、火车、轮船或飞机莫属；单车轻便、快捷，来去自如，加上我早在二十世纪八九十年代就是个骑车的熟练工，曾在乡间的砂石路上纵横驰骋过，这下在水泥、油砂路面上行驶准能得心应手，舒卷自如；骑单车的活动量较大，相当于一项强身健体的体育活动，比起有些人开着小车去健身房蹭跑步机之类要明智；还有一项不容忽视，单车非机动，节能减排，绝少噪音，合乎环保的基本国策要义。

计划实施当天，就彰显出优越性来。都说骑车之类的技艺，只要学会了就能终身不忘。此话当真，我从单车店推出车来，一上武强路，手扶龙头，偏腿跨上座垫，蹬动踏板，抬头挺胸向前看，就如识途的老马，那车就沙沙地朝正前方欢快地溜去。我为自己宝刀不老、雄风犹在而春风得意。一路上车水马龙络绎不绝，我找准自己的位置，沿着右侧人行道，目不斜视地沉稳前行，时而穿插，时而避让，时而等待红绿灯。偶尔发现也有如我一样骑单车的，就有一股引为同道的亲切感油然而生。面对以汽车、摩托呼啸奔涌为主旋律的壮观场景，我丝毫没有因为骑单车感到寒碜、窘迫，反而为自己能融入涌动的潮流颇感欣慰。尽管我们骑单车的只是毫不起眼的一朵朵小浪花，可也不失是一道回归自然、崇尚新生活的风景。就这样兴致勃勃的一路走来，不知不觉就到了家里，与平时坐公交车速度相近，比步行省下了不少时间，尤显成效的是筋骨舒活了，且浑身热乎乎的，寒意尽消。

于是我恋上了单车，老想着要和她亲近亲近。前些天寒风冷冽，也忍不住骑着去大街上兜兜风。雪后第二天，我迫不及待地骑车来到家兄家，是他主张我既买摩托又备单车的，这下兼有向他报喜和一同出游的意思。我们驾着坐骑，相跟着从北向南穿过小城上了武威路，再折而向西，来到渡头桥大垅，在笔直的田间大道上慢车以当步，然后闲庭信步般沿着防洪大堤上溯山岚铺。第一次坐单车郊游，又值初春难得的晴日，暖融融的艳阳，吹面不寒的杨柳风，何其赏心悦目耳！举目四望，空阔静寂的田野里，尽管昨天才大雪初霁，可究竟春天的脚步挡不住，路边田间地头，草色遥看近却无；垄畦间的油菜苗儿和起蕻的白菜，茁壮碧绿，尖梢上鼓胀的花蕾如憋不住气的小精灵，呼之欲出；豌豆蔓争先恐后地爬在支架上，探头探脑；兰花豆憨墩墩地排列在菜畦边沿，有的歪头晃脑，有的在侧耳细听着春天的歌。防洪堤下，稍下游一点，河水静静地流淌，河面上鹅群鸭族在抢先体验春江水暖，嬉戏追逐，搅得河面上的蓝天白云绽开一丝丝菊花瓣；上游有座不高的拦河坝，满当当的河水顺从地往下淌，大坝仿佛披上一袭透明的披风，在阳光中熠熠生辉，坝脚下溅起朵朵浪花，雪白的泡沫随波逐流，继而消逝在明镜似的河湾里。

　　我们正兴致盎然地漫游、闲聊着，不料我的肚子不配合，竟然饥肠辘辘，浑身绵软乏力。家兄宽慰说，山岚铺就在前头，那里有食物买。我强忍着，同时不免窃喜，这可是骑车效应！平时活动量不大，饮食又优裕，不避油腻，经常处于浑浑噩噩无甚欲求的饱和状态，很久不知饿的滋味了。眼下增强了活动量，就有了强烈的食欲，岂不是求之不得的喜人状况么？到了山岚铺，买了一挂香蕉充饥，立即恢复了生机。然后我们怀着满载而归的惬意，潇洒凯旋。

（原载《武冈报》）

狗性的变异

　　我的居室阳台对面的一户生意人家豢养着一只小狗。去年冬季一捉来，就整天把它关在后檐下水泥护栏内一片不足两平方米的天地里。小狗天性活泼、顽皮，怎耐得住被关禁闭的寂寞？于是就反抗，就斗争，在那"囚笼"里，不吃不喝，只是歇斯底里地蹿跳奔突，狂吠猛咬，没日没夜，无休无止。那挣扎，分明是争取自由的斗争精神的体现；那吠叫，何尝不是渴求解放的正义呐喊？可是，小狗的主人全无半点恻隐之心，对这一切视而不见，听而不闻，为了来年卖狗肉赚一笔小钱或吃上一顿狗肉，残忍地扼杀着它的天性。面对这一搅得四邻不安的惨状，我几次想向主人为小狗求情，恢复它的自由，可惜我与那家人素不相识，何况自古商人重利不重情，区区一只小狗何可怜之有？我只好三缄其口。我相信其他的邻居也和我一样谨慎，都没有提出什么异议。小狗居然不乞求别人同情，斗志丝毫未减，大有一种"无自由，毋宁死"的凛然气概，不屈不挠地殊死抗争着。可是这刚刚断奶的雏畜究竟气力有限，一两天后，已经精疲力竭。然而它仍然颤巍巍地昂着那颗不屈的头颅，前腿撑地，后肢拖在冰冷的水泥地上，干瘪的肚皮喘着微弱的气息，一边勉强地游走着，一边断断续续、声嘶力竭地干吠。每当夜深人静，听着那惨绝"狗寰"的声声嘶叫，令我怜悯叹息之余，还陡生一种情愫：比起某些苟且偷安的人类来，这小狗对理想的执着追求令人肃然起敬！又过了两天，那囚笼里似乎偃旗息鼓，没了生气。我以为那小狗终于在争取自由中"涅槃"了。可是夜深时，更叫人揪心，从那囚笼里偶尔传来游丝般的声息，原来那小狗还活着！可是生命已经衰竭，声音严重嘶哑，估计身子完全瘫痪，处于苟延残喘的境地。只是从那偶尔一两声力度稍大的呻吟中，有对回归本真天性的无限眷恋，也有生命体本能的强烈求生欲望。不过我为小狗痛惜，断定它的生命已到了终极阶段。后来我回乡下小住了几天，对那小生命渐渐淡忘。

然而狗的生命力顽强得令人难以置信，当我从乡下归来，忽然听到居室对面一声小狗的叫声，有点嘶哑，却处于渐趋清亮阶段，注着颇充沛的气力。我以为那家生意人又换了一条小狗豢养，走到阳台上向对面俯瞰，竟是原来那只小狗起死回生！只是它已经没有了先前的刚烈和天真，正呆痴地摇着尾巴，时而挑精拣肥地品尝着主人投放在白瓷盘中的饭食，时而抬起头对跳在护栏上垂涎着盘子里食物的一只公鸡发出威胁的吠叫。顿时，我生出一种淡淡的悲哀，为狗性的失真、变异。我的潜意识里，有一种希望小狗能挣脱羁绊重获自由的倾向。

时间是缓释创伤的麻醉剂。如今，那只先前灰不溜秋桀骜不驯的小狗已喂养成一只毛色光滑润泽的百依百顺的中狗，还有一点变化就是，主人在它脖子上套了一条窸窣有声的银白铁链。是主人深谙"防狗之心不可无"之道，还是为了扮靓，不得而知。因为那铁链没有被拴在桩柱上，狗可以在那护栏内自由溜达、跳跃；而视为项链之类的饰物又嫌粗糙，秀不出狗的形象来。不过这一切都不妨碍主人的既定计划，那狗离给人们冬季壮阳补肾的日子越来越近了。只是狗全然没有觉察，一如既往地对主人摇尾乞怜，攫取食物的同时，为主人赚钱而注膘长肉。

昨天早晨，我在阳台上做早操时，摄入眼帘的一幕震撼着我的心。女主人打开围墙后门，牵着那只狗沿着水圳走了几十米，然后放下铁链，让狗在空坪上活动，自己即转身进了后门，把门闩插上。目的就像监狱里放风一样，让狗在外面舒松一下。我盼望出现奇迹：那只狗忽然本性回归，乘机逃脱囚禁，去旷野中奋蹄疾走自由驰骋，去打猎场上一展嗅觉灵敏的特异功能。可是当我还没有为之设计好灿烂前景，它就迫不及待地返身往回走，到了后门边，一边用爪子抓挠着门扇，一边惶急地吠吠叫着，生怕主人把它丢了，恨不得立即回到那不到两平方米的安乐窝中去。女主人不耐烦地走过来，"丑狗！贱骨头"地臭骂了一通，才放它进门。那狗欢快地嗅着主人的裤腿，摇着尾巴，媚态横生，令人作呕。

此时此刻，我的心田泛起悲悯的涟漪。动物与人的禀赋有相似之处，君不见多少芸芸众生，与狗性的变迁有惊人的相似之处，开初无不具备着善良、正直、率真的本性，面对当今拜金热、物欲横流的大千世界的诱惑，尚能痛心疾首指斥人心不古世风日下，或者做中流砥柱状与其抗争，可是在孔方兄的禁锢下，随着时间这剂麻醉药的作用，一个个失去了原本的纯真，沉溺于纸醉金迷的安乐窝中。杯具不仅仅是一个个贪官污吏、毒、赌、黄、黑等社会毒瘤被豢养、孳生出来并且少数被惩办，而是这一切逆时代潮流而动的毒素已经侵染着一代又一代后人，视一切违法犯罪、腐朽糜烂的丑恶行径为精明强干，而视遵纪守法、清正廉洁正义之举为傻B德性，出现黑白颠倒的审美误区。

我阳台对面的那只狗已经注定了做人们进补的佳肴的命运了，却希望有识之士们救救天真烂漫尚未被禁锢、扼杀的孩子们！

故园采风

GU YUAN CAI FENG

过 大 年

"大人盼莳田，小孩望过年。"在昔日的农耕文明时代，这两个盼头让人们无比振奋。大人们肩负着养家糊口的重担，当然希望早日插下禾苗，赢来"秋收万担粮"的好年景，过上丰衣足食的好日子。小孩们不当家不知柴米贵，过大年才是最值得期盼的节点。那时候是自给自足的小农经济模式，一般人家手头拮据，生产工具和生产技术落后，一年到头日出而作日入而息，守着那一亩三分地，收入十分微薄，生活水平自然高不到哪里去。因此，平时总是挤挤攒攒过日子，粗茶淡饭、红薯杂粮勉强果腹，粗布衣裳、缝缝补补将就蔽体。只有过年了，才可以大吃大喝，才可以穿新衣服。这一年一度的盛事，小孩当然最向往啦。

我们那里乡下对付过年，简直有点全力以赴的架势。家里养了个把猪、几只鸡鸭，平时舍不得杀了吃，是特为过年准备的。等到进入腊月，大家就相继杀过年猪了。可是即使杀了猪，也舍不得大吃大喝，而是要放在炉挂上烘干了，熏得红彤彤、香喷喷的，单等过年时才享用。一般的还要打上十来榨（盒）豆腐，做血粑、腊豆干，煎炸成油炮豆腐。腊月二十四祭了灶王爷后，年味越来越浓了，可还有很多的事要做，烤酒、熬糖、舂糍粑、杀阉鸡，忙得不可开交。

　　别的地方据说过年时只在除夕夜吃团年饭，我们家乡习俗不同，仿佛盼了一年，累了一年，迫不及待了，除夕的头一天就开始过年了，让淘枯了的肚皮像干裂的田地得到雨水浇灌，因此过年第一餐准能大快朵颐。年饭在午餐进行，炖一块丰厚的腊肉和一些煎豆腐，切成手掌一样大小厚薄，炒一炒，拌上辣椒香葱等佐料，大蒸钵装盘上席，配菜只有连同肉炖的萝卜片，丰盛而简单。然后，一家人围桌而坐，大块吃肉，大杯喝酒、大碗吃饭起来。那炖得颤巍巍流油的肥肉块，唅一口一个对丫叉，两边腮帮流圳水。煎豆腐块炖成蜂窝一样，浸润着油水，绵软柔顺，落口消融。那时的人们不知道什么叫油腻，专拣肥肉块和豆腐吃，瘦肉反而不受青睐。尽情享受着，那股香喷爽口、甘美滋润的感觉，叫人把一年的辛劳都忘到九霄云外去了。

　　我们家乡除夕那一顿饭叫年关饭，在凌晨二三点到天亮前这一时段吃。旧时代，年头月尾了，穷人免不了有借债还不上的尴尬，想到外头去躲一躲；债主则想出门讨债，于是都尽量提早吃饭，各走各的路。新时代债务不多了，早早吃年关饭的习俗却沿袭下来。年关饭吃得讲究点，一般都要炖一块瘦肉多的肘子肉和煎豆腐，并且增加一两个菜品，鸡鸭鹅之类，尽其所有，毫不吝惜地操办。这是要早做准备的，头天晚上就把腊肘子洗净炖好，切片备用。只见被切开的肘子，炖得熟透，显得嫩颤颤的，每块肉足有耳刮子（手掌）宽厚，绛红的皮，晶莹透明的肥肉瓤，酱红滋润的瘦肉，简直是精美绝伦的艺术杰作。砧板上热气腾腾，屋里飘荡着诱人胃口大开的腊味酥香，直诱得人满口生津，咽得喉咙咕咕叫。母亲却没有让我们当即尝一尝解馋，一来还没有敬奉神明，凡人不能先吃；她还说，只有宝山夏家那边的人才有三十夜吃砧板肉的习俗。原来夏家人的先祖某年为养家糊口外出挣钱，临到过年了还没赶到家里，带着娃娃们在家里的婆婆早把肉炖熟、放在砧板上切烂了，等啊，等啊，不见回来，娃娃们实在馋得没法了，婆婆才准许大家从砧板上抓肉吃。听着人家伤感的故事，想到眼下自己的幸运，我们才耐住性子不让馋虫发作。

母亲把煮好的肘子肉拌油炸豆腐，盛到一个大瓦盆里，交由父亲敬菩萨。我们兄弟帮着搬供桌，点插香烛，摆放碗筷，筛净茶素酒。一时间，堂屋里红烛高照，香烟袅绕，酒肉醇香扑鼻。父亲平时并不信神，每月初一十五都是由母亲在家先土地龛前上香奉茶。可过年时父亲格外至诚，拿一叠纸钱在手，毕恭毕敬鞠躬肃立，一边把手中纸张撕开，一边口中念念有词，向神灵祷告。念了例行的祝祷词，父亲还要改换成通俗的口语，像是在面对面和逝去不久的祖父祖母亲切交谈，请他们品尝享用。然后深深地打躬三揖，点燃纸钱在炉中烧化。我们也站在父亲身旁，把肃穆挂在脸上，跟着作揖，往香炉中添加纸钱。——后来，父亲这一口语化的奉请传统也被我继承下来，每逢年节，肃立在故去的父母牌位前，一声深情的呼唤，寄托着对父母的感恩和缅怀之情。这种仪式，与迷信无关。父亲打开大门先敬天地，我和哥俩分别点一根香燃放炮仗。村上很多人家也在敬菩萨，夜空中闪烁着雷电般的光亮，爆竹声此起彼伏，弥漫着硝烟和腊肉混合香味，山乡洋溢着热烈而祥和的气氛。

敬神结束后，就是吃年关饭的幸福时刻。一家人围坐在桌前，等父母象征性地先尝了一口后，我们晚辈就放开肚皮尽情地饕餮起来。人们没有因昨天饱餐了一顿而食量有所减弱，食欲依然很好，何况是炖得烂熟的肘子肉和一年难得几回吃的鸡肉之类，吃饱了也不觉得腻。

吃年关饭时可不能开门，提防外人进来，据说外人进来踩破"年关"，有不吉利之嫌。饭后，有的大人还要给牛喂一碗年关饭，外加几块肉，一来感谢它一年的辛劳，二来激励它来年再接再厉。也有给桃李等果树过年的，在树干上砍个丫口，把饭团和肉块塞进去，企盼来年多结果子。

除夕这一天百无禁忌，吃了年关饭，该干什么就干什么，闲不住的大人们有的去山上办柴禾、有的给越冬农作物施肥，有的打扫卫生，把屋里屋外收拾得干干净净整整齐齐，有的贴对联，迎春接福。不过细伢子们得到彻底解放，大人不会指派去干活，可以邀集在一起尽情玩耍。

那年代没有电视，更没有春节联欢晚会，除夕夜，和别的地方人们守岁的习俗相似，家乡的老人们也兴久坐，叫"坐年寿"，坐得久寿命就长。很多人在这一夜还要痛痛快快洗个热水澡，叫作"洗账"，据说一身轻松来年可以不负债。我也每年都要洗一次，早些年似乎不灵，来年照常会欠账，近些年却有点灵验，很少欠账了。

如今，随着物质生活越来越优裕，天天像过年一样，然而当年那浓浓的年味已经打捞不上了，留给人们的只有淡淡的乡愁。

（原载《邵阳日报》）

拜　　年

大年初一，一切都是崭新的。

天未亮，我们首先来到堂屋里给父母拜年。老人亮出慈祥灿烂的笑容，一边点头致意，一边把热腾腾的糖茶递到我们手上。平时不耐俗套的父亲一改矜持，向我们祝福，说得实在："愿你们兄弟新年进步，读书得头名！"母亲则把用红纸包着的压岁钱发给我们。我们也祝父母身体健康，万事吉祥。喝着香甜的热茶，揣着小红包，我们感到十分温馨愉快，体验到了父母的关怀和厚爱。

开张第一天，图的是大吉大利，因此有更多的讲究，煮饭时要掺点糯米，煮的饭柔和袅润，主一年顺心遂意。放水时要谨慎，放得太多煮稀糊了，放少了煮成夹心饭，都不吉利。菜品更要突出"吉祥"的要义，扣肉寓意团圆；鱼表示年年有余，并且要是有鳞（能）有翅（志）的鲤鱼或草鱼，找不到鱼摆个木鱼也好；牛肉是雄健壮硕、牛气冲天的象征；羊肉主三阳开泰之兆……总之都有文化韵味。饭前照例要敬奉神灵，祈求人寿年丰，国泰民安，然后，放爆竹。我家的、邻居家的、村上的乃至整个山乡的爆竹声相互接应，此起彼伏，响彻霄汉，把迎春接福的心愿宣示得昂扬激越。

这一天最开心的是拜年。吃了饭，年轻人和小孩子们穿上新衣服，欢天喜地去"出行",给长辈们去叩节,恭贺新春,并且收获祝福。人们早早吃饭,就是为了去各家各户物化这一美好的愿景。小孩子们最积极,天一亮就成群结队往各家各户进发,到了大门口,作个揖,尊一声爷爷奶奶或伯叔婶娘"拜年啊——"主人家就掖着筲箕或端着盘子,笑容满面地走出来,一边给大家以新年的祝福,一边逐一馈散礼物,有烧饼、有纸包糖、有爆谷糖。母亲是最慷慨的一个,每年都散那种粘上芝麻的厚饼。看着细伢子都拿着糖饼欢天喜地离开,七嘴八舌地夸说"八婶婶真好,舍得,大方,散的饼又大又甜",母亲心里甜滋滋的,脸上绽开笑容。人们图的就是在这头日子讨童真无邪的吉口呢。若是细伢子讨到哪家太淡漠,或者没有,听到"他们家小气,没有"这样的话,无疑是觉得晦气的。

自打读初中以后,我们不再参加"儿童团"挨家挨户讨烧饼的行列,而是邀上几个半大的小伙子,在教书的大哥带领下,去各位长辈家叩节。长辈们对我们这些"知书达理"的侄辈登门,十分高兴,都忙不迭地筛茶、递烟、让座,吉祥的话语悦耳动听:"祝愿各位贤侄出行大吉,动步生财。工作岗位上的连升的连升,读书的早日金榜题名……"我们于是纷纷致谢大伯的贵言。说着,主人就要留大家就座喝酒。因为要去"行礼"的主子太多,我们一一谢绝。

还有第三批拜年的,都是和主人家关系特别亲密的晚辈,如侄儿、堂弟等,去一般人家里尽了礼节以后,就提着礼物,放着爆竹隆重登场。我的父母在村上人缘好,深受大家尊重,所以每年除了本家侄辈,还有几个血缘疏一点的叔侄也会如期而至。人多才兴旺,母亲十分高兴,一桌坐不下就把两张拼在一起,热甜酒和烧酒,大碟小碟地摆成行,有瓜子、花生、有腊瘦肉片、猪耳朵、猪肝、肠子、有血粑丸子、腊豆腐,还有爆谷糖、姜煎糖之类,尽心尽意热情款待。正月间摆碟子是最高礼遇。大家围桌而坐,开始还讲客套,喝着酒,只剥花生、嗑瓜子,充其量夹块血粑、腊豆腐尝一尝。旧时习俗，正月间摆的碟子不能轻易动用，得过了二月二才由回娘家的女儿扫盘。父亲看出了大家的心思，革故鼎新地说：旧时的皇历不能用了，那时大家都穷，过年最多称几斤、十几斤肉，腊味当然十分有限，只好摆出来装门面。而如今我家杀的猪全留下的，这些腊菜只管吃，下次待客再摆新鲜的。大家体会到主人情真意切，才带着感激，品尝起来。我不断给斟酒，让大家喝得酣畅痛快。

拜了年来到禾场上，平辈的兄弟凑在一起，互相致意贺节，互相敬烟，亲密无间，一团和气。哪怕平时有过节，鼻子气再大，甚至打过架的，都能相逢一"揖"恩仇泯，和好如初。

村子里到处欢歌笑语，爆竹声阵阵，到处洋溢着清新祥和的气氛。

（原载《武冈报》）

爆 米 糖

我偶尔论起老家先前的爆米糖好吃，日前老伴就从街上买回一包。乍一发开，立即吸引住我的眼球，那糖块四棱成角，码放整齐，白花花的切面间夹杂着金黄的纹圈。仿佛见到久违的老朋友，我掰起一小块就往嘴里送，可刚嚼动了两下，舌头就败兴地不想配合了。原来这并非我醉心的家乡爆米糖，它香则香矣，却缺了稻香的浓郁；脆则脆矣，却少了松泛与清爽；甜则甜矣，却没有了醇化后的甘饴。我端详着手里捏着的那半截糖块，爆花是粉条炒的，糖是白砂糖熔的……原料和工艺都与先前老家的大相径庭。

我的老家双牌乡一带制作爆米糖的工艺，其实是可以申请"非物质文化遗产"的。

昔日，临近过年时，一般人家除了杀猪、蒸酒、磨豆腐、挤血粑，还要揿爆米糖。这揿爆米糖是大有讲究的，要完成二合一式的一套工艺流程，即熬红薯糖、炒爆米花，最后把爆米花揿进红薯糖里，做成爆米糖块。

熬红薯糖工艺比较复杂。首先选一箩约五六十斤重的红薯，只要含淀粉多，不一定选大个的，粗大的根须也行，洗干净后切成团块。接着把薯块倒进荷叶锅里加等量的水煮烂，用锅铲或搅拌板搅成稀糊，冷却到不太烫手，即60℃左右后，就把事先浸泡好的麦芽水洒进去拌匀。——麦芽含淀粉酶、转化糖酶、麦芽糖、葡萄糖等，能使红薯里的淀粉糖化。——于是把红薯糊盛进水缸，让水缸在草窝里保持适当的温度。糖化五六个小时后，把红薯糊舀进粗布缝制的口袋里过滤。为了节省时间，人们一边在荷叶锅上坐上架子按压、过滤糖水，一边烧起武火煎熬，等滤干了，糖水也开了。

熬糖可是一门技术活，往往要请有经验的老师傅来掌本，步火候看成色。初煎的糖水在猛火的助威下，波翻浪涌，汹涌澎湃，气势煞是壮观。水分慢慢减少、糖分浓醇以后，锅里就渐趋平静，浪头变小，先是满锅鸡蛋般的泡沫沸腾蹿跳，用汤勺舀起橙黄色的糖水往下滴，开始呈时断时续的黏稠。这时，师傅就吩咐把火烧得更旺。当锅里的糖水煎到只有四分之一分量时，剧烈涌动的泡沫变得粟米蛋大小，舀起的糖水黏稠呈琥珀色，滴下来牵线不断，算是火候到了，师傅赶忙下达命令：熄火！扒火的动作要快，否则过了工，糖就有焦味，等于前功尽弃。糖熬好了，师傅就吩咐拿爆米来揿糖。

爆米在这之前恰巧炒好了。

炒爆米的原料是一种叫爆谷糯的稻谷，一锅糖水只要两升（约两斤半）糯谷的爆花就够了。炒爆花也很有情趣，安一口荷叶锅，灶中用稻草烧着文火，待锅烧热了倒进糯谷，不住地翻炒。谷子受热就开始爆起来，叭的一声中，竟然挣脱了束缚它的谷壳，裸体在情不自禁中膨胀了数倍，像一朵朵含苞欲放的白梅花蕾，跃然锅外。人们赶紧用雨斗笠罩着锅，于是斗笠下演绎开一场别开生面的威武闹剧来。起先是噼里啪啦像雨打芭蕉，继而频率加快，蓬蓬隆隆、蓬蓬隆隆如暴风骤雨袭击着帐篷，又仿佛催征的战鼓从帐篷外传来……三两分钟之后，锅里风平浪静、偃旗息鼓，揭开斗笠一看：宛如魔术师变戏法，堆垒出满锅白花花的骨朵，飘散着扑鼻的稻香。

爆米倒进糖锅以后，就由两三个人个拿搅拌板奋力搅拌。糖水和爆米充分拌匀后，立即趁热动手，把拌上糖的爆米一边揿压致紧固不松散，一边将成长团，像滚成一个雪球，然后放到榨豆腐的长方形盒子里，揿成四棱八角的矩体以便切割。

把糖安放在摊开的门扇上，师傅就拿起马叶子大刀开始铡切。那马叶子两尺多长，大人的手掌宽窄，刀背微拱，磨得雪亮放光；师傅把刀梢定在糖棱矩体的那边，他则站在这边握着刀把用力一铡，就切出一扇小孩手掌厚薄的糖块来；熟能生巧，他一路铡过去，就斜斜地躺倒一排，仿佛多米诺效应中倾翻的骨牌，整齐划一。大块的切好了，再用菜刀把每一块切成三指宽、四寸长一条的成品糖。这时，热情的主人就请师傅、帮忙的和前来看热闹的左邻右舍品尝，鉴定。

这些小爆米糖片洁白里间杂着金黄色的纹痕，好像白底镂花的几何图案，一块块更似镶金包银的铭牌，琳珑剔透，十分养眼；冷却后干燥松泛，糅着饴糖的甘醇和五谷的清香，初一品尝，爽脆松软，滋润甘甜，落口消融，满口生香，余味无穷，莫不交口称赞；吃这种含麦芽糖的珍品，富含消化酶及维生素B，有助消化，还有降血糖和降血脂的辅助治疗作用。

当然，精明的主人熬糖除了出于色香味俱佳，主要还有划算的考量。在那个年代，物资匮乏，新春佳节里要给前来拜年的伢妹子们散糖饼，宴请亲朋戚友要摆碟子，人情往来要打发包封礼物，散的、摆的、打发的分量太丰厚却捉襟见肘；分量太少又觉得过意不去，两全其美的举措是让爆米糖挂帅，既经济实惠又体面大方。新年大节的都爱图个吉利，所以主人将切好的小糖片每两片用稻草梢扎成一码，以便发散出去应着"好事成双"的彩头。然后把糖块用油纸包好，放进装有生石灰矿的缸里窖藏，以免回潮。

一个时代有一个时代的宠儿，很多宠儿早已风光不再，家乡的爆米糖这位昔时的当家"花旦"，却依然蕴藏着独特的风韵，透着迷人的魅力，叫人念想回味，勾起缕缕乡愁。

（原载《邵阳日报》）

干　塘

　　清早，空气清新，寒风冷冽，大地铺上一层严霜，仿佛下了一场小雪，田坎、地边裸露的坡面上竖立着丛丛簇簇狗牙齿霜凌，晶莹剔透；干枯的草茎上像沾着毛茸茸的面粉；鱼塘的浅水滩边结着薄薄的冰，塘里水位慢慢下降，那些像地图上不规则海岸线的冰层，岌岌可危地凌空架在岸坡边沿。

　　村上的人们陆陆续续来到塘坝上，或袖着手，或把手笼在衣摆下，蹲着、站着，尽管天寒地冻，有的在寒风中索索发抖，鼻孔里喷出两股淡白的雾气，可一个个兴致盎然，一边谈天说地，一边盯着水面，盼着塘里的水快点放干。

　　要过年了，祭祀先祖、年夜饭和招待客人的餐桌上少不了鱼——要应年年有余（鱼）的吉兆呢。——塘主人周晚爷为满足大家年节的需求，昨天就掘开卧涵八字口放水了，今天趁早起鱼。可这些早早来到塘边的人们并不是来买鱼的，而是来捞鱼的，除了几个被周晚爷请来专业捕捞的叔侄弟兄，其余大人、小孩都是来捞"野鱼"的。那年我十五岁，对捉鱼捞虾不太里手，可经不住鱼的诱惑，也跃跃欲试。

　　水位逐渐下降，周边的滩涂湿地越来越显露得多，可隐约看到鱼儿躬着背鳍在水里浮游。从水面波动的密度，人们估计着鱼的数量，有人估摸不上五百斤；有人打包票：寸水藏千斤，不少于十担。正争执不休，有人发一声喊，都不约而同行动起来，扎衣袖，捋裤腿，腰间系个鱼篓，托着网具，纷纷下塘。

见鱼生火，此话不假。尽管裸腿赤脚浸泡在刺骨透髓没膝的泥泞中，我开初还禁不住牙齿直打可可，然而人群中不时传来捉住大鱼的欢呼声，仿佛一股股热浪扑面，催人奋进。不甘示弱的我抖擞起精神，跨着大步迈向藏着鱼的深水处。举目四望，只见两三亩见方的水塘里，人头攒动，熙熙攘攘，到处被搅得泥浆翻滚，水花飞溅，加上欢呼、吆喝声此起彼伏，呈现出一派热火朝天的景象。人们有的张着罾（用竹竿做支架的网）起起降降地扳；有的拿一个钟罩般的篾座子东奔西窜拦截；有的托着带把的敞口篾网撮捞；我和很多人使用的是麻线织的拖网，长长的把手，像一面倒拖着的三角旗，可以扶着把儿在水里倒退着盲目网鱼，也可以先扬在空中再扣进远距离水下网捞暴露目标的鱼，灵活自如，颇为受用。

醉翁之意不在酒，在乎山水之间。同理，捕鱼的人不在于吃鱼，在于拼搏中激情燃烧时的快意，在于捕捉到鱼儿时的成就感和有所收获的喜悦。我穿行在人丛中，不时把网提出水面，只见网底鱼虾活蹦乱跳一气，转眼就一个个侧身躺着，圆瞪着眼，玲珑剔透的样子，煞是可爱。大把大把地抓着鱼进篓子的惬意劲，比享受着鲜美的鱼宴大餐还醉人三分。虽说我们是捞"野鱼"的，可大家并不野蛮，捞到草鱼、青鱼和鲢鱼，都规规矩矩地扔到滩涂上，由塘主来收拾。周晚爷也很慷慨，沿袭着传统习俗，鲤鱼和鲫鱼不是放养的，属野生，无论请来帮忙的还是捞"野鱼"的，捞到的都可以据为己有。那天早晨，很多人满载而归，连我这笨手笨脚的生手，也连鲤鱼、鲫鱼带小鱼虾，不少于一炮（十斤）。——可惜后来这个规矩给失了，塘主强行把鲤鱼纳入家鱼范畴。

这是口碟子塘，卧涵与塘底持平，本来可以彻底放干水在泥滩上捡鱼的，可塘主早堵住了出水口，保留着尺来深的水。这种不干脚的举措是为了让塘里留住一些鱼虾，作为种子繁衍生息，以便来年干塘时同样有比较丰盛的"野鱼"捞，符合生态资源可持续发展的战略要义。

捕捞很快接近尾声，大家陆续上岸。拖着冻得红肿、几乎麻木的双腿，我迫不及待往坝基上烧的一堆火走去。一同上岸的堂兄说刚从冰冷的水中出来就烤火，准会坏事。我们走到井边，用温热的井水一洗，慢慢恢复了知觉，又把篓子里的鱼漂洗干净，兴冲冲地走回家。

呵，热血流淌的年代，民风淳朴的家乡！

（原载《武冈报》）

榨　油

20世纪60年代，我读初中时一年暑假，队长队派我和几个大人为生产队榨油。榨油坊在隔壁大队一个靠山临溪的地方，一座四排三间的木架子屋，因长年累月油气熏染，到处油漉漉、润乎乎的，充满油香。这里的师傅技术过硬，菜籽的出油率高达35％以上，三百来斤一榨，可榨百把斤菜油。

榨油首先要炒料，就是把菜籽等油料倒进锅里翻炒。炒料的灶挺别致，门面砌成三尺来高一堵墙，遮挡火星或草屑。炒锅依着墙背面倾斜安放，左右也用砖围住，正面留个缺口，便于翻炒和出料。炒勺是个一尺多宽的半月形木铲，上弦装着短柄与把手，翻炒起来得心应手。炒料十分关键，得步准火候，炒得太嫩榨出的油水分太高不耐收藏，过老则影响出油率，只有恰到好处油品才纯正。炒料由师傅亲自掌控。

炒的料冷却后用砻子初步破碎油料，还要过一遍碾子深加工。

碾子是一个半径四五尺的大圆盘，圆周上安装着青石头凿的碾槽，八寸深，五寸宽；圆心处装一个轴心，轴心上套两个横木枋，像钟表的分针、时针，木枋末段吊两个垂直的撑竿，相距两尺左右；各装一个铁轮，安放在碾槽中。碾盘由牛拉动，像犁田一样套上牛轭，由人赶着绕碾盘转，转动中，"分针""时针"下的两个碾轮一外一内碾压着碾槽中的油料。我的主要任务是赶牛，坐在轴心处的支架上，拿一支苗竹梢，扬起梢子吆喝一声，牛就背着碾轮"吱吱嘎嘎"匀速绕圈。坐碾子的还要不时走到碾槽边，跟在牛后面，用扫把将轮子带出来的油料扫进碾盘。要是不坐碾子了，就去放牛或刹草。

油料碾成粉，就倒进圆甑子隔水蒸，待油料熟透、绵软以后，就可以包油饼了。包油饼用稻草。把收藏得金黄的稻草梳捋掉叶片、杂质，根根光洁，扎成把，开水淖一遍，绵软而有韧性，晒干备用。包油饼时，在地上一字儿排开几个拇指粗细、半径尺把的铁箍，再将稻草均匀地铺在铁箍里。然后将油料装进去，踩紧，夯实，用稻草严严实实包好。每一榨油十来个油饼，包好后放进油榨槽里。

油榨由椆木、栗树等质地坚硬的杂木开凿而成，劈砍成矩形柁子，一丈多长，四尺来高，两端用木头垫着高出地面尺余，各用四个木桩捆绑、固定住，横亘在靠后墙的一侧。榨的中间部位凿一个长方形洞口，用来安放油饼和楔子。洞口的底部凿成半圆槽装油饼；槽底又凿通一条缝隙泄油。楔子用的是优质椆木，有两种，一种长条形，周周正正，刨得像玻璃一样光滑；一种棱锥形，头部削圆嵌入铁箍，都俗称榨尖。榨油时把几块条形尖分两层挨油饼码好，先将一个锥形尖楔进下面一层，通过重力作用形成物理压榨效应。

榨油由五个大气饱力的男子汉撞油锤。油锤有杂木的也有石头的，两尺见方，百十斤重，用棕绳吊在四脚支架的横梁上，像个大钟摆。开锤时，四人相向站立，各握住一根油锤枝攀，其中师傅站左前方负责掌舵使锤不偏向；一人牵着尾部的拉绳。开榨前摆动油锤将锥尖契进去。接下来进入亢奋状态，先预备式地撂动油锤，"砰——砰——"轻撞两锤，然后大家"嗨！"的一声，跨开弓箭步，一齐发力将油锤往后托过头顶，旋即松手，在"钟摆"回落形成惯性的同时，前四个人顺势回力，牵绳子的抵住尾巴也向前一揼，"哐啷！"一声巨响，油锤在师傅掌控下重重撞在锥形尖的顶端，震得油榨晃动，地皮发颤，榨槽中的油饼被挤压得"喳喳"叫唤。一时间，在2+1模式的循环冲撞中，"砰砰"击节，"嗨"声阵阵，油锤飘飞，"哐啷"声一浪高过一浪；在高强度的压榨下，油饼从汩汩冒油到挥油如雨，槽底部的缝隙里源源泄下油去，先是淅淅沥沥，继而潺潺流淌；每加一重锤，"哗哗啦啦"欢歌一气，漏槽下圆盆里的油不断往上漫，金丝黄亮，品相上乘。这是力的协奏曲，昂扬激烈，震撼心灵，韵味十足；这是力的舞蹈，原始古朴，雄浑粗犷，场景壮观！那情境至今定格在我记忆的屏幕上。

当抢锤的人们热汗淋漓，油的流速减弱时，师傅招呼大家歇息，他则将另一个型号大的锥楔安插进上层方尖一端，接着又开始新一轮的协作。为提高出油率，还要复榨，把油饼取出砸碎，重复一遍工序，直到把油饼榨成枯饼。

这样榨出的油才是真正的原生态，呈透明的琥珀色，香气清纯，闻一闻沁心润肺，炒菜调味，口感地道醇正，是舌尖上的上品！

岁月之河已流过半个多世纪，那油香犹然和袅袅的炊烟一同飘荡、弥漫在故乡的上空……

（原载《邵阳日报》）

好客的家乡人

从前，各地招待客人的礼俗虽有差异，可礼仪之邦好客的风尚代代相传，热情大方，坦诚相待，注重适当的礼仪，进而增进情谊，是待客风俗文化的主旋律。

以我们的双牌一带为例，招待客人可有讲究。

有朋自远方来，不亦乐乎？客人上门，是一件喜事，值得庆贺，主人闻讯必先迎出大门。旧时代，见面后要向客人打躬作揖道契阔、问辛苦，当然客人也相应作揖回礼；如今也要热情地打招呼，接过客人肩上的担子或手中的包裹，然后礼让客人先走。进门后，热情地让座，为表示尊重，还要把座位揩抹一遍才请客人入座。接着斟茶、敬烟，茶不宜斟得太满，烟要点火，旧时代用火镰敲燃纸媒，如今即划燃火柴或扣燃打火机代为点着。

坐定喝茶抽着烟，主人陪伴在客人身边，问寒暄暖，问探家中高堂父母安康与否，年轻人可成长进步？询问年岁收成可好，六畜可兴旺？亲切交谈中，让客人有宾至如归、和谐温馨的感觉。

为尽地主之谊，慷慨的主人会拿出最好的东西招待客人。家境清贫的，又逢青黄不接，哪怕借贷也要吃上白米饭，不掺杂粮；菜肴嘛，起码也要捡几坨豆腐用油煎炸了盛情款待。家境殷实的，就要大张旗鼓地杀鸡、宰鸭、扳鱼，尽其所有，尽力奉承。有的客人担心过于破费，往往会把捉到手的鸡鸭抢过来放掉，主人却决不罢休，避过客人重新捉拿到手。旧时人家难得打一次牙祭，就着贵客上门开一次荤，一举两得，何乐而不为？

饭菜煮好以后，就要请客人入席就餐。安放餐桌也有规矩，桌面是两开的，须对着上首横放，不能竖放。席位的安排要慎重，上首左边为上席，右边为次席，两旁的和下首的是陪席。辈分高、年长的尊者，如亲家、舅父母、姑父母、朋友等，都要请入上席，表示最高礼遇，所谓"待为上宾"。席次排定了，就好用餐。酒是乡间待客的首选饮品，一般男客人用米酒，女客人则用甜酒。有丰盛的菜肴，没有酒喝，就认为是对客人的失礼，会深感愧疚；而若有醇香的家酿米酒，即使菜不丰盛，爱那一杯的客人是不会计较的。茶不筛满，酒却用大碗斟满。主人首先给客人敬酒，略致谦辞：淡酒一杯，不成敬意，但请海涵，喝！客人则要表示感谢，拿起酒碗与主人一碰，然后对饮一口。喝着酒，也要吃菜。有些客人讲客套不肯多吃菜，主人就要用公筷荐菜，年长的荐胸脯肉，小孩吃大腿子。牙齿不硬朗的吃软和一点的内脏。根据客人的嗜好，还有荐凤凰头（鸡头）、抓钱手（鸡爪）之类的。一般酒过三巡后，根据情况取舍，然后为客人盛饭，双手端碗，递到手中。直到让客人酒醉菜够饭饱，欢快满意。席终后，要打一盆温水，送到客人跟前，请他洗手揩脸，然后敬上一杯热茶。收拾好杯盘碗筷抹桌子时要注意，抹布都要往自己身前扫，不要将垃圾拂到客人身上去。

饭后陪伴客人闲聊时，不宜时而仰面观日头或看钟表，免得客人疑心是催促他回去。即使客人主动提出回去，主人也要挽留他（她）多住些时日，宽慰着：只要不嫌淡薄，粗茶淡饭总有吃，被铺不好却不会冻着。如果客人执意要走，就不勉强，做好欢送的准备，回赠礼品，馈送钱物，根据双方家境条件，相量而行。客人离开时，全家要送出大门，主人则要陪伴到槽门、村口，临别时，主人会真诚地提议下次再来，亲戚朋友之间要经常走动，这样才会越发亲密。最后嘱咐客人，一路小心慢行，目送客人直到消失在路尽头，才转身回家。

如果是儿女亲家母第一次上门作客，或是给外孙（女）贺三朝、抓周等喜事，主人除了盛情款待以外，回家时还要打发一份特殊的礼物——"一席茶"，就是糍粑、爆米糖、血粑、腊豆腐、腊猪肠子、腊猪耳朵等，用茶盘盛着，包袱兜着，让客人满载而归。亲家母回到家里，可不敢独吞，而是承着主人盛情，把那些"茶"切分成若干份，然后挨家挨户分发给大家品尝。这样，两家都觉得有面子，受乡邻感佩。

（原载《武冈报》）

唱 土 地

旧时代，我们那一带乡下，每年新春正月间，都有上门唱土地的风俗。

这一风俗源于芸芸众生对土地原始而深沉的情意。一来大地有承载之恩，没有土地搭载着万事万物，世界将成为乌有。二来人们认为吃的是土地，用的是土地，所有的幸福都源于土地，没有土地就没有一切；所有的灾难也源于土地，怠慢土地就会得到报应。而这一切都被认为是土地神的恩赐或处罚。于是对土地神敬奉有加，凡是土地集中的地方、社区村落、公众场所都建有土地庙，称福德祠，各家各户的祖宗牌位下，都设有土地神龛，叫余庆堂，供人们四时香火奉祀；庙门和龛堂两边书写对联："土能生万物，地内发千祥。"表达人们祈求五谷丰登、六畜兴旺的美好愿景。出于对土地的感恩，就演绎出唱土地这一民间文化现象。

唱土地实际上是土地唱，即由演唱者代替土地神给人们以新春祝福和慰勉。我们家乡一带出外唱土地的一般是师公，正月出了"破五"之后，就四乡奔忙，走村串户，或独自一人，或师徒相随，身穿长衫道袍，头戴三叉戟绣花道帽，套一个土地菩萨的面具，俗称土地壳壳，手里提一面小铜锣，敲得当当当山响，响亮登场。进得村，来到人家堂屋门前，就边敲边唱道：

铜锣敲得响绵绵，土地来到贵府前。

看你门庭多紫气，吉星高照福不浅。

祈你富贵年年有，年年月月财喜见。

五谷丰登六畜旺，人兴财发福寿绵。

唱过这些，又向东家施礼恭贺，唱"拜年歌"：

恭喜主东财路广，贺喜主东万年春。

土地上前来恭贺，参拜主东福盈门。

新年大节，土地爷进门，带来喜庆，带来祝福，主人家自然高兴，脸上笑容像花一样绽开来，于是就让座，敬烟筛茶，打发红包，块把、几块、十几块的不等，图个吉祥，祈土地爷发心，保佑全家万事如意。

那些唱土地的师公，活泼机灵，见什么唱什么，有即兴演唱的脱口秀本事，流利悦耳，朗朗上口，为乡亲们喜闻乐见。在我孩提时代，他们是我仰慕的偶像，好比如今的追星一族，只要唱土地的铜锣一响，就和小伙伴们一起追过去看热闹，听演唱。那一年正月，师傅来了，一进村口大伯家，就敲响铜锣，即兴应景顺口溜道：

一路行程赶得快，不觉到了主东门。

主东门前打一望，红纸对联竖成林。

架子瓦屋花窗格，里里外外闹腾腾。

土地外面观不尽，要与主东开财门。

新年大节来了开财门的，大伯自然欢喜，赶紧把师傅迎进堂屋。师傅接着唱道：

> 主东财门大打开，满堂瑞气喜盈盈。
> 喜鹊门前喳喳叫，金鸡开口声连声。
> 土地特来送喜讯，今年是个好年成。
> 五谷丰登粮满仓，六畜兴旺家昌盛。
> 儿子学业大长进，好比鲤鱼跳龙门。
> 考上学堂进京城，升官发财壮门庭。

大伯被唱得眉开眼笑，连连回谢"难为师傅贵言"，红包自然少不了。

师傅从大伯家出来，走近家境不宽裕的堂叔家，也不嫌弃，借题发挥，唱一些激励韵语，给人以希望：

> 铜锣敲得响当当，土地来到贵家堂。
> 屋后青山好景致，山上长的是栋梁。
> 堂前田垅一坦平，使牛打耙把鞭扬。
> 主东本是男子汉，神采奕奕器宇昂。
> 一年之计在于春，勤快挣来万担粮。

窘困中的堂叔一听来了精神，高兴之余，尽其所能打发一些米、糍粑等食物，以示感谢。

当师傅唱到我家时，见我母亲正在堂屋一侧织布，于是"见机行事"，唱得切题押韵：

> 土地进得主东门，听得布机响不停。

> 主东大婶多勤劳，心灵手巧出了名。
>
> 脚踩踏板翻花样，手扶撞机忙不赢。
>
> 一个梭子两头尖，溜来溜去看花眼睛。
>
> 经纱纬线来交织，转眼棉纱变成锦。
>
> 土地这里打个躬，贺喜主东福临门。
>
> 金梭织出摇钱树，银梭织出聚宝盆。
>
> 摇钱树，聚宝盆，主东日进金来夜进银。

这一段唱下来，早乐得母亲眉开眼笑，下了布机，一边答谢："难为师傅开金口露银牙。"一边给师傅敬烟筛茶打发红包，还要留住款待酒饭。还不到吃晌饭的时候，师傅还要赶几家去演唱，于是唱着告辞：

> 难为主东多美意，土地就此领情深。
>
> 有待来年发大财，再来唱响福满门。

旧时，出门唱土地的人尽管都带点功利目的，弄点小钱米以补贴家用，可人们都能理解，乐于赞助一点。因为师傅是代土地爷立言，富有神圣感，谁都祈盼着土地的祝福和劝勉成为现实。无论应验与否，人们还是一如既往地喜欢、怀念这一风俗。

树一点信念，存一点敬畏，多一份期冀与激励。

（原载《邵阳日报》）

上　梁

　　旧时，老百姓一辈子要完成三件大事，即修屋、成亲、养育儿女。修屋是三件事中的头等大事，是后者的坚实载体。因而人们把修屋看得十分隆重而神圣，建造的规模和材质可以因家境贫富有所区别，而关乎吉祥因素的选地、择向、奠基、上梁等议程却无不特别讲究。尤其是上梁，是要当做盛大的庆典来演绎的。

　　就建材而言，梁又称檩子，是架在柱子上或墙上支撑房顶的横木。可作为房屋正中心屋脊这一特殊地位上的栋梁，承重构架的意义已经淡化，凸显的是其风俗文化意义，由屋及人，栋梁则喻为担当重任、身负重担的人才。主人通过上梁，祈盼家兴人旺，栋梁之材辈出。由于栋梁蕴含着如此丰厚的内涵，所以上梁显得隆重而喜庆。笔者以老家双牌一带为例，展示一番上梁的风俗。

　　挑选梁树首选杉木，其次是香椿树。因为杉木树干挺拔顽壮，刚劲不阿，堪当大任，且繁育力强，发枝（子）发荪（孙）。香椿也不错，素来就将父亲比作椿树的，只是材质风干之后有点开裂。因为梁树需要精心挑选，所以就有了"偷"伐的风俗，就是主人上山选中一棵树，不管山主是谁，事先不张扬，待到上梁那天清早或寅或卯一个吉时，领着木匠上山去砍。当然不是真"偷",其实大家心照不宣,主人往往会在被砍的树蔸下留下相应的钱款,还有一兜花生,谕示山主吃了"发心",祝贺我家上梁。山主也通情达理,人家修屋是千百年的好事,选就选去吧,何况能看中我家的树作梁树,也是值得骄傲的,于是拿上树蔸下的钱,作为贺礼去主人家喝喜酒。来到选中的树下,木匠还要上香烧纸钱献上供品,禀告山神爷和鲁班、张良先师,才开斧砍伐。梁树抬回来以后,就架在木马上,两端插上小红旗,标示庄重,过往行人,切莫攀爬跨越。

接着就是"出"梁树,主人要准备香烛纸钞,封个小红包,请师傅行发墨礼。敬了礼,师傅裁定尺寸后,将树皮削了,用墨斗打上中墨,又在梁头和梁尾处用墨签划上双线,锯上印痕。然后拿起四分凿子,在梁树正中心处凿开一个方孔,在孔里放上七粒全米(没碾烂的)和三片茶叶,再用凿下的木陀原封着,表示为主人开粮仓(梁窗)。师傅边运作边讲吉利话:"手拿凿子叮当响,恭贺主东开梁窗。左边开起摇钱树,右边开起聚宝盆。"

然后就是钉梁袍,用一块大红绸布裁成对角一尺八寸长的菱形,包上一双筷子,一支毛笔和一块香墨,还有一本当年的新书(皇历),用丝线缠绕在梁树正中心处。然后在正中心钉上一个金黄色的镀金莲花图案,头尾两端的菱角处用铜钱或镍币钉上,其余两角包抄过梁背钉牢。这梁袍看上去端庄高雅,金碧辉煌。梁袍里放上一双筷子,表示双喜吉祥;笔墨则喻示"通文墨",祈盼出读书人才,成书香门第;包上皇历以为纪念修造年代,同时喻示华宇新栋与日月星辰同在;用丝线缠绕喻示黄龙抱树万万年;红色梁袍和莲花图案表示紫微高照,连年吉祥。师傅在运作的过程中也有相应的吉祥语,无非"手拿红绸尺八长,鲁班弟子拿来包栋梁……一条黄龙缠栋梁,主东富贵万年长"之类的吉庆语。钉上梁袍以后,师傅就开始应煞,手托大红叫公鸡,握着凤凰刀,朗声念诵过应煞咒语,手起刀抹将鸡脖子割开,鸡血喷射而出。师傅赶紧用鸡血在梁面上涂抹出以梁袍为中心的双龙抢宝图案来。鸡血避邪压煞，上梁应煞就是斥退诸如"倒架煞"
之类的凶神恶煞。

吉时一到，村上的大人小孩早已站在新屋场地上等着看热闹，抢糍粑
和糖果花生。发墨的木匠和奠基的砖匠师傅是仪式的主角，二人各居左右，
将粗大的棕牛绳套上活结，拴在梁树两端。准备就绪以后，相对作揖行礼，
起步上梯子，起腔念诵道：

> 一对"和合"笑嘻嘻，你东我西乐逍遥。
> 你向东面摘仙果，我向西面采蟠桃。
> 蟠桃仙果都采到，代代儿孙戴纱帽。

登上梯子时，也一步一声念得押韵合辙：

> 脚踏云梯步步高，一年更比一年好。
> 左脚开步踩仙果，右脚开步踏蟠桃。
> 桃果踩得呵呵笑，八路神仙一齐到。

在主人家和众人的喝彩声中，两位师傅的兴致高涨，当登上顶端时，
念诵得更加欢快：

> 左脚跨过千年梁，右脚跨过万年基。
> 千年梁来万年基，子孙满堂好福气。

接着，两位师傅开始向上起吊梁树。在升梁的过程中，直诵得主人心
里乐开花：

> 手持金绳提金龙，摇头摆尾真威风。
> 我问金龙归何处？金龙奔向紫薇宫。

梁树升上去了，在众人的欢呼声中，师傅将梁头梁尾安放到正柱的榫槽中去，也一同念开了《正梁登位》谣：

> 金龙登位紫薇到，鲁班令我打发锤。
> 一打金鸡叫，二打龙头抬，
> 三打中状元，四打大发财，
> 五打五子登科，六打事事顺瑞，
> 七打娶新娘，八打八仙来，
> 九打寿星笑，十打主家大富贵。

安放稳端了，师傅还要给梁树披红挂绿，也有诵词道：

> 一匹绫缎一匹纱，我把绫缎高梁挂。
> 亲朋赶来齐庆贺，儿孙满堂笑哈哈。

接着，师傅分别吊上准备抛撒的糍粑和花生糖果等吉祥物，还各有一碗粉丝。抛撒前师傅要动口吃粉丝，以图顺瑞吉祥。他们边吃边念诵：

> 主东赐我一碗粉，根根粉丝似龙滚。
> 左边盘的是青龙，右边好比虎翻身。
> 青龙手上一窖金，白虎脚下一窖银。

朱雀门外起牌坊，玄武后脉是龙坪……

地上的人们翘首仰望，等待着师傅快点抛撒吉祥物。师傅首先各抛下一对超大的糍粑，让主东夫妇张开围裙或包袱兜住，念道：

我拿糍粑白如玉，鲁班令我敬龙珠。

东南西北我不撒，先敬东家万年主。

在主人道谢和众人的欢呼中，师傅开始一面抛撒吉祥物，同时朗声念诵：

亲朋贵宾头张望，财源福气满堂降。

糍粑落地滚元宝，四邻八舍都来抢。

小伙抢到配鸳鸯，姑娘抢到配情郎。

中年抢到富贵长，老人抢到寿无疆。

读书人抢到下笔如有神，高中状元郎。

种田人抢到一粒种下地，万担粮归仓。

十二生肖聚一堂，主家福禄万年长。

撒了糍粑撒喜糖，一本万利钱财旺。

吉祥物纷纷抛下，地面上欢声雷动，人头攒动，大家把每抢到一样都看成是吉祥的预兆，何况都是精美的食物。师傅也会玩开心，时而把吉祥物抛向左边，人们顿时朝左边涌去；时而抛向右边，人们又涌向右边，欢呼雀跃的喜庆热潮一浪高过一浪。

（原载《武冈报》）

百工之匠的尊师风尚

在我们双牌乡一带，每当和工匠师傅们在一起吃饭，就会发现他们在喝酒前，总要神情肃穆地静默片刻，然后端起酒杯，用右手食指蘸一点酒弹洒在地上；不喝酒的就用筷子夹三粒饭撒在地上，最后还要默默念念有词一会才用餐。我问做木匠的黄师傅这是为什么？他说是对亡故的师父简单祭奠仪式，表示不忘师恩。

原来，这是百工之匠自古流传下来的一种尊师风尚。

旧时代，家境贫困的人家为了谋生，往往打发孩子出门学手艺。学到一门手艺就意味着有了一碗饭吃，而这碗饭是师傅赐予的。民以食为天。所以学艺不是一桩轻而易举的事情，首先要举行隆重的拜师礼。所谓隆重，并不是一定要孝敬师傅数额巨大的财礼，而是礼仪比较讲究，先要照烛点香烧纸摆上牲禽等供品行授徒礼，先向本行业的祖师爷神位跪拜磕头，禀告有关授徒事宜，接着向师傅跪拜行礼。师傅还了礼，就要告诫徒弟学艺的规矩，包括品行修养，行为准则。比如说做徒弟的要心术正，要虚心，要勤学苦练，要和为贵，要吃苦耐劳等。徒弟则对师傅的教诲要一一接受，咽了口水应了话，并且牢记在心，绝不食言。

学手艺不是一朝一夕的功夫，非得三年不可，还要耐得住清苦。三年中，师傅不收徒弟的学艺费，带着徒弟走乡串村见习做手艺，也不开徒弟的工薪，只由东家管当天的伙食。所谓"徒弟徒弟，三年奴隶"，早些时候某些带着极左火药味的人批判这种行为是师傅对徒弟的剥削，其实是一种无知的偏见。学任何手艺讲究的是精益求精，而要想手艺精巧，就得舍得时间和功夫勤学苦练，才能熟能生巧，有所发明，有所创造。比如木匠的祖师爷鲁班去终南山学艺，就花了整整三年的功夫，从磨斧头刨子等工具的基本功学起，到练习砍、刨、凿的基本技能，最后才学会修造房屋的全部本领。不堪设想，要是当初鲁班浅尝辄止，学得点表皮功夫就急于出师下山混碗饭吃了事，华夏民族精湛的建筑工艺技术至少还要在黑暗中摸索若干年。

三年期满以后，手艺基本学到手了，徒弟就可以出师了。"一日为师，终身为父。"升级做了"师父"的，不仅要向"弟子"诚真卦，就是行业的看家本领，比如工匠技艺的口诀、秘笈，宗教的咒语、符讳等；还要赠送弟子一套工具，木匠的斧凿袍子锯子堕钻，师公的牌带行头牛角戒尺之类，叫作讨吃家伙；举行了出师仪式（师公叫抛牌）以后，等于修业期满，准予毕业，徒弟就可以自立门户，外出招揽生意。技艺高超、人品优异的手艺人格外吃香，迎请的主东络绎不绝。

想想看吧，由一个乳臭未干的毛头小伙子，修炼成一个手艺高明的师傅，不仅有了一碗饭吃，还可以凭着手艺挣钱讨老婆、养家糊口，还可以收徒授艺晋升到师父级别。这一切福祉，全是师父给的。"吃水不忘挖井人。"炎黄子孙历来都有知恩图报的优良传统，父母只生我的身，师父教我做匠人，这师徒情就等同于父子情了，同样要永世不忘。跟孝敬父母一样，师父在生时，逢年过节、生辰华诞都要去叩问、庆贺；师父亡故要前去灵前尽弟子礼；有些人家还将师与天、地、国、亲四大伦常并列，供奉在神龛上，四时祭祀，香火不绝。缘于这碗饭是师父赐给吃的，我们双牌一带的百工之匠们，还约定俗成地兴起了本文开头叙述的场景，实行简易的餐敬仪式。据黄师傅说，弹指奠酒祭饭时，还要默默念诵起师父的名讳，在头脑里观起师父的形象，表示恭请师父飨食的同时，还有自觉置于师父的关照之下，正直为人阳光做事的意思。

（原载《邵阳日报》）

旧时代的社会救助

旧时代没有多少社会救助体系，偏远的乡下更谈不上官方行为的救助，然而并不等于没有需要救助的对象。那么那些残障人士、鳏寡孤独者和失去劳动能力的人们怎样获得一定的救助呢？据说主要是社会公德和善念维系下的自觉救助行动。

那个时代讨米的叫花子大多是瞎眼跛脚、丧失劳动能力的男女。这些人进了村子，人们不像现如今有些人一样马上关门唯恐避之不及，而是坦然面对，以礼相待。这个"礼"并不是对待亲戚朋友般的接待，只不过是按照约定俗成的规矩，接济一碗半升米，遇到吃饭的时间节点就给盛一碗饭、夹点菜打发。凡叫花子上门的人家，都不会落空，尽管有的人家里也不宽裕，可将心比心，人都有遇到困难的时候，接济一把，权当行善。孩提时代有一天，我们正在吃晌饭，门口站着一个穿得褴褛、肚子已经饿瘪的跛脚男子。母亲二话没说，盛了一碗饭，还把我垂涎已久的一块肥肉夹上，一起倒进他的碗里。那人千恩万谢，连夸我母亲是观音菩萨转世，日后一定家兴人旺，富贵双全。这里有个双向互惠活动，叫花子讨到主东的饭米，主东讨到叫花子的吉口——就是奉承主东的吉利话，于是皆大欢喜。

有一种叫大叫花子的，属于流氓无产者群体。这些人生活在社会最底层，无家可归，为了生存，结帮拉派，活跃在四乡八邻。他们以乞讨为业，并不干打家劫舍的强盗勾当，每逢大户人家做好事，就以组织的名义事先通报主东。人们也深明大义，理解他们生计的不易，对于其强制性的通报行为也能包容，做好事的过程中，专门设宴款待他们的团队一顿饭食，还要给为首的安个"背手"，笼络住他不要让他的团队过分骚扰。

有一种讨口的行业，叫做"打大卦"。这些人穿得也褴褛，却不显得可怜，手肘上挎一只大竹篮，篮子里放一副宽大的牛角卦，进得谁家的门，就走到土地菩萨龛前，"呱嗒"抛下那副大卦，就根据卦象顺口溜出一路吉利话。主东知道这些打大卦的比较难缠，哪怕家境困难，也赶紧量出米来打发出去。

一些三教九流者，比如师公道士之类，没有劳动技能，又缺少生产成本和劳动工具，一旦没有施主可行，难以维持生计，他们就逢年过节云游四方唱土地、送春牛讨口。师公唱土地可有讲究，身穿长衫宽袖道袍，头戴法盔，脸庞上套一个土地壳壳——木雕的菩萨脸谱；他们能说会道，有较强的脱口秀本事，上了谁家的门，为主东家开财门。他们一般能临场发挥、出口成韵，都是吉祥如意的好话，把主东唱得乐开花。主东自然少不了要酬谢升把两升米，还有款待师傅酒饭的。

还有一种特殊的救助对象，叫做鳏罗员，四肢残缺，又无依无靠。这种人单靠一个村落的人们供养往往力不从心，得依赖全社会发慈悲心伸出援手予以供养。人们特意制作一顶轿子，像一座移动的小屋，既能遮风挡雨，又可以在里面吃喝拉撒睡觉，把他安置好以后，就抬着轿子挨村挨寨地派送。接收到鳏罗员的村子，都能自觉地履行社会责任，逐家逐户依次供养，并且提供适当的方便，比如换洗衣服，擦澡抹身。鳏罗员的处境很能激起人们的同情心，都愿意尽己所能，周到服侍，有的老人还会前去陪伴，道家常说白话，为他散心解闷。除了对鳏罗员的怜悯心，人们还有集体荣誉感，各村寨之间互相攀比，以慷慨施舍为荣。当这个村的人家都尽了义务，就往下一个村送……据说我们村曾经接受过一个从隆回六都寨过来的鳏罗员，两地距离一百多里地，辗转递送，用如今时髦的话说，千家万户都向那位需要救助的人士献了爱心。因了接纳过鳏罗员，我们那里的乡下话语中就多了一个词汇，对那些好吃懒做又要索拿卡要的人，人们就怨言相加：真是比鳏罗员还难服侍！

据老辈人说，人们解危济困的善举是真心实意的，不图报答，无须作秀。

中华民族有着关爱生命、救贫济困的优良传统，上述例证，就彰显了旧时代劳动人们共同遵守社会公德这一价值体系的美好心灵；同时也检验了人们信奉因果报应的慈悲情怀。

（原载《武冈报》）

安神与敬神

敬奉祖宗是炎黄子孙的传统美德。人们通过祭祀仪式，寄托对先祖业绩的缅怀，进而激发传承、发扬光大其懿德的情怀，以期振千秋大业，启百代文明。祭祀活动运作得有适当的场所，旧时代几乎每个氏族都建有祠堂，每家每户也在堂屋正面设有神龛，以便四时敬奉。新时代祠堂基本消失，神龛却长盛不衰地踔居在千家万户堂屋正中，且有从农村向城市蔓延的强盛态势。

神龛的构建、安置都有严格的讲究。

以我的老家双牌乡一带为例，无论是木质龛盒还是如今砖石结构龛堂，都有规定的尺寸，上首的神龛高三尺三寸（市制），"袖中乾坤大"，小小神龛表示直通三十三天；下首的土地龛高二尺八寸，表示连接二十八宿。神龛的顶上需安放一块不曾被跨越过的樟木板，叫落香炉板。樟木属神木，雕菩萨多用它。其实用樟木的主要原因是防蛀。

安神首先要写家先牌位。乡下有的人家请专职的神职人员如地仙、道士、师公之类运作，但是据说只有号称儒教弟子的教书先生写的家先最好，不用举行安神程式，先人也乐意在上面安居。儒教是汉民族万教之源，传承儒家遗泽的教书先生自然深受先人青睐。

正统的家先牌位必须用笔墨书写，才算"通墨水"，表示有文化品位，合符道义。书写要用新买的毛笔和香墨，开笔前要焚香化纸钱敬奉大成至圣先师孔子及亚圣董仲舒夫子等，并对着新笔念诵"人心惟危，道心惟微，惟精惟一，允执厥中"这句真言。开通的主东会在插香的升子中封个小礼信作为润笔，意在求代圣人执笔的先生发诚心、送吉祥。

执笔者发开折成对开的大红纸，肃立有顷，蘸上浓墨，在纸的上端正中心处点一笔，描绘徽记，同时念诵"一点乾坤大，横担日月长，包罗天地转，某氏历代先祖居中央。"徽记有各种形状，儒教的是阴阳各半的乾坤圆圈，释教的画上以横线为对称轴的三角形，只是上面倒三角形的底不画；道教的即标上左中右三个钩。牌位上中正的字数一定要通黄道。所谓通黄道就是最末一个字要落在两句偈语的某个字上。第一句是"道远几时通达，路遥何日还乡"，第二句"生老病死苦"，神主牌最后一个字需落在循环念读的第一句中有走之旁的某个字上，又要同时落在第二句中的"生"字上。因此一般的家先正中以写六个或十一个字为宜，如"某氏先祖神位""某某郡某氏历代先祖之神位"，依次念去，都落在有走之旁的字和"生"字上，才算规范。有些特殊情况，如一屋两姓杂居的或同母异父的家庭，就写"天地国亲师位"。为了表示对先人的尊敬，当写到"位"字时，须留下上面一点不写，待起立肃静片刻后才补上那一点。家先上的内容力求明了简洁，正位两旁写"是吾宗亲普同供奉"；上首左"昭"右"穆"，下首左"簋"右"簠"，前者为宗法制度对宗庙或墓地的辈次排列规则和次序，后者是古代两种祭器的称谓。

连同先祖一同供奉的，儒教有天地水阳四府高真之神和儒释道三教里域福神，道教的有前朝得道地主阴公和唐代敕封潮水仙娘，用彩纸写上牌位，贴在两旁。神龛两旁的对联一般写"祖德振千秋大业，宗功启百代文明"或"恭敬明神则笃其庆，昭格烈祖载锡之光"，横批是"绳其祖武""祖德流芳"等。

土地龛称余庆堂，供奉下坛长生兴隆土地并列旺相夫人，还有招财童子和进宝郎君。龛沿一副小对联写"土能生万物，地内产黄金"，和神龛对联上下一致的有写"土向徐州分五色，地从周易列三才"或"龙神问讯哪里好，土地答言此处高"的。神龛和土地龛之间有一片空当，就在正菱形红纸上写个大"福"字，四菱边配上写有"元亨利贞"字样的小菱形。

堂屋中堂即木架子屋的正柱上或相应的墙上一副对联写"五伦堂中孝为先，芝兰院内香有余"，大门和侧门也要写对联，这样一布置起来，就显得既庄严肃穆又喜庆吉祥。

张贴就绪以后，就要安神，就是恭请先祖们登上龛堂。

以儒教为例，程序不复杂。新居安神，先备上香纸去旧居或同宗堂屋神龛前相请，若是降下阴卦，标明先祖乐意前去新居。于是照烛焚香，摆上茶酒果品素食三牲等供品后，开始请神。首先在供桌前摆放的香炉中三上香。一炷信香通天界，神灵闻香，欣然下驾。接着敕批净坛神水，司祭者端起一碗清水，对着水面一边念起二十八宿名讳，一边抽一支香划着观音雷霆神符。念、划毕，若降下阴卦，表明神已赋予净水的神效，弹洒在各类物品上和屋内四面八方具有去污秽保洁净、镇邪压煞的功能。

接着，司祭手中拿着纸钱，面对神龛，念念有词，对三界各路神灵有名有姓者和知名不知姓、知姓不知名者一律奉请，降到宝鸭炉前受纳信香，见证信人某某新修华堂或重饬龛堂，恭迎本宗先祖登堂上龛。神们答不答应，也要看是不是降下阴卦。

然后，司祭振奋精神，双手相对半握拳旋则反转呈拇指上翘相呼应的驾车手势，朗声念道：大金刀辟开金光大道，小金刀打开日月豪光。某氏历代先祖，上高祖、中曾祖、下末祖，祖公、祖母、客公、客母一起登上龛堂，排身正坐！降下阴卦表明都欣然接受奉请。于是依次以相同的模式分别请求神位牌上有名的神灵上龛入座。

把神们安顿好以后，就要用雄鸡应煞。各牌位上要蘸点鸡血，压煞避邪。最后给主东家中家里老少人丁求卦，务求降下巽卦保佑，才皆大欢喜。

安神以后，每逢初一十五，新年节庆，都要备上香烛纸钱供品，晨昏敬奉。

笔者以为，这种仪式只是寄托奉先思孝、承前启后理念的载体，信奉者不宜抱有太多的功利目的，即希冀祖宗威灵显应，保佑后人升官发财大富大贵之类。其实菩萨就在每个人的心中，真想出彩，得靠自身积善积德，勤勉奋发，创造出供后人景仰、效法的神圣业绩。

（原载《武冈报》）

纸钱蕴含的文化元素

人们在祭祀活动中敬奉神灵，离不开纸钱。据说一般情况下，纸钱需烧化后神灵才能得到，有效进入冥界流通领域。也有出殡时直接把纸钱撒在路上做买路钱的，又说是作为标记便于逝者灵魂寻找回家的路；还有清明节扫墓时把纸钱挂在坟堆上做纪念的，俗称"挂青"，就是"挂钱"。

自唐代以来，发行货币以圆形方孔的铜钱为主。因为这种天圆地方的铜钱既能招财进宝，又有趋吉避凶解灾化煞保平安的强大功效，人间和冥界都有迫切需求，所以铜钱这种货币形式实行了阴阳并轨机制，阳世间用黄铜铸造，地府的由阳间的人用纸打凿。后来，纸钱的应用范围宽了，做成铜钱式样的费时费工费料，人们就创造性地开发出一种新版币种，就是把铜钱形直接打凿在纸张上，便于批量生产和发行。当今为保障冥府日益壮大的金融市场的需求，实现了机械化生产。

旧时代，对这种打凿在纸上的冥币制作，有着严格的要求。纸钱的载体须是嫩竹子为原料造成的粗毛边纸，纸张宽窄符合黄金分割比例，长五寸余宽三寸余，恰好能承载一定数量的铜钱形。打凿铜钱有一种专门的工具，叫做钱凿，由铁匠手工打造，五寸长短，方头圆脚；圆脚由两块弧形铁片对称组合，留有间隙；圆脚的直径与一枚铜钱相似，须打磨出锋刃，圆心处也有个方孔小凿。据说这种造币器制造出来还不能马上投入生产，须在财神菩萨神坛前开光以后才行。打凿纸钱时，一手掐住钱凿腰，一手抡着木砸棰，用力砸向凿子，就凿出方孔是镂空的铜钱型来。那钱凿的核心技术是圆心的方孔凿是空的，打凿时圆心那点纸屑就逐一扎进洞眼升到豁口处就挤出来。如此顺序打凿下去，一叠排列整齐的纸钱板型就下线了。

正宗纸钱上的铜钱，必须是每张三行，每行五个串连。这一模式承载着厚重的传统文化内涵。先民富于理性思维，既然华夏子孙都敬奉儒释道三教，那就让信奉者们在三教所创设的普世价值理念中受熏陶罢。于是，每张三行就赋予儒释道三教的意象；每行五个分别赋予各教派的核心价值观，则儒教的五常："仁、义、礼、智、信"，道家的五行："金、木、水、火、土"，释门的五戒："戒杀生、戒妄语、戒偷盗、戒淫邪、戒饮酒"。——有说释门的"五"是指六道轮回中三善道之一的人间道途中的"生老病死苦"，其实是一种误解。——看似寻常的纸钱，却意蕴不浅，充分体现了先人高度的智慧和良善用心。

在旧时代，有严格的尊卑等级观念，神灵们接受供奉也有严格档次之分。因此善男信女在祭祀前要依据受纳的对象置办祭品，普通家族供奉祖宗，只要烧化常态化的皂白色纸钱；而若是去名山圣地进香，须用金黄色的纸钱封香包，包里还要夹三截檀香，金色纸钱和檀香表示黄金珠宝。因为名山圣地敬奉的都是先圣佛祖道宗或由帝王将相追封的高级别神圣，受纳的供品也相应要上高档次。而在一般的神人、菩萨位前烧化黄色纸钱，据说受着制度笼子制约的神们或不能或不愿或不敢接纳的。不知果然如此否，不得而知。

一座庵院的香炉前写着一副楹联：

阴理谐阳理融通地府，

纸钱变金钱顺达天庭。

上联阐明了阴阳一理、融会贯通的要义，下联则向人们传递出一个这样的信息，世人只要一心为善积德，上天就会给你一个惊喜，产生纸钱质变成金钱的果报效应。身为佛门"槛外人"，笔者窃以为此联作为劝人向佛具有一定的教化意义。然而，佛门清净之地，渲染纸钱变金钱的果报意念，似隐隐有拜金之嫌，会误导人们急功近利地祈求神灵，庇佑其发财致富享荣华，这就陷入迷信的泥淖了。真正虔诚的善男信女敬奉神佛，焚香烧纸献祭品，旨在缅怀纪念先贤、神祇，让他们永远活在心中，以便净化灵魂，恢弘大法，实现核心价值观。

（原载《武冈报》）

"禀卦"趣谈

虔诚的善男信女往往要祷告神灵，祈求攘灾弥祸、避凶趋吉，祈求国泰民安、人兴财旺等等。而要想知道神灵是不是承诺了诉求，就得从禀卦中获取信息。

卦是人们和神们交流沟通的工具。禀卦就是向神灵禀告。

常用的卦头尖底齐呈牛角状，合二为一，多以材质较缜密、贵重的松节、樟木等为原料雕琢而成；上品要算檀香木料的，琥珀色，纹路清晰，玲珑剔透。据说新卦须在菩萨神坛前打磨开光，并且一次性连续卜出阳卦、阴卦、巽卦三种卦象后方才灵验；尤以在祝融峰老庙中南岳圣帝法座下开光过的为最佳，老家的信徒们每年要去南岳进香，往往顺便要"请"一副卦回来。

三种卦象很容易区分：阴卦双面伏地，阳卦双面向上，巽卦一伏一仰。卦象显示的信息内涵各有侧重：阴卦一般表示神灵已经感知或起某种震慑作用，阳卦主要显示或吉或凶的征兆，巽卦则表示神灵承诺庇佑，俗称"保卦"。

每逢初一十五、菩萨诞辰或庆神娱鬼之类的祭祀活动，人们就备上香烛纸钞，从四面八方来到庙堂寺院，朝拜神灵。朝拜有一定的程式，由寺庙里司祭人员主持。在神坛上照烛上香摆上供品后，朝拜者需虔诚地跪在蒲团上，俯伏在地，行叩首礼。祭祀人员就煞有介事地向虚空中的神灵禀告参拜者的籍贯、姓名以及所属的城隍社主庙号，奏明奉上红烛宝香楮财三牲酒醴聊表虔诚之心，敬请各路神圣下驾神辕灵驹莅临宝鸭炉前受纳信香。

禀明缘由以后，要验证信息反馈的灵验度，于是卜卦，若是神们英灵感知，请降下阴卦。卜卦的捏着卦尖，抛掷在地，呱嗒声中，显出卦象，若是阴卦，说明神灵已有感应并愿意欢喜领纳供奉，定然会威灵显应。接下来就要为每一个前来朝拜的求保卦，务要降个巽卦才放心。最后，还要为这个朝拜团队的全体人员消灾弭祸求一个阴卦，又要恳请为大家人兴财旺赐个阳卦。

卜卦时，三种卦象出现的概率是不同的，巽卦最容易卜，卜中率占六七成，很能满足善男信女们祈求得到庇佑的心理需求。即使不能有求必应，只要三卦能中，也算应验。

有的司祭者能说会道、出口成章，比如给人求保卦时，就禀告说：信人弟子某某富贵有缘，求赐巽卦昌保。而当呈现的是阴卦，就会解释说：阴卦，菩萨暗中荫庇；若又是阴卦，又宽慰：一阴二阴，万事吉庆。同样，呈现第一个阳卦，就说大兴大旺；一连两个，就用一阳二阳、万事吉祥的韵语来圆场。要是三卦卜中的，反而更好，说是能保得信人周全圆满，反正会给你一颗定心丸吃。

神们对人们的诉求一般还能有求必应，按需求呈现相应的卦象，让人得到相应的心理安慰，眉开眼笑，皆大欢喜。不过也有特殊情况，仿佛菩萨故意要和人们捉迷藏、逗乐子，让一些痴迷者哭笑不得。据说三卦卜不中者，再强求也不灵验了，可能预示着某种不祥。有一回，有位善男在求保卦时，三卦未中，急得像热锅上的蚂蚁；心有不甘，坚持再卜，直到卜了十余卦，忏悔认罪、以头撞地额头都磕出血来了，也没能求到一个保卦。

人们都为他捏着一把冷汗。见识多一点的司祭就会开导说，面对大千世界芸芸众生，菩萨也许不能全部兼顾到，一定是菩萨暗示你，前途命运掌握在自己手中，要你自己努力去争取罢。这人也彻悟了似的，认为是祸躲不脱，躲脱不是祸，听天由命照常生活，结果平安无事。而另一位患病的信女求的每一卦都如愿，回去后不久就亡故了。据说偶尔会呈现一种卦尖双双竖立在地片刻不倒的卦象，叫做顿卦，主着凶兆，并且无可化解。日常生活中称求人办事对方"打了顿卦"，就是绝对没有通融余地的意思。

据考证，民间这种简易的卜卦形式，是从《周易》八卦演变派生简化而来的。禀卦这一民间文化现象，不能一言以蔽之曰是迷信活动，它有着复杂的历史渊源和现实诉求。

以湘西南地域为例，这里有着较浓郁的巫楚文化氛围。巫楚文化是一种具有原始宗教意味的区域性文化，是一种人类原始遗风的存留。这一古老而边缘的地域文化又分很多分支派系，如以湘西为主要发源地的傩文化，以新化为发源地的梅山文化。而这一地域与湘西和新化比邻，不可避免地渗透着傩文化和梅山文化的元素；同时，由于民族的大融合，这一地域也必然濡染上正统的儒、释、道三教文化色素。于是各种因素、色彩相互影响、兼收并蓄，形成独具地方特色的"泛神信仰"氛围。而据笔者所知，该地无论哪种教派，以禀卦的方式与神灵交流都大同小异。因此不能设想，几千年浸淫沉积而形成的独特卦文化现象能在短暂的历史时期内消弭殆尽。尤其是在偏远的农村，生产力相对低下，经济发展迟缓，现代化的幸福指数和安全保障系数也不尽如人意，乡民们在无奈之中，借助神灵寻求精神慰藉的诉求，也就无可厚非了。

（原载《武冈报》）

壮胆的秘诀

　　早年间我的胆子极小，天一黑就不敢走夜路；要是不发灯，连自家卧室都不敢独自进去，心怕阴魂鬼怪什么的突然从黑暗里走出来，把魂魄摄了去。记得十岁那年一个深夜，我起床小解，父亲给点亮灯，可正进入状态，突然听得楼上老鼠一边吱吱叫着一边奔跑的声音，顿时吓得我魂不附体，顾不得撒没撒完，恐怖地哀叫着，飞身返回床上，连趿拉着的鞋子都来不及脱，就钻进被窝抱着父亲喊怕。父亲马上爱怜地吻着我的额头和太阳穴为我压惊。

　　可是如今我的胆子出奇地大了，再黑的夜路照走不误，再复杂再恐怖的地方我都敢摸黑勇往直前。20多年前有一次我去邓家铺区文教办开会，散会后想去石龙学校找老家的一个同事叙旧兼搭铺。不巧那同事外出了，我既不想麻烦该校别的人，也不愿再折回区里，索性乘着朦胧月色打道回府。从邓家铺回龙从中心小学30来里地，沿途多是鲜有人烟的山地。尤其杨柳冲是一条曲折狭窄的深山沟，两边高山耸峙，密林覆压，恐怖阴森，大白天都有人不敢独自过往。当我进入山沟已是晚上十点左右，上弦月早已西沉，头顶的一线天隐约有点点微弱的星光在淡云中出没。两旁陡峭山坡上茂密的树林像一副奇幻的深色铅笔画，时而若千军万马压境而过，时而有牛头马面、高臂魔王怒目相向，时而仿佛孤魂野鬼夺路逃遁而去……林中偶尔传来一声猫头鹰的凄厉哀鸣，偶尔有宿鸟嗷嗷的梦呓……此情此景至今历历在目，犹然在耳。然而那天晚上我全然脸不改色心不跳，不管鬼哭狼嚎，胜却闲庭信步，不曾有半点胆怯。第二天，同事们知道我夜行30里，独闯杨柳冲的壮举后，无不啧啧称奇，对我"比吃了牛胆还厉害"深表服输，都问我是不是学得什么法术。我"小菜一碟"谦虚地敷衍着，对法术一说不置可否。

其实，我至今对自己的胆子大是仰仗对唯物论的深信不疑，还是源于表叔传授过我走夜路秘诀的神奇效应，都有点说不清道不明。

那次我被老鼠吓坏以后，父亲很为我的胆小忧虑。有一回萝卜田丁家的表叔来我家，父亲知道他通点阳教章法，就央他教我一点护身法。表叔欣然答应，把我领到神龛前头，要我对着土地菩萨唱喏（打躬作揖），然后传我的真谛。首先告诉我几招简单的手法，比如走夜路感到有点胆寒时，就用左手在眉心（额头）间从下而上扫三掌。据他说晚上阴气重，阳气低，只要一扫，阴气消散，阳气提升，胆子就壮起来。接着，表叔传授了几句秘诀，说是遇到特别危难的情景，只要心中观起师傅，念诵起秘诀，自然能化险为夷，平安无事。念诵时，要将拇指刻着无名指指肚（男左女右）。我将信将疑，可还是好奇地跟他念诵、掐刻起来。因为句子顺口押韵，仅念了两三遍，我就背诵下来了。

自从有了表叔护身符似的镇吓秘诀，我果然开始胆壮起来，几乎不知道什么叫害怕了。走夜路时只要扫扫眉心就陡生起起雄气，并且屡试不爽。夜闯杨柳冲那次，起先只是扫眉心以壮行色，后来深入腹地，似有鬼魂涌动，阴气逼人，不由头皮发麻，浑身冷飕飕的。我就观起表叔，念诵起秘诀、刻起指肚来。当念到"一道豪光三千丈，扫邪归正入吾身"一句时，一股带点诗意兼豪情汹涌的气概涌上心头，眼前仿佛祥云缭绕，金光灿烂，使人顿时胆气横生，一切阴霾迷雾统统一扫而光。

　　还有一次更玄乎。那时我在公社当文化辅导员，下午接到通知去开会，路上看到凄惨的一幕：有个年轻人因超量服用钩虫药而中毒死亡，尸体摆在马路旁，用晒席罩着，我还看见他露在外面的双脚。村人们正在准备为他装殓，安葬。那天下午我有幸买到一个猪肚子，晚上开完会我就徒步赶回家，好让坐月子的妻子早点吃到炖肚片补身子。夜将深，我走近下午停放尸体的地段，微弱的月光中，只见一溜黑影横陈在地上，仿佛有人躺着，一端还有豆粒似的光亮摇曳着。我不觉心头一阵紧缩，差点打起寒战来。但是我马上意识到，死人已经安葬，那黑影肯定不是鬼影，何况世界上本来没有鬼（后来证实是烧化过的晒席，光亮则是家人为他点的引魂灯）！我稳住自己，下意识念诵起镇吓秘诀，阳刚之气油然升起，我昂然而过。

　　我的胆子大的名气开始扩散，也就有人想拜师，我却犹豫，不肯应承。不是我保守自私，怕泄露"天机"。我自觉人的胆子大小，与一个人的心理素质、情感气质、知识程度密不可分。我小时候胆小，是因为不懂事而迷信。后来渐渐胆壮，很大程度上是因受了教育，掌握了唯物论的一些基本常识，相信无神论；我素来也不失豪情洋溢，颇富阳刚之气，所以具备不惧怕的气质；当然，也不能否认我所学阳教章法的心理安慰作用，凡此种种，一言以蔽之曰：人的综合素质决定一个人胆子壮与否。如果单纯依赖记诵几句口诀，反而会弄巧成拙。

　　我们这里有个专门行教的师公（道教的一个支派），某夜行施主后，背着个装有供品祭礼的包袱回家，一路上只听得身后传来一声声沙哑的哀叫，师公以为是冤鬼跟着，起先还停住脚步，镇定地扫眉心，念咒语，于是那声叫就停止了。可当他再迈步行走时，又恰恰地叫起来。师公再做法，总是停则不叫，走则叫，于是他再也稳不住阵脚了，吓得满头大汗急匆匆往家里奔，谁知越走得快，叫得越急，等到逃进家门，吓得几乎休克。家人问明原委后，从包袱里提出一只没杀死的鸭子。原来那鸭子在人走动时，受到震动，痛得阴阳怪气地叫，不动时得到缓解，就停住声息……

　　世界上本来没有鬼，人心里藏着鬼，也就有了鬼。所以，一味抱着功利目的去强求某项事情，就有可能适得其反，我就是因为这个才不愿"授徒"的。

（原载《武冈报》）

招魂收吓

昔时乡下，夜深人静时，偶尔会听到大人一声声的呼唤——

"毛狗，回来睡觉啰——"

呼唤连续三次，声音悠远深长，在村落上空、在山间幽谷回荡。这呼唤里里充满了母爱，充满了希冀，也充满了山乡人们对造物主原始崇拜的神秘气氛。

这种呼唤就是人们通常所说的招魂，属于阳教故式。谁家的孩子受了惊吓，或是不小心掉进水塘、阳沟里，大人担心孩子被吓散了元神，惊走了魂魄，于是就以这种原始而简单的仪式招魂。一般在晚上戌亥时分，待小孩睡着以后，大人就站在堂屋大门口，拖着长声向外面呼唤。也有的采取一呼一应的形式，即一个人招呼着孩子的名字，"回来了么——"一个人在隔壁门口回应"回来了啊——"。如果是小孩掉进水里，大人就要拖起捞网，往小孩失脚的水里捞三下，一边捞，一边喊着孩子的名字，"回家睡觉啰——"据说，信了这样的故式，小孩子就会元神归位，平安无事。

当然，受惊吓的程度不同，造成的后果有轻重之别，如有的人，包括小孩、大人遭遇惊心动魄的恫吓而引起心神不定、不思饮食、睡不安宁发梦忡，甚至面黄肌瘦、精神萎靡，这就不是用简单的招魂仪式就能解决问题的，往往要请懂点阳教的师傅收吓，再不济就要考虑信一信打符治邪之类的故式了。

我的老家双牌一带，请师傅收吓的故式至今没有失传，还有一定的"市场"。去年有一次我回老家时，在木匠落巴师傅家里就见识了一次收吓的程序。

黄昏时分，我正和落巴师傅老两口拉家常，村上的生桂带着他那个六七岁的儿子明明来了。

寒暄中我发现，生桂要儿子叫爷爷、奶奶。明明却有点反常，除了怯生，尤其显得神色憔悴，情绪低落，懒怠开口。生桂骂他是"裤包脑"，没见过世面的样子。不过马上就为儿子开脱，说他平时不是这样子，只是这几天晚上睡着老是发梦冲，喊怕，整天一副萎靡的样子，食量也减了，估计是受了惊吓，于是说明了此行的目的：特意来请师傅爷爷给收收吓。

落巴师傅的老伴快言快语，也算安慰小家伙，说道："这么说来，确实是受了惊吓。明明宝宝，你师傅爷爷收吓灵验得很，好多细伢子都是被他整熨帖的呢。"

"看你奶奶，不是王婆，也摆上瓜自卖自夸了。"落巴打趣着。屋子里充满了笑声。

落巴师傅把明明拉到胸前，诱导着："让爷爷看看，是哪个坏小子吓着我们明明了。"

明明被两位慈祥老人的热心肠煨得暖烘烘的，胆子也大了点，告诉师傅爷爷："那天我和泥巴、羊牯子他们藏猫猫打哆哆，然后我去找泥巴的时候，然后他从柴堆里钻出来，然后朝我喊一声'嘿！'然后我没留意，吓得心里'咚咚'跳，然后夜里就做梦，好怕好怕，然后……"小家伙刚开蒙读书，觉得"然后"特时髦，一口一个，逗得大家笑起来。

"难怪呢。"师傅奶奶又当起义务解说员，"这一惊，就把元神吓出体外了，元神不归位，夜里就做噩梦，就害怕。宝宝放心，只要你师傅爷爷给信了故式，今夜里就睡得安稳了。"

生桂也附和："是的，是的。我们小时候要是受吓了，也是请爷爷收过吓就安然了的。"

落巴师傅就着夕阳的余晖，用拇指蘸点口水，在明明的中指节上涂抹一下，仔细看看，纹路间带点赤黄，证实是受惊吓走了胎。

于是，落巴要明明靠近一点，托着他的左手，闭目养神一瞬，然后睁开眼睛，口中念念有词：

"启眼观青天，太阳太阴星君，二十四位紫微列宫，一齐降下坛来；黄氏门中历代祖公祖婆、下坛土地、门头土地、槽门土地、本庙城隍、冲上麦石公公、冲尾麦石婆婆，一齐恭请！口传师傅黄××请到！央请波罗长波罗长波罗长……小儿夜里做梦相，斥退夜梦闻，东方、南方、西方、北方、中央五元归位！"

落巴随即把明明拉到靠左边，加大力度念得悠扬顿挫：

"左边站着金鼓黄，右边站着黄金鼓，黄生桂的儿子黄明明就在黄金鼓内藏，日里外面走，夜里一觉睡到大天亮！"

念罢，在小儿额头上画个"井"字讳，又用拇指沾点唾沫在上面涂抹三下，连念三遍"元神归位"，仪程结束。

桂生嘘了一口气。明明仿佛受到某种暗示，比进门时活溜得多。看到这立竿见影的效应，师傅奶奶欣慰有加："看，细伢子从来不作故，这下换了个人一样，活泼逗皮了。"

"谁不佩服师傅爷爷这些奇招呀！"桂生夸赞着，就从衣服插口里掏出一个小红包，递给老人："喏，多谢师傅爷爷劳神费心，这点小意思，不成敬意，还请您老莫嫌淡漠。"

老人伸手一拦，有点气愤："你桂生老侄今天怎么了，学得从门缝里看人把人看扁了，你大伯几时收过哪个的礼信？"

师傅奶奶也帮腔："收收吓什么的，不过是驼子作揖唱喏，起手便是的小事，还要封礼信？千万莫惹你大伯生气。"

毛狗只好收起红包，感激不已："难怪四乡八邻的人都敬重您老这位善事菩萨呢。"

师傅感慨地说："举手之劳的小事，你帮人家做了，人家欢喜，你自己也高兴。千金难买心头乐，一悦乐，就神清气爽，没了烦恼，比吃了人参燕窝还舒坦。"

我一直沉迷在落巴师傅收吓的程式之中，这时才回过神来，听他一说，马上附和道："是啊，是啊！帮助别人，快乐自己。师傅的善举既是为人之道，也是养生之道呢！"

落巴师傅淡定地说："你兄弟别给我戴高帽子，这些只不过是师傅一代一代传下的规矩。先前出门做手艺弄饭吃，要广结人和，就要多行些方便，替人家信信故式排忧解难什么的。人家觉得你这个师傅好，就争着请你上门做功夫。也是与人方便，自己方便吧。"

我和桂生连连点头称是。接下来，我提出缠在心头的疑绪："比如收吓这样的故式究竟是怎么回事？要说灵验，却没有科学依据。"

落巴师傅说："这事我也说不清道不明，师傅教我这么做，我就照师傅传授的法子依样画葫芦，灵不灵验我不敢肯定，但是大家要是遇上点小灾星，却都愿意找上门来。"

桂生插话："世间事复杂得很，科学解释不清的现象还多着呢。"屋里一时沉静下来，我们仿佛默认了。

（原载《武冈报》）

应　　煞

　　湘西南一带民间自古流行一种叫应煞的故式。煞是指邪恶的鬼怪，应煞就是应对、制服凶神恶煞。大凡人家操办喜事，如拜堂成亲，新屋奠基、上梁，安神谢地等，都要治邪应煞。害人之心不可有，防人之心不可无。阴阳一理，人间有些地痞流氓、歹徒恶棍，逢人家做好事，总想惹是生非，搅得人家折财赔命不得安宁；据说阴间相应也有一些恶巫野魂、牛鬼蛇神想乘机作乱坏人家好事。阳间防范坏人有颁布禁令、设置警戒等措施，而应煞是震慑阴间恶鬼简单易行的手段之一。

　　施行应煞仪式的一般是参与操办喜事的师傅，比如厨师、砖匠木工师傅等，也有请具有一定德望人士的。应煞需要一只开声啼过明的公鸡，磨快菜刀备用。以拜堂成亲应煞为例，当新娘从轿上或车上下来后，新郎就要拉上撑着伞的新娘一同站在槽门口，接受应煞的洗礼。这时，早已等在槽门里的掌厨师傅抖擞精神，跺地一脚，震得地皮发抖，足以吓得邪祟销声匿迹；同时左手将公鸡举到额前方，顺便用握刀的右手扯起公鸡脖子上一撮毛，让鸡发出洪亮的叫声。鸡声未落，师傅就亮开嗓子，威武雄壮地开腔念诵道：

　　"夫以天地开张，日吉时良，新婚之喜，趋吉呈祥。昨日成单，今日成双；凤凰一对，鸳鸯一双。左手托起金鸡叫，右手提起凤凰刀。此鸡此鸡，此鸡本是非凡鸡，往日用来报五更，寅日用做应煞鸡。一应百祥之福，二应金玉满堂，三应早生贵子，四应万代荣昌。在娘家千年富贵，在男家万代兴隆。此鸡头上一朵冠，寅日拿来应五方：一应东方甲乙木，二应南方丙丁火，三应西方庚辛金，四应北方壬癸水，五应五府在中央。应退天煞归天去，应退地煞归地藏，应退年煞、月煞、日煞、时煞一百二十四煞，雄鸡顶当，鸡血下地，百无禁忌！"

　　念诵罢，扭转鸡头，用刀往脖子上一抹，鸡血喷薄而出，于是赶紧绕着新郎新娘转一圈，将鸡血洒在地上。

　　据说鸡血最能避邪祟、压煞气。又据说虚空中游荡着一种叫做花煞的鬼怪，心肠并不太歹毒，却专门爱作弄新婚女子，一旦新人拜堂成亲，就依附在新娘身上，挑拨是非。因此新娘进门前就要应煞，提防花煞乘虚而入挑唆新媳妇性情失控，从而影响夫妻恩爱，婆媳相心，妯娌团结，邻里和睦。同时兼有其他功效，比如镇压胎煞以利身怀六甲后母宁胎安，压住产煞以利平安分娩，等等。

　　应煞的形式大同小异，只是喜事不同，念诵的口诀内容有些要因事而变。上梁应煞要相应改成"华堂落成，趋吉成祥"及"一应天官赐福，二应紫薇高照，三应五子登科，四应万代兴旺"之类。"二应南方丙丁火"一句，不同的场合有所变异，因为是应火煞，所以修屋之类，宜念成"二应南方大吉昌"，有避讳火灾的意向。当然，也有人不以为然，认为火表示兴旺、繁盛、吉祥，不该避讳。好在国人素有百花齐放，百家争鸣的传统，又有求同存异的包容度，无论念"丙丁火"还是念"大吉昌"，都准算。还有，应煞的鸡血要派上很多用场，安神谢地的要用鸡血应神主牌位、灵符以及待烧化的祭品，还要在各条门和四角墙上揩抹。上梁应煞，师傅要用鸡血在打理好的梁树上，涂抹出以梁炮为中心的双龙抢宝图案。

应过煞的那只公鸡，按例要打发给师傅的，另外还要封个小礼信，以求师傅发心送吉祥。师傅接过主东的"厚礼"，就要讲好话，无非"谨望主东从今而后日进金夜进银，一年四季发大财。家兴人旺，万事胜意"之类，尽拣含金量高的奉承。这叫讨吉口，主东听了，自然眉开眼笑，千恩万谢。

旧时代生存条件恶劣，人们往往把最起码的生命财产安全保障诉求寄托在唯心的宿命理念上，或抱有宁愿信其有的侥幸心理，以求神灵庇佑，消灾弭祸降吉祥。时下是新社会，应煞的故式仍然有一定市场，笔者就曾经为人家应过几次煞。这一现象，不能简单地归结为人们迷信守旧，传统习惯势力不是一朝一夕就能消逝的；信仰自由的宽松社会环境，为人们提供了缓解心理压力、寻求解脱的温床；再说，由此举发散思维，培养和具备必要的防范意识，"篱笆扎得密，野狸钻不进"，用来提防应付现实生活中的各种邪气煞星，也不失为明智之举。

（原载《武冈报》）

打符治邪

先前，乡下人家若遭遇不幸，比如生病、伤痛或折财之类，就疑心是鬼神造孽，邪祟作怪，就请师公打符治邪，驱妖降鬼。

农历逢单日的晚上，师公背着行头袋来到主东家里，并不和谁打招呼，一进门，就到堂屋中的神龛前，向家堂土地打躬作揖行礼。主东或前来帮忙看热闹的早把犁头和耙齿投进柴火或煤炉中煅烧着，对师傅的道行拭目以待。

吃过宵夜，师傅就设坛施法，在神龛前的供桌上摆放三牲等供品，在家先、土地牌位前，以及供桌上首装着米的升子中供着的宗师牌位前照烛焚香。主东还会封一个敬神礼红包放在升子中，以求师傅发心尽意施法力。这个礼信随意封点钱就行，至于法事的劳务费则随宗教市场行情而定。

准备就绪，师傅头戴三叉戟法盔、身穿红色道袍闪亮登场，将三件讨吃家伙——斩妖宝剑、驱鬼法铃和海螺摆在桌上。他首先在桌前的香炉中三上香，接着端起一碗清水，拿一支香在手，念动二十八宿名讳，在碗面上敕批净坛神水，然后用指头蘸水在法器法物上，在神龛上和堂屋四角弹洒，驱污除秽。洁净坛场完毕，就恭敬肃立开始请神。师公属于中国三大教之一道教中的分支，奉请的主要是道教门派的神祇，包括太上老君为首的上界三十三天诸位神圣，二十八宿星君，下界四方龙神，三山五岳圣帝，还有信人主东堂上历代先祖，本境城隍，家堂土地，前朝得道地主阴司公公，唐代敕封宝山潮水仙娘，本门派中的祖师、先贤以及诚卦先师，还有朱雀玄武青龙白虎，屋檐童子，还有冥界十殿阎君等等知名知姓、不知名不知姓的一齐请到香炉头上受纳信香。师傅就禀明缘由：某地某城隍社主祠下信人某某特设坛场驱鬼除妖，恭请各位神祇勠力同心布下天罗地网除恶务尽。

当卜卦显示为阴卦后，表示神门都感知并承诺协同配合作战了，师傅就开始显身手。我的老家一带有个叫落巴师公的，是祖传世袭的职业捉鬼手。有一次我全程领略了他的捉鬼神威。

落巴师公人生得活泛，口才好，出口成章，临场发挥自如，颇富脱口秀才艺，兼有戏子唱念做打的功夫，往往能把施法前的攻心战演绎得声情并茂，既具有对前来助阵的神们娱乐功能，又力求恩威并施使鬼们震慑，自动缴械投降，改恶从善。只见他手持宝剑，在堂屋里载歌载舞道：

> 天灵灵，地灵灵，十方神圣显威灵。
>
> 扯起天罗和地网，要将妖孽来肃清。
>
> 恶巫野鬼与邪祟，张开耳朵听分明。
>
> 本师生就糍粑心，只想与你讲和平。
>
> 惹是生非法不容，劝你收起顽劣心。
>
> 回头是岸有生路，执迷不悟害自身。
>
> 看我铸起铁水墙，铜锁铁锁来把门。
>
> 哪个胆敢来试法，禁闭室里受苦情。
>
> ……

歌舞完毕，又一边手持宝剑，操起法铃嘀嘟嘀嘟摇晃着，一边口中念念有词，从堂屋到茶间，到内室，瓮罐桶柜，缝缝隙隙，床脚下，蚊帐中，统统驱赶一遍，然后来到堂屋门口，倒掌作法，烧一叠纸钱，表示礼送瘟神出门。

阴阳一理，无论坏人或恶鬼总有顽固不化的，得铁下心来严惩不贷。只见师傅拿一叠纸钱在手，喊一声：拿我的铁鞋子来！帮忙的就从火炉中夹起烧得通红的犁头，放在地上。他圆睁双眼，扎袖捋拳，喝一口净坛神水，念念有词敕起雪煞水，在赤着的脚趾上象征性地包上纸钱，就一头伸进犁头开口，像趿着鞋子一样，踏得地皮咚咚响。帮忙的又将那根烧得快要熔化的耙齿夹来，他在耙齿顶端包一张灵符和几张纸钱，然后张开嘴巴一口咬住，好比含着一根胡萝卜，人们还仿佛听到他的嘴唇被烫得"吱吱"作响。他若无其事地端起那碗神水，趿着犁头，踢踏踢踏朝患者睡的房间走去，来到床前，就决绝地拔出耙齿，找准一个地方，扬起锤子，狠狠地打进地层，不现一点痕迹。这叫打止顶符，表示把凶神恶煞彻底制服，永世不得翻身。

法事高潮在三声海螺声中戛然而止，大家侧耳静听着那幽远的螺号，据说声音落在哪里，就表示煞星陨落在哪里。

人们兴犹未尽，惊疑地看着被落巴当鞋趿过的犁头，百思不得其解。有人说，纸钱包着自然不烫。落巴揭起一叠纸钱要他包住试一试，那人还没探到犁头开口，就烫得"哟——"的一声收回脚来。须知那犁头早就由红变暗冷却了一袋烟久的功夫。人们哄笑之余，这才佩服师傅的道行了得。最后，师傅重新照烛上香，鞭炮轰鸣，礼送各路神圣驾祥云乘车船回宫复位。

师公一般有含耙齿、趿犁头、上刀山之类的看家本领，笔者对神秘的传统道教文化深表敬畏。然而，对师公通过如此作法就能驱邪治病痛一说，不敢迷信。确有人做了法事就解除了痛苦的，可与其说是法力的功效，不如说是心理暗示的作用。心理暗示是指一个人在自己的意念支配下发生的心理变化，当人处在病痛的困境时，根据以往形成的经验，捕捉环境中的蛛丝马迹来迅速做出判断，形成一种无意识的自我保护能力。当师公作法以后，他就会安慰自己：邪魔驱走了，我的病痛马上就会好了。这种心理暗示作用对解脱精神负担有着十分重要的意义。打符治邪的心理暗示法，不唯师公这些专业人士能行，非专业人士偶尔也能歪打正着。笔者有个朋友早年在贵州山区打工时，见一个大妈经常疑神疑鬼精神受到重创，"白水人"的他自称能治邪，模仿师公在她家里做法驱鬼，后来她竟然能吃能睡精神康复了。现实中，这方法并不是百验百灵，也有人施法后未脱困境甚至恶化的。

打符治邪之类是一种传统文化现象，它的盛衰，与社会发展水平高低密不可分。旧时代观念落后，科学技术欠发达，经济贫困，人们有病无钱治，或没有医疗条件，只好心存侥幸，寄希望于神灵庇佑。现如今实现了新农合，老百姓有病痛都主动去就医住院治疗，师公们的生意相对减少了。因此，对于一些落后的因素，不能靠强迫命令去消灭它，得靠先进的生产力的强劲态势，形成"边沿化"效应，使之逐渐自行消亡。

（原载《邵阳日报》）

南岳进香风俗谈

　　湖南武冈市双牌乡一带有去南岳进香朝圣的传统，除了十年动乱时期，每年都有一批批善男信女结伴前往。一般择定南岳圣帝或观音菩萨的圣诞这样吉庆的日子，菩萨一定会慈颜大悦，赐福呈祥。

　　进香者动身前要禀告过本境城隍、本宗堂上先祖，拜别堂前双亲，然后来到禾场上会合，只等包租的客车一来就启程。行程早已安排妥当的，当天晚上赶到灵山脚下的平阳镇安宿，第二天在镇上新修的大雄宝殿进了香，就以休息为主，为后天凌晨游峰朝圣养精蓄锐。

　　进香者无论男女、无论长幼，穿着打扮皆一样：头上缠一块青色的包头，衬一条红绸丝带，呈"长虹贯日"吉相；身穿青衣，系一个绣有"南岳进香"金黄色字样的大红肚兜；背一个鼓囊囊的香包。手捧信香，唱起香歌出门和大家会合：

　　　　　　志心虔诚皈命礼，朝拜南岳大天尊。

　　　　　　我今进香为何因，无非求保老双亲。

　　　　　　思想父母恩难报，要上灵山把香焚。

　　　　　　南无慈悲救苦难，察我朝拜启程心……

香客踏歌而来，早已来到禾场上的香队的"头首"，就会接腔唱：

拱手迎来新会友，同往灵山见世尊。

不用良言来奉告，神佑我友得安宁……

客车开来以后，头首就在车头右侧的窗口上插一面绣有龙凤图案的香队旗，然后就在欢送的鞭炮声中出发。

这一带把每年一度的南岳进香当成盛典，隆重肃穆，大有讲究。经历代演绎、发挥，形成了独特的香文化风俗。

南岳进香的要义，就是发心斋戒上灵山拜谒"圣帝爷爷"，酬谢圣恩浩荡附带为报父母养育深恩，向菩萨祈求，生者赐福延寿，故去的保佑早日超升；进香者自身即通过觐见朝拜等一系列活动，广修善缘，达到彻悟的境界，功德也就自见了。

传统的进香有三种形式。一是普通的"进保香"，即肩挑香担，晓行夜宿，徒步行进，双牌乡离南岳六百余里，少即半个月，多即二十天一次往返。二是苦行僧式的"烧饿香"，这一形式除了徒步以外，还不能吃熟食斋饭，只吃水果瓜蔬，背上插一个勺子，用来舀泉水解渴。三是"烧拜香"，脚蹬莽绳草鞋，腿绑棕片护膝，手端小板凳，凳上插着香，沿途遇到桥亭古庙，山门寺院，须高声唱诵圣号、香歌，三步一拜，五步一跪；逢街过集，大庭广众之下，踩起八卦步，载歌载舞前进。双牌乡人一般还是"烧保香"，并且与时俱进地共享时代发展成果，一律以车代步，包租车辆直达山脚的平阳镇，只是游峰进香时才步行而上。大家把徒步登山当成守着最后一份虔诚，对那些游人兼香客的芸芸众生租乘旅游车或乘坐空中索道上峰的行为，不屑一顾。

据说，南岳司天昭圣帝、护国安邦大天尊，即南岳菩萨神通广大，无所不晓。差出的护法尊神、监香使者一个个都是顺风耳、千里眼，比阳世间拥有电子眼的警探和拿着忠诚探测仪的心理专家还明察秋毫，对进香者的行踪和心理活动了如指掌，一察觉进香者有半点邪念杂思，稍许不恭，便要降灾罚罪，让其后果自负。因此烧香者特别谨慎小心，不敢有半点欺瞒。比如香资盘缠，须用自己辛苦挣来的血汗钱，诸如打牌押宝赢来的肮脏钱，或是欺压百姓搜刮来的民脂民膏，贪污受贿得来的昧心钱，一概不能使用。听说某年有人用骗来的不义之财去进香，一上路就肚子痛，勉强到了灵山，快要爬上南天门时，陡然一个筋斗翻下山崖，险些送了性命。菩萨扬善除恶，公正圣明，好生了得，谁敢使奸耍滑！

筹足香资盘缠以后，成行前要专程上街备办封包的香面纸、香烛纸钞、檀香木：叫做"捆香"。再择个吉日，焚香烧纸，奉上露水净茶填写香面纸，封香包。香包就是敬奉神明时孝敬的见面礼，阴阳一理，就如阳世间奉送给上司、领导的红包，包里除了冥钱纸钞，还要夹带三根檀香木，相当于阳世间的金条珠宝之类。香包须依照灵山各寺庙圣众名单，一神一封。知名不知姓，知姓不知名者，也要总封一个，由庙中辖神总管去分摊。香包封好了，就要供在神龛上妥善保管，不得受到秽污。

临行前一两天内就要"起香"，就是在堂屋里供奉起菩萨牌位，摆上斋粑供果，焚香烧纸，向菩萨禀告进香行期，祈求昌保一路平安。起香以后，全家人就要跟着一道"封斋"，就是不吃生眼睛的东西，更不能杀生，直到进香平安到家，谢过圣恩恭送诸神安宫复位以后才开戒打牙祭，否则菩萨定然会怪罪下来的。某年月日，有人在封了斋以后还去河里捞虾米，上路后第二天清早起来去掀皮箩盖量米煮饭时，竟然看到皮箩底下一摊虾米在蹦蹦跳跳，直吓得面如土色。同行的会友赶紧焚香替他在菩萨驾下谢了罪才得安宁。

启程之后，家里要有个老成的人守香案，点起长香，照起长明灯，晨昏定时上茶，更换斋供，不得有误，尤其不能有损心术，否则进香者在路上要受苦楚。某年有人去进香，婆娘在家守香。中午时分，一只狗爬到灶上去舔锅边，她一时疏忽，顺便踢了那只狗一脚。就在同一时刻，她正在灵山游峰的丈夫顿时脚痛得蹲在地上起不来。他回来说起此事，与婆娘踢狗的时间完全吻合。可见菩萨交流信息的手段和速度，比如今的电子监控还灵敏、准确。又有某年，一个烧香的和大家在游峰，开初生龙活虎的，后来却病恹恹的振作不起，实在支持不住了，躺在一块石板上昏睡过去。怎么了？到了家里才知道，他的婆娘到邻居家玩，人家炒菜时她无意中尝了一块肉，竟然点箭下马般害得男人遭罪。

进香者无论步行、坐车，一路上都要念诵佛号，唱香歌，表示一心向佛，同时避免被杂事分心，胡思乱想。香歌有抒情式的长腔高调；有叙事式的快板短拍，轻快活泼，节奏明快，音韵和谐。或合唱，或独唱，还可互相对歌，问询酬答。歌声中，人人心情舒畅，心思专一，又可以从歌词的内容中受到劝善向佛思想的熏陶感化……

晚上九点多钟，香车抵达平阳镇，就在旅社安歇。"头首"照例要进厨房去，向大师傅道声辛苦后，就要盘问炒菜放的什么油，大师傅回答说是素香油。她还不放心，特意每样菜都用鼻子闻一闻，见没有猪油之类的腥味才满意地退出来。本来据说只要香客问一声，放的香油还是猪油，老板回答是香油，就可以放心地吃，即使是放的猪油，菩萨也只怪罪老板的欺骗罪了。可是双牌乡一带的"头首"不愿疏忽苟且，万一吃了放猪油的菜，菩萨怪罪下来，几十个会友岂不要前功尽弃？

大家洗漱完毕，开始请圣。这是朝圣期间每天早晚餐前的必修课，即众人齐集"圣帝爷爷"香案前，焚香唱诵圣帝宝诰，向菩萨禀告众进香者的归属行止，祷告诸神众圣佑庇平安。接着就按照名单一一禀卦祈求昌保。最后分发求圣灵救庇的仙茶，或口喝，或涂搽额头、太阳穴和四肢，据说可以驱邪避灾，提神健身，比时下人们喝的健力宝、冰红茶或搽万金油之类的饮料、药膏要管用灵验无数个百分点。请圣仪式结束后，才开始进餐。禀卦时须人人得到的是巽卦，才皆大欢喜。

　　十八日晚上，大家早早请了圣。晚餐以后就休息，好让明天凌晨游峰进香有精神。

> 上了一峰又一峰，七十二峰到祝融。
>
> 祝融峰上万象新，灵山胜地千秋松。
>
> 南天一柱擎乾坤，凌霄宝殿座巅峰。
>
> 江南美景收眼底，湖广风物展娇容。
>
> 国泰民安遍地歌，圣帝隆恩万民颂。
>
> 南岳司天昭圣帝，护国安邦大天尊……

　　进香吉日大清早，灵山的南天门上，就响起香客们的嘹亮歌声，悠扬婉转，山鸣谷应。香队由队旗前导，奋力向峰顶登攀而上。

　　进香的队伍特别多，都是凌晨就出发的。从山脚到祝融峰顶，步行全程三十余里，多半要抄近道攀爬陡峭的石板小径。到了山门前购好团体票，就鱼贯蛇行逶迤登山。一路上，香歌婉转悠扬，余音绕岭，越唱越有劲头。

　　经过一番奋力攀登，巍然矗立在峰巅的祝融古殿仰视可见。众人一片振奋，一个个将虔诚肃穆写在脸上，踏着"头首"唱的《进殿香歌》节奏，趋上殿堂。

　　殿堂正面，慈眉善眼的圣帝爷爷头戴镏金皇冠，身披黄袍，手捧笏板，端坐在丹坛之上，仿佛刚从天庭与玉帝议事回来，又忙于接受凡民朝拜。进门的两侧，威武勇猛的金吴二将手持铜锤金铜，顶天立地般站立着，守护着圣帝爷爷兼审视进香童子的诚心和举止。上殿朝圣，就如同臣子拜谒皇帝老子，务必战战兢兢诚惶诚恐状，屏声敛气，头不仰视，趋步向前，侧身而退，否则便要被怪罪下来，祈福降吉的可靠率就会打折扣。可是进香的人众太多，本来就不宽敞的殿堂早已跪拜出黑压压一大片，人头攒动，拥挤不堪；唱诵佛号声，磕头祷告声，卜卦噼啪声，响成一团。殿堂外面还不断涌进人来。

每个香队先由"头首"念上疏表文，即向"圣帝爷爷"启奏前来灵山敬香的缘由、行藏以及香客名单，祈祷圣灵倡保平安，口称："伏以圣恩浩荡，神通广大，兹有大中华湖南省某某市双牌乡某某村信人弟子某某某某某某等五十余众，为酬谢圣恩浩荡，保境安民，国运昌盛，并祈圣帝爷爷保佑高堂父母福寿康宁，今虔备保香，敬请众神诸圣驾临香炉头上受纳敬奉。"然后按照香包上写的名讳一一念诵告喻，以便圣众前来认领。

请过以后，就要禀卦。这禀卦是凡人与神人交流信息沟通心灵的途径，凡敬神者，十分看重菩萨降的卦象。

"头首"首先敬请圣帝爷爷以及诸位神圣对进香者所敬保香欢喜领纳，如果得到的是阴卦，即是"开门见喜"，吉祥如意，众香客的脸上自然喜色盎然。

接着祈请保卦，从进香者本身开始，家中老幼，都求赐一卦。头首念念有词："富贵有缘，鸿运开泰。朝圣进香者发心斋戒一片虔诚前来灵山朝圣，祈求圣帝爷爷保佑其平安康宁！"

然后就是打卦。据说三卦得中的是上好的吉兆，得了如意的卦就磕头如捣蒜不已。

香队的人都得到如愿的卦以后，就将敬奉过的香包投入山门场坪一侧燃起熊熊香火的东壁，即菩萨的金库。这里专门烧化在生父母和家人的"平安保香"；另一侧叫西庐，专门烧化逝去先人的"故香"。

这一仪式结束后就开始转回程，都将肚兜反过来系上，显出"回光返照"

的字样，表示沐浴圣恩以后，佛光永驻。

沿途有不少寺庙，佛教的，道教的，大家一一进去跪拜、敬香。

南岳灵山供奉着各路神圣，送子观音当然也在接受朝觐礼拜之列，香火寺庙坐落在半山亭上的紫竹林中，据说只要诚心有加，就会有求必应。所以有很多年轻媳妇一时还没怀上毛毛的，公公婆婆想早日抱孙儿的，都要顺风顺水地前去求嗣。

大殿上，只见大慈大悲观世音菩萨胸前抱着一个天真活泼的小孩，似乎要送给想做母亲的人。大家百倍虔诚地倒身下拜，以头伏地，默默祈祷："观音娘娘在上，信人弟子某某千请万拜，祈请娘娘赐个活泼可爱的宝宝给弟子，若能如愿，弟子愿敬奉五百元现金拜谢娘娘慈恩……"

（载《神州民俗》《武冈新韵》）

开灵救苦度亡魂

乡间大凡死了人办丧事，要请和尚师傅做法事，包括开灵救苦、祭奠、化屋及放焰口等，用以寄托亲人哀思，告慰逝者在天之灵。湖南省武冈市以双牌乡为轴心的方圆六十里一带，把开灵救苦仪式，渲染出一种劝善向佛、警恶戒邪的独特文化氛围。

一、布置灵堂

双牌乡一带对灵堂的布置十分讲究宣示、教化效应。灵堂一般设在逝者生前居所的堂屋里，门口用松柏叶扎成彩门，门楣上用整张大白纸做横幅，代表孝子书写"当大事"三字。两侧贴上对联：

> 多承嘉宾来祭奠，
> 深悲严父（慈母）去留难。

堂屋两边的正柱上，也有一副：

开灵礼忏度亡魂，

绕棺救苦悼严父（慈母）。

堂屋上首的神主照壁和两侧的墙壁上，悬挂着"功德"。所谓"功德"，就是描绘着菩萨形象的画轴，由四方善男信女捐献，以表虔诚敬佛之心，取立功扬名积善积德之意。

这些功德正面五轴，目莲尊者居中，文殊菩萨、普贤祖师、观音大士、大势至菩萨分列左右。一尊尊佛门先圣慈眉善眼，宽袖纤指，端坐莲台法驾，或讲经说法，或劝善戒恶。座前驾后，祥云缭绕，天花乱坠；金童玉女，灵禽异兽，或端坐或俯伏，皈依法皈依佛，专心聆听，洗心革面，称法诵佛，呈现出一派安谧祥和气氛。

两侧十轴为冥府十殿阎罗，分别是第一殿秦广王，第二殿楚江王，第三殿宋帝王，第四殿五官王，第五殿阎罗天子，第六殿卞城王，第七殿泰山王，第八殿都市王，第九殿平等王，第十殿转轮王。阎君们个个浓眉大眼虬须刚髯，威风凛凛，正襟危坐。公堂之上，"明镜高悬"，公案之下，法度严明。鬼使判官，牛头马面，杀气腾腾；罪囚恶徒，凶神恶煞，伏法认罪。公堂外面摆开刑场，一个个男盗女娼忤逆不孝之辈、贪赃枉法损公肥私之流、杀人越货走私贩毒团伙、大斗小秤高利盘剥贪婪之徒……在鬼卒们的运作下，下油锅，抛刀山，受碓踏，遭锯解，被碾磨。奈何桥下阴风怒号，匪徒恶棍浮尸漂骨；火焰山上烈焰蒸腾；罪魁祸首焦头烂额……那些执法如山的阵场，直看得人胆战心惊，毛骨悚然，油然而生回头是岸，向佛行善之志。

先前，悬挂十五轴功德的，叫做满堂道场，是丧事中的最高档次，一般只有德高望重、儿孙满堂且家境宽裕、福寿齐归者仙逝，才有资格问鼎。因为师傅采取计件制，按画轴数多少收取"供佛礼"。因而普通人亡故，至多五帧，还有三帧的。只挂一帧的，是早夭或身后无嗣的贫寒人家，叫做开木鱼灵。

新时代提倡民主平等自由，孝子们也为争气做人，并不在乎几个供佛礼钱，一概挂满堂功德。阴阳一理，只有隆重礼忏超度亡魂，才可以消灾化衍，降吉呈祥。

经堂内，上下安放两张四方桌。上首的横架一块木板，墩着五把斗装满谷米，供着佛祖如来和本派先师神位牌，点着香烛照亮神灯，桌上摆有斋粑豆腐供果素酒净茶等奉祀祭品。

下首一张也有三把升子供着佛。桌中放条高凳，架成天桥。也就是以大戏舞台写意的手法，用一匹白布从凳上牵到门槛上方而成。天桥上均匀地撒着纸钱，算是桥蹬。凳上给师傅准备一双布鞋，以便引领亡魂游地府、上天桥、登入极乐世界。这一"写实"手法后来也被师傅虚化了，说封一双鞋钱也准得算的。

桌子脚下边用四块瓦围个圈，里面倒扣一只瓷碗，算是地狱。

灵堂的一侧（男左女右），用两条高凳安放着逝者的灵柩。棺材下面摆一盆水，盆口上架一副织布用的筘，象征黄泉路上三途河与奈何桥，桥上用碟子盛满香油点上七星灯，据说代表逝者三魂七魄。

棺盖还未合拢，须等择定良辰才能封盖，叫做闭殓。

灵柩脚头，挂着逝者的灵位牌，下首安一张小桌，摆一把升子，供着监魂童子和引路郎君牌位，他们的职责是监护亡魂去阎罗殿前帐下报到的。

灵堂布置齐备，一等入夜，就要行法事。

二、准备行堂

法事的主角和导演是行堂和尚，佛教中称沙弥僧臣，旧时代由庵堂中长老派出，叫做行施主。新时代乡下和尚还俗了，只是因工作需要，依然活跃在各种法事中。

行堂前要制作灵位牌，即用半幅二尺八寸长的白布（高寿者用红布），对折。书写前库房先要封个小礼信，师傅上香奉茶敬奉了大成至圣先师才开笔。灵牌正上方画佛教符讳图案，正中竖写灵位，字数可多可少，但须通"黄道"，就是由"道远几时通达，路遥何日还乡"十二个字组成，灵位的最后一个字要落在有走之旁的字上。如写成"新故严父（慈母）某公名讳老大人（某门某氏老孺人）之灵位"，依次念来，"位"字落在第二轮的"远"字上，就算通了黄道。灵位的肩胸间，自右至左分别书上"音容""宛在"，下首各标"香案"二字；右侧录上逝者东来生于某年月日时，左侧即是西去殁于某年月日时等字样。写好了就用针线缝好上下端，穿进棍子，系上绳子便于张挂。

还要剪"引路花"。用八开的大红纸折成上截呈梯形下截为长方形的样式，剪成对称花纹图案，再用一支香穿着，插在锡杖棍的花圈中备用。

用过夜宵，师傅和鼓乐手就位。一时间，香烟缭绕，灯火通明，照耀得如同白昼。

"咚咚咚！"师傅擂响三通大堂鼓，锣鼓唢呐地铳炮仗一齐爆吵开来，激越轰鸣，震耳欲聋，响彻屋宇。

孝眷们披挂着麻衣孝布，白茫茫一片跪拜在彩门内外的空地上，大放悲声。灵堂外走廊上看热闹的人，挤挤挨挨，摩肩接踵，黑压压一群，一个个显出肃穆庄严。

法器响过一阵，戛然而止，场上一时显得格外静寂。这还只是打闹台，真正请圣开灵行法事，还需封个红包礼信，据说这样师傅才能发心请动菩萨降坛受香烟，领祭祀司法度。

三、请圣降坛

红包封上去了，灵堂执事正式排班就位。

师傅身披袈裟，头戴佛字三叉戟法盔，将锡杖棍往灵堂正中一顿，"哐啷"有声，震荡得人心微颤，全场肃静。

法师立于上首香案前，端起一碗清水，念动真言，指指画画，掐指捏拳，念过先师名讳及其诞辰生庚，哈口元气，制成净坛神水。然后诵过净坛神咒，在各类法器上，灵枢上以指头蘸水，弹洒一遍，算是洁净了法坛。

法师走到下首香案旁的大堂鼓前，敲响法器，唱起赞语。香丁师上前，稽首叩礼，在宝鸭炉中"初上香，供奉圣；亚焚香，供奉帝；三进香，供奉神。"

信香是人们和神们沟通的工具。上香就是请动佛界及上天诸路神圣法驾神辕齐降法坛。

焚香已毕，向诸佛菩萨禀告做法事的缘由，即大中国湖南省武冈市双牌乡某某村祀祭某城隍祠下居住下民孝子某某等，发心虔诚设置灵堂，特礼拜八十八佛宝忏一卷，祈求超度新故严父（慈母）亡魂，早升天界云云。

灵堂内朝拜八十八佛，用佛教术语叫做荐亡普佛，即对三世一切诸佛普遍恭敬，普遍礼请，普遍结缘的意思。通俗的意思是求得诸佛神圣为亡灵往生、超荐，高抬贵手，大开方便之门。所奉请朝拜的八十八佛，是一个国际多元团队，既有以佛祖释迦牟尼为首的印度、锡金、尼泊尔等国家或地域的历史人物，又有具有中国特色的菩萨，目连、文殊、普贤、唐僧等，在中国境内得道成佛的，还有孙悟空、猪八戒、沙僧等小说、民间传说中的主人公。

诵经分两个小组，上下香案各一，每组三人。师傅掌鼓击节，其余跪在蒲团上，有敲木鱼的，有伴小锣的，配合节奏，先由上首一组起腔，唱一遍菩萨的宝诰，诵一声佛号，下首一组在余音缭绕的尾声中接腔重复一遍。尾声中唢呐锣鼓伴奏，诵经者叩首俯伏，虔诚礼拜。听起来声韵和谐，佛号悠扬，旋律袅娜，余音绕梁。更兼古色古香，悦耳动听，有梵语韵味，又酷似印度民歌，直把人们引向一种神秘安详的氛围。

唱诵佛号时，孝子们要一齐跪拜在地，跟着拜经的人双手合十，俯伏起首，祈求神灵接受朝拜并欢喜领纳供奉，以减轻亡魂的罪愆，超度其早升天界，并保佑孝眷们趋吉呈祥。

礼忏完毕。想来诸佛众圣业已降临法坛享用着斋供，只等攘灾赐福保境安民。于是经堂执事们稍事休息，孝子们起身，库房人员向大家发散香烟，香丁师上香添烛焚化纸钱。

观众也嘘一口气，可兴犹未尽，不愿散去，还有更精彩的在后头。

四、开灵救苦

接下来才正式开灵。据说只有受过衣钵和真传的师傅才担当得起这一重任。

大凡世人在阳间走一遭，难免犯上种种过错罪孽，单说长期吃荤腥就是犯了杀戒，因此依照阴曹地府律条，都要打入各殿阎君所设地狱接受审判处罚。要想为一个罪孽深重的亡灵开脱，挽救于水深火热，超度于极乐世界，没有道行和一定的手段自然达不到目的。

开灵前除了朝拜佛门列祖，强龙敌不了地头蛇，师傅还得和本境自上而下的行政主管部门沟通，法事中称请神。在香案前焚香三炷后，要分别敬请天地水阳四府高真众圣、本宗堂上列祖列宗、城隍土地，名讳一长串，足足要念两袋烟久功夫，遍请祷告完毕就要禀卦，降下阴卦，就说明神们已经感知，并欢喜领纳供奉，同意开灵。

师傅端着刚才划的净水,拿起铜制法铃,"当啷啷"铿锵有声,走到灵柩旁,对着逝者念念有词,洒下"杨柳甘露水",摇动招魂法铃,就算唤醒了亡灵,要他跟随着一路前行。开铃就是开灵了。接着就是开路。

开路这一幕只能纯粹借鉴大戏舞台上的写意手法。正孝子(一般是长子充任,没有子嗣的女婿或侄辈也一样)披麻戴孝,腰缠稻草绳,赤着脚丫,捐着锡杖棍,由挥舞着引路花、念诵经言咒语的师傅带领,在灵堂内绕圈转悠,表示漫游地府。

这是沿袭佛经故事演绎而来。相传伏萝卜——也就是后来立地成佛的目莲尊者的母亲刘氏四娘生前十分刻薄,大斗进小斗出盘剥穷人,死后被阎王打入十八层地狱。伏萝卜是天下第一大孝子,历尽九磨十难,千辛万苦,找遍冥界十八层地狱。尽管刘氏四娘罪孽深重,罪有应得,但是站在孝子的角度上,救母于水火热,却是义不容辞的责任和神圣义务。孝心感动天和地,十殿阎君们在设置种种磨难后都不能剥夺伏萝卜半分救母的刚强意志,终于恩准他把母亲接出地狱,超度升天。

师傅和孝子在经堂内转悠几圈后,算是游遍了阴曹地府并找到关押亡魂所的地狱。师傅念念有词,圆瞪双眼,鼓起神勇,夺过锡杖棍,眼疾手快地一举将桌旁瓦堆中的那只碗戳得四分五裂,表示地狱之门已打开。

接着,师傅朝着代表亡魂的七星灯指画唱念一气,挥舞着引路花,引领着虚空中的亡魂走过奈何桥,跨上白布架就的天桥。师傅登上架天桥的桌子作法,那煞有介事朝着黄泉路尽头的亡灵送行唱祝、挥手致意的样子,颇叫人以为他果然活见鬼了。据说道行好的法师在引领亡魂上天桥时,没上过茅厕的小孩子也可以看到那亡魂升天的影子。不过是否真有小孩看到过,至今不得而知。

灵堂内的法事,花上大半夜工夫开了灵就算大功告成,双牌一带的周边地区都大同小异地沿袭这一程式。至于救苦,是双牌一带的独创。原本的意思是孝眷们对亡故的先人特别怀念，舍不得立即登山安葬，要让灵柩多停一些时日供大家瞻仰、敬奉，为了不至于冷清，其余晚上就兴起救苦的风俗。

救苦仪式仍然在灵堂举行，上香请神禀告缘由后，由法师引领着，孝子捐锡杖棍，众孝眷各捧一炷信香，拿些纸钱，络绎跟在后面。在锣鼓唢呐的伴奏中，法师唱起救苦歌，女眷们号哭诉说着，慢慢绕过棺木在灵堂内兜圈子。走到上下香案前，依次行礼作揖烧纸，转到灵位案前，也要行礼烧纸。救苦的主旨是向神灵唱赞歌并诉说逝者生前的苦难和德行，祈求菩萨大慈大悲减轻亡灵罪愆，早早超度。烧化纸钱者，以便让亡魂在通往极乐世界的途中多使银钱去打通各路关节。绕棺时，沾亲带故的都可参与，据说菩萨会保佑的。所以往往阵容颇为壮观，堂屋不够，开通两边的茶间，鱼贯相随，循环往复，络绎不绝，有唱有哭，鼓乐喧天，热闹非凡，比看大戏还带劲。

这一创造性发挥，具有"挥泪继承先人志，誓将遗愿化宏图"的激励效应；停灵期间，白天拜经礼忏，逝者是男的拜《城隍经》，女的礼《血盆忏》等，要义也是劝诫生者孝敬父母，行善积德的。

（原载《邵阳日报》）

漫话上祭

乡下风俗，亲人亡故出殡前，要举行祭奠仪式，以寄托哀思；或者逢清明、冬至设祭，缅怀祖宗恩德，俗称上祭。阴阳一理，好比亲人离别前设宴饯行、佳节里宴请长辈一样，设祭就是饯别亡灵或飨食先祖。

我的老家双牌乡攸岭村清末时期出了个秀才，老夫子根据儒家典籍和吸收民间礼乐精华编撰了一部叫做《三礼寻源》的书，专门介绍婚丧喜庆之类的礼仪渊源和程式，刊刻后广为流传，至今有不少人家作为经典收藏。时下我们老家一带上祭的程序和祭文的格式内容，莫不以该书为蓝本，演绎起来，颇具儒雅、肃穆、哀伤的情调，凸显出礼仪之邦的浓郁文化氛围。

上祭需要各方面通力合作，以出殡前的祭奠为例，堪称繁复的工程。事前要在灵柩脚下一前一后安放两只四方桌，靠近灵柩的为香案，照烛焚香；下首为食案，摆着祭品。案下各铺蓑衣或蒲团，便于行礼跪拜。食案前设初位和行礼位。

准备停当以后，祭仪的执事人员、鼓乐手、鞭炮手严阵以待，孝眷晚辈统统在前面跪拜俯伏，观众在两旁围观。

"行悼奠礼，请肃静——"司仪出列站在食案下首旁，拖腔带调，拉开序幕。全场鸦雀无声，人人把庄重、哀伤写在脸上，也在心里开始品评司仪的水准。行什么礼的称谓是有讲究的，家祭称发引礼，外族上祭叫宾祭礼，其余亲属一般叫悼奠礼。司仪要是喊错了，旁人可是要笑话的。

接着，司仪发出"执事者排班就位"的指令，两名助祭出列，分别站在食案两旁。"礼生就位"，主祭者肃立于食案下首初位前。礼生只是一般的叫法，主家祭的称孝子。孝子除了麻衣孝服、腰系草绳、蓬头垢面、赤脚上阵以外，还要手持哭丧棍。哭丧棍也有严格讲究，祭严父须持竹竿，竹节外露，表示主外的父亲生前高风亮节；祭慈母的须持桐木树枝，桐木枝节内敛，表示主内的母亲生前贞节懿范。

在司祭声中，乐队奏响锣鼓、唢呐、管弦，鸣炮，分三次，第一次叫"鼓初仪""金初扣""大乐一吹""细乐一奏""升头炮"，以此类推，然后"金鼓齐鸣合作奏大乐"，乐器、炮仗一齐爆吵，渲染出宴会前热烈喜庆的气氛。大乐止，细乐起，几乎贯穿整个过程。

在司仪的指令中，礼生从初位上前进到行礼位上，跪拜在地行叩首礼或稽颡礼，凡三次。前者为孝子礼，须"卧杖"，将哭丧棍摆放地上，俯伏以头磕地；后者只需打躬作揖。接着起立，孝子需"扶杖"，表示哀痛不已，凭杖支撑站起。礼生趋到香案前下跪行礼。所谓"趋"表示恭敬虔诚，只能侧着身子趋步前进后退。

助祭者则分别在香案前三上香，将香折成短段，依次插在燃着纸钱灰的香炉中。上香时须演绎仿古动作，右手将香横撮着举至额前，左手则摸捏收束着虚拟中的长衫宽袖，同时左腿微曲右腿上前半步脚尖抵地，向逝者行礼致意——接下来的祭献都要这样行礼——然后插香。

上香后礼生趋退到行礼的原位上跪下行礼，助祭将斟好的酒杯递给礼生"贯地酹神"，酬谢土地神。礼生把酒洒在地上后，助祭接过杯子，复又"司壶酌酒"以备用。

在"读祝生献文"声中，手捧祭文的读祝生趋近香案，举起折叠成书册式样的祭文行礼致意，跪在蒲团上"开读"。这时，细乐止。

祭文的写作和念读是祭奠仪式的核心工程。祭文虽然得按八股式套路写，开头无非"维某年月日不孝男某某谨以三牲清酌庶馐不典之仪致祭于严父（慈母）之灵柩前而哭以文曰"，接着"呜呼"兴叹，依循"生、死、哀、奠"四个层面铺开正文，最后千篇一律以"英灵有知来格来尝呜呼哀哉尚飨！"收束，略嫌刻板。但是高明的执笔者可以旧坛装新酒，代主祭者诉说逝者生前所受的劬劳艰辛，昭彰其善行懿德；叹惋逝者驾鹤此去成永诀，申诉临别之际灵前祭奠的衷肠。形式或夹叙夹议直白流畅，或齐整押韵朗朗上口。

念祭文须进入适度的情感状态，哀伤而不滥筋，伤感时可老泪纵横，不宜号啕大哭；情欢处可慷慨激昂，不必声嘶力竭，或扼腕叹息，或愉悦欣然，根据内容灵活发挥。高明的读祝生一开腔，就能抓住听众，略微沙哑的嗓音，抑扬顿挫轻重缓急把握得体的声调，长歌短咏，如泣似诉，时而哽咽抽噎，时而舒眉展眼，直教听众穿越到与逝者共同生活的岁月中，掀起一波一波的情感涟漪，赚出一腔腔热泪，个个颔首点头，沉浸在依依惜别的情怀中；亲人们更是油然而生"承先启后"的激情。仿佛戏曲票友赶台子，很多上了年纪的老人特意赶来围观，就是为了领略一番古朴典雅礼仪演绎的视觉大餐；好比"老瘾客"赴宴，享受一次陈年老窖式的醇厚浓郁的听觉盛宴。

"读毕焚文。"读祝生将祭文和一叠纸钱糅合后在蜡烛上点燃烧化，表示呈送给逝者品鉴。细乐重新响起。

接下来，礼生先后数次趋向香案前下跪行祭献礼。助祭在司仪声中，依次举起祭品行礼致意后摆放在香案上。摆的位置与原来食案上的位置正好成轴对称式，端起左前方的摆到右前方。和阳世间的宴会程序相同，初献礼摆上的是茗（茶），果品三样；亚献礼则开始斟酒，连同三样素食；

三献礼就摆上荤牲，鸡称德禽，鱼叫锦鳞或鲜尾，扣肉称馔，筷子叫著，添饭是进至诚，向享用者劝酒荐菜叫捧著点羧，整理餐桌上的食物叫罗著肃馔，饭后奉上餐巾叫献帛，用纸钱代替。

每次献礼完毕，礼生要趋退到原位，跪着伺候饮宴者享用。有条件的还要歌诗，就像阳世间宴会中的歌舞表演，叫做行优食礼。唱的内容无非是歌功颂德的韵语，在细乐的伴奏中，歌者唱得婉转悠扬，余音袅绕中锣鼓唢呐响起，显得欢快祥和。

祭奠后，礼生跪拜后回到初位三鞠躬，礼成。复又鼓乐炮仗轰鸣，孝眷起身给各位执事人员下跪，表示感谢。

亲眷多、时间允许的话，可以上若干祭，次序首先是家祭发引，第二是外族的客祭，其后的悼奠礼不限。客祭必须由外族自备祭品用抬盒抬来，其余的可以重用家祭用过的祭品。

（原载《邵阳日报》）

丧事中的待客礼俗

　　乡下，婚丧喜庆大事接待客人，很注重礼仪，其中丧事的最为讲究。以我们双牌乡为例，这种礼节里蕴含着丰富的风俗文化色彩。

　　谁家的老父老母福寿齐归，驾鹤西去，是顺应天命，有值得庆幸的成分。孝子家"当大事"，称作"白喜"，因而除了请和尚前来开灵救苦作道场超度亡魂以外，还要热热闹闹"开丧伙"招待各方宾朋。

　　虽说来的都是客，可接待有规格。第一要紧的是抚慰外族亲戚，孝子须怀着未尽到孝道而深感罪孽深重的心情，诚惶诚恐，谦恭行事。逝者升天后，孝子安顿遗体入棺，拜托他人料理家中诸事以后，就要披麻戴孝、带上鞭炮，前往舅父家里"报死"。进了槽门放过鞭炮，趋进堂屋，跪在舅父脚下禀告严父或慈母仙逝的时间以及亲人临终遗言等情况。舅父当然会深表哀痛，扶起膝下的孝子，劝慰他和家人顺变节哀，并且与孝子商定前去吊唁事宜，根据孝子家中经济状况决定邀集全院宅户主一起去还是只请本家人员。临出殡的前一天，孝子又要一样的装束去舅父家"报耗"，禀告出殡的日期和时辰，以便奉请外族众亲戚届时出席祭奠仪式，并略备薄酒，恳请赴宴。舅父于是备上祭幛、挽联以及祭奠的供品，封上贺仪，用抬盒装着，然后召集众人准备出发。

外族在参加吊唁的群体中受上等礼遇。外族门中的姑婆或和姑婆相合的姑丈，共同含辛茹苦，繁衍生息，才有孝子一门子孙繁盛，富贵绵延；饮水思源，父母深恩难报，和父母一脉相连的舅舅以及外族全体，也当感戴，报恩于万一。

当外族前来吊唁的人员锣鼓鞭炮齐鸣到达村口时，当事方也要敲锣打鼓放鞭炮迎出去，接待人员站在道口打躬作揖敬烟，其他执事人员上前接过抬盒和花圈等，所有的孝眷披麻戴孝趋到槽门口，一字儿跪拜俯伏在地恭候。女眷一律要号啕哀哭深表哀痛。哀哭有三层意思，一是表示对逝者的仙逝肝肠痛断难分难舍；二是哀求外族因孝眷未能尽孝而给予原谅宽恕；三是据说可以为逝者减轻罪孽，按照佛法，红尘中的芸芸众生皆有罪。这时，舅父或走在后面的某长者，就要上前，逐个道声"发起发起，节哀节哀"，将孝眷们一一扶起。

当客人们前往灵堂向逝者鞠躬行礼后，接待人员把大家迎进屋里，让座敬茶。与其他百客不同，外族客人一定要安排在正堂屋歇息、就餐。如果自家的堂屋做了灵堂，就要安排在本族高辈分家的堂屋。视路程远近，路程远的话，外族在出殡前一天下午赶去，孝子要精心安排食宿。

至于其他的亲戚朋友、院宅乡邻，孝子"原则上"不接待，丧事委员会的书记房事先要代孝子张贴讣告兼"辞"贴，告以逝者东来诞辰和西去的殁期，诚服罪孽深重，诉以当大事的苦衷，家境清贫，无能为力，因而对各位欲来吊唁的亲朋好友坚辞，敬请体谅。其实，这辞贴只是礼节性的，一般的家庭还是做好了招待亲友的准备。众人也心照不宣，届时备上祭仪，只管前去。这些百客敲着锣鼓放着鞭炮来了，孝眷和接待的执事人员同样要去迎接，安排地方歇息、就餐。只是人口众多，院宅狭窄，堂屋不足，有些要安排在走廊上、空地上就座，务请见谅。大家知道办丧事有难处，也不会计较。

出殡当天的早餐是正席，菜肴酒浆要丰盛一些。因为孝眷们要各处应酬，要准备祭奠，所以首先开餐。正式开席时，其余百客只要安排好把壶筛酒的，不要多多照应。只有外族的席上，要特别打理。堂屋一般摆四至六席，成两列，左列上首为首席，安排舅父等近亲入座，其余可不限。首席上，谁座上席，谁坐二席，谁作陪，都要物色好。娘亲舅大，一般情况下，上席非舅舅莫属。如果外族中还有比舅舅辈分高、年龄大的，就要请这位长者坐。至于二席，须安排一位有德望，同时有口才的长者坐，因为等会孝眷们来荐酒、讨吉口时，要讲好话的。

酒过三巡，菜上扣肉未揭盖碗前，家务长领来孝子，让他们跪在堂屋中，放响鞭炮。全场都要停住杯筷静听。家务长向诸位打躬作揖，尊一声舅舅及贵府诸位亲戚，对诸位前来吊唁，代表孝眷深表感激，只因外甥能力有限，照料不周，粗茶淡饭，不成敬意，恳请原谅。这时坐在二席的长者就站起来作揖回礼，代表舅舅和外族对尊府的盛情款待深表感谢，祝福孝眷自此而后，家兴人旺，瓜瓞绵延，富贵双全。讨得吉口的孝子千恩万谢。长者进而把孝子扶起，并且递给他一个红包，多少不限，表示对外甥的抚慰，从此打开财门（彩门），兴盛荣发。孝子接过，深表感激。仪式过后，揭开盖扣肉的碗，接着饮宴，孝子特意从上到下为大家荐酒。

饭后开始上祭。孝子第一个上，叫发引，接着是外族上。外族的祭品是自备的，果、素、馔（肉）锦鳞（鱼）德禽（鸡）缺一不可，表示对逝者的尊重，也有不给当事方造成麻烦的意思。其后，亲戚朋友上祭的叫客（宾）祭，次序不限，祭品也可以共用。每上一次祭结束后，孝眷们都要给祭仪中的执事人员下礼致谢。

出殡后，百客们要送逝者上山，青壮年劳动力帮着抬灵柩。孝眷中有人不断给抬柩替换下来的叔侄弟兄们跪拜下礼，表示感谢。对沿途村寨前来为逝者送行的姊母姑嫂们，认为这是对逝者的尊重，也要趋向前去下礼。

外族只需送到半途就打道回府。执事人员早就抬出抬盒等在路口。抬盒不能空着，舅父吊唁的祭幛原物退回，还有加补的；封来的贺仪翻番奉还，封一百元的加补一百，以此类推。外族回程时，要放鞭炮欢送。

（原载《武冈报》）

巫乡撷奇

WU XIANG XIE QI

神秘的"水师"

时隔30多年，我一直没能忘怀一位有恩于我的老人。老人姓达，秦桥黄沙人，二十世纪七八十年代在我们龙从公社（现双牌镇）工作，管公社企业，都叫他达主任。

达主任还是一位神秘人物，据说他学得梅山教，法术了得。有一年达主任到我们村子里的一个朋友家来做客，生产队的队长作陪，坐在对面。喝酒时，那队长挑逗说，都说你法术高，看你不动手脚，就让我趴在地上，我就服你的狠。达主任真人不露相，何况当年极"左"思潮颇浓，身为公社干部，不便张扬，于是反复辩白自己是个平凡的"白水"人，哪会什么法术。队长却死缠蛮搅，甚至讽刺挖苦。修养再好的人也有惹出火来的时候，达主任瞪他一眼，用筷子朝他一指，却见他茫然无觉地像一摊稀泥瘫软在桌子下面。达主任忙走过去扶起他说，叫你莫调耍方。从此那生产队长对达主任口服心服。

因为达主任既是干部，又有法术，阴阳通吃，一般的人，包括我在内，都对他颇具敬畏感，生怕哪里触犯了他，即使不拿出当干部的威严整治你，也会使出法术收服你，让你肚子疼、招怪哉。所以，大家对他尽量敬而远之，万一情不得已打交道，也显得皈依佛皈依法的，不敢造次。

可是真正和达主任打起交道来，就完全不是人们想象的那样了。

1983年春上的一天晚上，我在自己新屋的楼上读书，孩子们叫我吃夜饭时，我就摸黑下楼。因为楼梯口没做护栏，黑暗中我一脚踩虚，仄着身子摔到三合泥地面上。我顿时被摔得人事不省，等家人听到响声提着煤油灯来看时，惊慌失措呼喊着，我才回过阳来，只觉得疼痛难当，心力交瘁，生命垂危。在好心的邻居指点下，妻子赶紧找来一支人参，给磨了点人参水喝下去，才稍微缓过神来。然而更糟糕的是，左侧肋骨受损严重，骨折无疑，被众人小心翼翼抬上床躺着，却丝毫动弹不得。当时乡下医疗条件落后，骨科医生更是凤毛麟角，勉强弄了点草药拌酒揉擦，全然无济于事，两三天来，伤势仿佛有增无减，稍不留神一咳嗽，就会牵扯得裂痕处钻心地痛，缓不过气来。

幸亏家嫂得知达主任是个正骨的"水师"，特地去公社企业办把他请来了。达主任五十来岁，慈眉善眼，和颜悦色，门牙被烟熏得黑黑的。在我们这些"俗人"看来，却仿佛藏着城府。他来到我床前，以长辈的口吻嗔怪我怎么不小心，招这么大的怪；又仔细察看了我受伤的部位，询问了当时受伤的一些细节。这平易近人的态度拉近了我和他的距离，我感激他不顾跋涉的辛苦前来疗伤，也坚定了信心：高人来了，一定能治愈。

虽然是以教派故式诊治，达主任并不像某些行教的人，一进屋就吆五喝六指派人备办各种敬神的祭品、礼物、红包。他一切从简，只要妻子找来几丝苎麻，缠成U型，还要了一小叠纸钱，打来一碗清水，于是首先去堂屋神龛前静立，对着那碗清水念诵了一会。接着又来到我床前，用打火机点燃用纸钱包着的那口麻丝，将灰烬洒落一些在水中，余下的就在床脚前烧化了。然后，神奇的场景出现了，只见达主任将那碗水喝上一口，"噗"的一声猛喷在我左侧胸肋间，我正激灵着，他跨步上床，敏捷地一手抓住我的左手臂，一手提着我的左脚踝，顺势把我侧翻过来，继而大声命令道：

起来！我不由自主地一个鲤鱼打挺，翻身而起。他接着喝令：下床！我尊令下了床，又在他的鼓励下，跨出房门，步履稳健地走到屋外的公路上。几天来没敢动弹，这一下竟然能叫我活动自如，不得不叫人佩服达主任的神功！

不过达主任并不故弄玄虚，仍然要我回房躺到床上静卧，给了些研成末的中草药，吩咐妻子按时用酒拌和涂敷在受伤的胸肋间，要让受损的肋骨慢慢愈合。我后来体会到，达主任这次给我疗伤，采取了神、功、药三管齐下的办法，则一是借助神秘的咒语、符讳，让人得到心理暗示和安慰，当然不排除神灵的庇荫；二是得益于突如其来的震撼作用，当那一口冰凉的清水突然喷到温热的皮肤上，引起强烈刺激，筋骨处于活跃状态，加上猛然提起那一瞬间，骨折处得到复位，在高度亢奋中，自然就能起床下地走动了，这当然与施治者娴熟的手法也是分不开的；三是药物涂敷，消肿止痛，活血化瘀，三者相辅相成，完美结合。

再说当天达主任为我用了功夫以后，我心存感激，又惴惴不安。按照常情，人家一个当干部的不辞跋涉之苦前来救治你，肯定要封个红包酬谢，然而当时虽然实行生产责任制有饭吃了，可是经济还是十分拮据的，若是打发多一点，却捉襟见肘，囊中羞涩；打发得太少，又过意不去，何况达主任是梅山教，据说这个教派是怠慢不得的，稍不如意就会怪罪下来，叫你吃不了兜着走。

我正躺在床上一筹莫展，妻子陪着达主任进来了。我正想开口，妻子感激地说，达主任真是个善事菩萨呢，为你劳神费心辛苦了一上午，开始说晌饭都不吃就要回公社，后来蛮蛮地留下来，我要去杀鸡，却被他拦住了，讲明只吃豆腐小菜；我给他十块钱买包烟抽，他也不要。我激动得说不出话来，当时十块钱相当于三天市价工资，作为酬谢勉强可以出手，可是他坚辞了，何不叫我百感交集？达主任仿佛为了宽慰我们，笑眯着眼睛，慈祥地说：举手之劳，算得了什么嘛。何况我贪口福了，酒醉饭饱的，我就不交伙食费了，两清，总可以了嘛。达主任越是这么说，我越是觉得难为情，稍觉宽慰一点的是，他确实喝了不少家酿米酒，满面红光，精神焕发。喝酒的人把喝得足够视为舒服惬意。达主任嘱咐我安心养伤后，就告辞回去。临走前，在堂屋神龛上抽了三支香和一小叠纸钱带着。据说教门中人外出行施主，回去后要在祖师爷神位前烧化纸钱奉祀。

后来，有人提示我，受水师接骨疗伤治愈后，一定要去请他来"收水"的，否则会复发。这不过是旧时一些江湖郎中借这走过场的故式多要一点财礼而已。达主任连当时为我疗伤都不要我的钱，难道还会收我的"收水"礼吗？我没有去请达主任再来"收水"。我想，他的情算是还不起了，只把他的恩德永远铭记在心中。善人有福，达主任如今已是八十五六高寿，仍然耳聪目明，精神矍铄，偶尔也受人之请为伤筋断骨者施治。

（原载《武冈报》）

治　疱　疹

　　十几年前，我和木匠孙师傅结为金兰，两家人像至亲一样相互走动，情深意笃。

　　这得从我老伴染上一种叫疱疹的奇怪病毒说起。这种病毒的表征一般从胸腹起，长出一颗颗红肿的疹子，逐渐呈带状蔓延感染至腰背，所以又叫带状疱疹，俗称包袱带或缠腰带之类。如果治疗不及时，一旦"包袱"被系上或者"腰带"相操，就是到了病毒攻心的境地，会有生命危险。即使还没到危险地步，患者也整天痛苦不堪，时而像被一束束绣花针锥刺得坐立不安；时而如火铲烫着，麻辣火烧；时而如九龙拱胜，腾挪奔窜，搅得人心神不宁。这顽疾不服医治，无论中医西医草药，对付它都有点力不从心。老伴病症初起时，到中医院就诊，每天打点滴，吃中药，后来又服用人民医院开的"特效"中成药，半个月下来，不仅没有好转，反而有所加剧。后来又改用膏药贴，雾剂喷，草药涂敷熏洗，每试用一个单方，效果都不佳，充其量临时缓解一下症状，用药次数多了，又无济于事。

　　正当全家人焦头烂额，深感惶恐的时候，有个好心人介绍说，对河的孙师傅治这种病毒有绝招，他就在对河村子里作木工，何不请来试试。我们觉得那么多的医院治过了，他一个木匠又有多少能耐呢？不过，抱着"有病乱投医"的无奈，还是去请来了。

　　孙师傅60来岁，须发斑白，身板却还硬朗，精神矍铄，更兼乐观随和，让人一见就有一种可以托付的诚信感。他是中午时分来的，一进屋，喝过茶，就说"架场"，就是开始的意思。我和老伴都一时脑筋没转过弯来，按照人情风俗，至少得先动粮后动兵，于是抱歉地说，饭菜还没熟，请等一等。孙师傅嘿嘿一笑，还吃什么饭咯，一阵工夫就完事，那边做工的徒弟还等着去画墨哩。我们更加费解，请你来治如此顽症，怎么会是一蹴而就的工夫呢？何况根据乡下习俗，凡是请三教九流进门，或寻药行方治病痛，或装神弄鬼驱邪祟，除了礼金、酬劳之外，还需要准备香烛纸钞，牲禽供果敬奉神明，而这些我们还没有买好。我面有难色，正要检讨自己的疏忽，孙师傅马上说，其他什么准备也不要，只要找几根灯草，用一只小盏子盛点桐油就成。

　　老伴仿佛明白了什么，连忙问：是不是爆灯火？孙师傅诡谲地一笑，是啊，怕不怕痛？爆灯火就是用灯草沾上桐油，点燃后往伤痛处一炙，"叭"的一声在皮肤上爆响。据说效果很好，只是很痛，而且爆过的地方会被灼伤，痊愈后疤痕很难消失。老伴面有难色，那意思是除了痛，还有担心患处在胸腹间的难为情。不过，大概是想到长痛不如短痛，还是牙根一咬，决绝地说：不怕，爆吧。孙师傅开心地哈哈大笑，风趣地说，放心放心，要是痛，要是爆烂你的皮肤，我负责。

　　我将信将疑，找来灯草和桐油，仔细观察着孙师傅运作的全过程。他并不要老伴脱衣服观察患处，只是询问了大体部位后，就叫她迎面站在墙壁下，口中念诵了几句话语，就用随身带来的墨签，沿着她的身子从头到脚画了个隐隐约约的轮廓，然后让她离开。接着将沾着桐油的灯草点燃，从老伴身影轮廓上的胸腹部位开始爆，每爆响一句，又沾油点燃，一一爆去，直到背部。随着灯草的火焰爆得噼叭有声，墙上留下一溜星星点点的灼痕，跟老伴身上的患处范围、形状相似。

整个过程不足五分钟。孙师傅操作完毕，一边洗手，一边吩咐老伴去药店买点PP粉，兑水洗洗患处，其他不用服用、涂敷任何药物。并宽慰她，不出三五天，疱疹就会结痂。说完，就要去做工。我们说什么也要留他吃了饭才走。他强调工夫当紧，坚持要走。我赶紧进房封了个50元的红包，要他无论如何收下。他说举手之劳，何足挂齿，无论如何不收。我和老伴只好千恩万谢把他送到桥头。

说来叫人难以置信，老伴的症状立竿见影得到缓解，疼痛逐渐消失，心神安定，愁苦的脸上绽放出舒畅的笑容，有一种从水深火热中解脱出来的轻松惬意，五天后果然好利落了。

我和老伴决计去孙师傅家谢恩。出于两点考虑，滴水之恩，当涌泉相报。前一向为了治病，花费不少于一千元，却徒劳无功。而孙师傅能妙手回春，酬谢是理所当然的。同时根据乡俗，旁门左道之流为患难者施法行术成功之后，主东必须前去谢恩，以求发心，否则，师傅一旦怪罪下来，将会前功尽弃。

我们怕孙师傅白天忙，特意选择一个月明之夜登门造访。他知道我们的来意后，竟然大为光火，把我们搁在桌子上的那条装着一条精白沙和两瓶邵阳大曲的包裹捞起，朝我胸前一推，抢过我掏出的100元红包塞进我上衣兜，气恼地说，黄老师，你们要是这样啰里巴嗦、婆婆妈妈的，赶快给我回去，我孙木匠不欢迎。我们急忙分辩，说出我们的初衷，请求他看在兄弟般的情谊份上，给我们一点面子，领受我们这点菲薄的情意。

孙师傅消下气来，重新让我们坐下，卷着旱烟喇叭筒抽着，心平气和地开导着我们说，人在世界上行走，只看到人是最亲近的，没见过钱如何有情义；仁义值千金，钱财如粪土，是至理名言。我给你黄老师夫人帮了点小忙，我就要收你的钱财，岂不是见钱眼开的小人了？而我不收你的东西，你们永远记着我孙木匠，把我当老兄看待，岂不是比什么都珍贵？

在物欲横流的当今，孙师傅还奉行如此传统而经典的情感价值观，我仿佛从地里掘出一块闪光的金子，惊喜不已，激动地紧紧握着他的手，连说好兄长，好师傅，你要是不嫌弃，从此我们就是情同手足的兄弟了。他欣然应允，连忙吩咐家里人把酒和菜端上来，说要和我痛饮三杯。

饮酒间，孙师傅向我介绍，他们这一派木匠行当兼行一些秘方、绝招，不同于师公道士巫婆之流的"阴教"，不装神弄鬼迷信，不胡说八道骗人，而是光明正大地献手艺，实打实地帮人排忧解难，消灾弭祸。因此并不为图利赚钱，而是为广结人和，在四乡八邻赢得口碑。用现在的时髦话说，就是为了树立良好的行业形象。为了美德代代相传，也为了生存，祖师爷立下训诫，只许凭木工手艺挣钱，不准利用秘方、绝招骗取钱财，损毁行业声誉。

我为孙师傅们的伟大人格感动着，为结识这样一位兄长欣慰不已。

（原载《武冈报》）

剥　顶　针

　　人们有时赤着脚在乡间砂石路上奔忙，一不小心，脚跟跟就会硌在尖厉的石棱上，虽然脚底的皮很厚，不易刺破，却使皮下的软组织挫伤，瘀血，红肿，人们把这种伤痛叫做"顶针"。孩提时，有一次我就领教过它的厉害，硌伤后，当时还没在意，到了晚上就恶性发作起来，仿佛有人往跟跟深处一锤一锤钉钉子，一阵阵钻心地疼痛，搅得我彻夜难眠，辗转反侧，痛苦呻吟不已。因为隔着一层厚厚的皮，消炎止痛的药物不易渗透，吃药也不顶事，伤透脑筋。据说要想治愈，除非请人"剥"，否则，就会灌脓溃烂，后果不堪设想。

　　幸好村上的谨臣大伯会剥顶针，第二天我挂着根竹竿当拐杖，颠颠簸簸上门求医。这位大伯是个斯斯文文的老先生，旧社会在自家牛栏楼上开馆授徒教私塾，时值20世纪60年代中叶（"文革"前夕）还遗风依旧，清癯的眼棱间戴一副用麻绳系着一条腿的老花眼镜，尖削的下巴间飘着几绺花白髯须，节令还是初秋，就中规中矩地头戴饭碗帽，身穿洗得灰白的靛蓝家织布长衫子，神情落寞，正襟危坐在堂屋正中四方桌前的雕花高背靠椅上，看一本线装古书。我当时已小学毕业，对这位颇有老学究风度、不苟言笑的老伯常怀敬畏，对他能"剥顶针"，更添三分神秘感。

　　我嗫嚅着说明来意，并且有礼貌地"麻烦你老人家费费心"。也许真的对我的文明礼貌颇受用，被世风不古困扰着的老伯露出和蔼的笑容，赶忙起身，连声"好说好说"。老人把桌椅拖到一旁，空出堂屋正中的空地，然后要我放下竹竿，忍住痛，从门槛边起步，向神龛下迈七小步。我遵嘱走到神龛前，大伯手里握把剪刀，蹲下身子，在我的脚边画个和跟跟差不多宽窄的圆圈，又在圆心戳一点，然后要我将疼痛的跟跟踩在圆上并用力摁一下，移开。只听得老伯凝神屏息片刻，口中念诵着咒语："启眼观青天，观请师傅在身边……隔山叫，隔山应，隔河叫，隔河应，千叫千应，万叫万灵……"念罢就用剪刀尖在圆圈里剜土，剜着剜着，土屑里混杂着一粒豌豆大小的石子显现出来。老伯拿在手里，对我说："你看，你跟跟里的那颗顶针剥出来了，以后再也不痛了。"并且鼓励我走一走试试。

　　我将信将疑，迈步一走，也许是大伯的神奇法术管用，也许是心理暗示作用，反正奇迹果然出现了，两分钟之前还钉子钉着一样痛的感觉消失了，仿佛一股神奇的力量将痛苦不堪的重荷移走，一种从水深火热中解脱出来的轻松甚至幸福的感觉油然而生。我咧开嘴，呵呵地笑着，傻乎乎地问大伯："你老人家真的学得道法？"大伯嗔怪地瞥了我一眼："年轻人，别乱说，哪有什么道法？"那意思是，有道法属于迷信，其时破除封建迷信的风声颇紧，与世无争的老先生不愿惹那种与迷信有染的祸梢。我自知失言，满脸绯红，说声："大伯，对不起，我不该问。"这话除了道义上的歉意，还有犯了天机不可泄露禁忌的神秘恐惧感、求大伯宽恕的成分。大伯露出点和颜悦色，说没什么，要我以后走路小心点，最好能穿上鞋子，哪怕烂一点。我连连点头谢过大伯。

　　那年代物资匮乏，可是母亲还是要我提了五个鸡蛋、一壶米酒去大伯家，以表示真诚感谢。我是晚上去的，大伯十分高兴，不是因为我的礼物——倒是还嗔怪我破费，因有每餐喝二两的嗜好，受了那壶酒，鸡蛋却执意要我带回去。——而是我尊重他老人家的礼貌行为。他要我坐在身边，感慨地说："这如今，我见过不少的年轻伢子家，就数你知书达礼，长幼有序，说话文雅，像个读书人。"我听得十分振奋，却免不了谦虚一番。

他一边端详着我，仿佛要从我脸上读出更多的信息，一边沉吟道："我谨臣读得的一肚子书都说是老古董，没得用场了。可我学得的一些救困解危的秘方总不会过时啊……"我为大伯生不逢时的际遇叹息，同时听出了大伯的弦外音，希望把诸如剥顶针之类的秘方传人。——我已经受益于剥顶针的招数，听说他还会肃娩、不用药物治眼睛痛、大锄脑壳上爆灯火治疬瘤等神秘的招数。这些方术简单易行、经济实用，并不是装神弄鬼、需要破费钱财的巫术迷信，使不少人受益匪浅。——出于神秘感和与人为善的责任感，我一脸庄重地表示："你老人家要是信得过我，就托付给我吧，我一定不负您的期望。"老人脸上的皱纹舒展了一些，颔首有顷，说："嗯，看来我没看错人。"

我十分高兴，连忙答应，恨不得立即让老人授徒。大伯说不在于急，还需选个好日子开张。不过当即进行学前教育，告诫我学这些秘方不在于赚钱，重在为人解脱苦难，不守这条规矩的，就是师门败类，必定受到良心谴责，秘诀也渐渐不灵的。同时还需讲究一个"勤"字，用心专一，每天坚持念诵七七四十九遍咒语。我立下誓愿，保证恪守师训，只等早日受诫。

可惜这件事未能如愿。不久后，我考上了中学，各种政治运动又接踵而来，阶级斗争的大棒四处挥舞，谨臣大伯的那些秘方无疑被贴上了"四旧"的标签，他不敢授，我也绝对不敢受了。20世纪60年代后期，他老人家带着满肚子子曰诗云和一些神奇秘方，到孔夫子帐下报到去了。我也至今留下无尽的遗憾：为没能接受老人的秘传，为民间一大批因种种缘由失传的非物质文化遗产……

（原载《武冈报》）

画鱼刺水

　　人们在吃鱼或者其他有刺的食物时，喉咙偶然会被卡上刺，造成吞咽困难甚至刺破喉咙的危险局面。在乡下，解救的办法之一就是请师傅画"鱼刺水"吞下去，就能化险为夷。据说在给人画"鱼刺水"之前，自己首先要"以身试法"，剁两截筷子头吞下去。有一年我在武冈汽车东站门口，见识过吞筷子头惊险而刺激的场面。

　　20世纪80年代中叶某天，我去县城出差，下车后见车站门口里三层外三层围着一大群人，从众心理促使我也挤进人群，见一个摆满树皮草根蹄甲等药材的塑料薄膜地摊前，一个外乡口音的江湖郎中，正在摇唇鼓舌吹嘘他的祖传秘方和灵丹妙药。接着不无炫耀地从地摊上拿一根筷子，用切药的刀子在砧板上剁下三截，每截寸把长短，掐在手里，卖弄地道："耳听为虚，眼见为实，各位请看我小试绝招，就知道我凭的是真功夫出门跑江湖，药材货真价实。"说着，就盯着那三截筷子头念念有词一番，又用另一只手指指戳戳比画了一气，把掐住筷子头的手举过头顶，要大家验证是真正的竹筷子，然后将筷子头依次放进口中，嘴一扁，脖子一伸，喉咙蠕动一下，就生生地吞下肚去。

　　"果然好功夫，会鱼刺水！"人群中有人发出惊叹。我一向对画鱼刺水深感神奇，却没见过，这下见江湖郎中献了真功夫，不由刮目相看，随一些也动了心思的观众走向地摊，想买几味"灵丹妙药"。

这时，却听得身后响起一个粗嗓门，在训诫也想前去买药的同伴。他一口水浸坪的乡音："没见过你们这些没出过门的刨伙子（经历少，见识浅的人），人家王婆卖瓜，你们就信以为真；人家耍一路花拳绣腿，你们就以为遇到武林高手了。"他的同伴们果然不去凑热闹了。卖药的老大不舒服，走过去挑衅地问："这位仁兄想必见多识广，道行高深，何妨赐教一二？"

场上发出一片嘲笑。那乡民其貌不扬，衣服褴褛，脚下穿一双轮胎皮割的凉鞋，身子单瘦，鼻梁间和脖子上有刚刮了痧的殷红印痕，一副恹恹病态，和那打扮入时、体魄健壮的江湖郎中形成巨大的反差。可是那乡民不卑不亢地向江湖郎中抱拳一揖道："赐教不敢，只是想和兄台商榷商榷。"他走到地摊前，拿起一把藤蔓，往他跟前一摊："如果我没认错的话，这是大血藤，那是续断、红花、野牛骨、穿山甲皮……都是一些寻常的风湿药而已，恕我不一一叫出名字。仁兄却说什么能药到病除，恐怕言过其实吧。"

江湖郎中被点着了穴堂，却强作镇静，反唇相讥："仁兄不愧高手，认得出几味药来，佩服佩服。可是我的祖传秘方配伍，我的秘招神功，你可也会？"

那乡民被激怒了，也不搭话，弯腰从地摊上抽出两根筷子，抱拳在胸，朝众人作揖一圈，发话道，"在下才疏学浅，药物配伍姑且不论，对'鱼刺水'却也略知皮毛，胆敢在各位高人面前献丑了。可是我要事先声明，此举全在和各位切磋技艺，不比高下，还请已经露面和没有露面的高人指教，千万不得存心弄刺。"他朝同伴们使个眼色，大家会意，紧盯住那江湖郎中和周围提防有人斗法。大家也一致附和，警告想弄刺的人不要冒天下之大不韪。据说一旦有人使坏，正往下吞的筷子就会刺穿喉咙。

说话间，他用刀子把筷子剁成尖棱尖刺的四截，每截足有三寸长，也用手掐着，并不念咒画讳，只是端在跟前屏息凝神有顷，瞪大眼睛朝天空望一眼，然后抽出一截往口里一送，张大嘴巴让大家看到那筷子确实已噙在口腔中，旋即嘴巴一抿，并不伸脖子，只是喉咙稍一蠕动，眨眼间，他又张开嘴巴，那筷子已经无影无踪。这神奇的现象直看得人人目瞪口呆，有为他捏着一把汗的成分，也有为这绝招叹为观止的因素，全场发出一片神秘的惊呼："啊啧啧——"人们正在回味，疑惑是不是耍魔术，他又令人目不暇接地接连吞下其余三截，每吞咽一次，都有惊心动魄的激情写在大家脸上。

内行看门道，外行看热闹，那个江湖郎中一个箭步扑过去，单腿跪地，抱拳举过头顶，演着负荆请罪一幕，诚恳地说："小弟有眼不识泰山，胆敢在关老爷面前耍大刀，反而出言不逊，多有得罪，但请仁兄发落。"乡民赶紧将他扶起，谦和地说："仁兄何必多礼，一场误会而已。山外有山，楼外有楼，谁都戴不起'高手'这顶帽子。发落岂敢，在下只是想提醒你，出门在外，靠的是诚信吃饭，其实只要药真价实，不卖嘴巴皮，只卖风湿药也能获利。"

江湖郎中频频点头称是，还执意要请乡民赏脸，屈尊去他下榻的旅店小叙，以便向他讨教。乡民婉言辞谢，在同伴们的簇拥下，进城办事去了。我和大家也不再对那地摊感兴趣，意犹未尽地各自散去。

自从那次目睹耳闻吞筷子头的传奇以后，我就经常留意结识怀有画鱼刺水绝招的高手，想探究其中奥妙。有的人出于保守，不肯泄露天机；有的人缺于表达，说不出所以然来。直到不久前我去一个忘年交朋友家玩，有缘见到一位会画鱼刺水的师傅，了解到一些情况，但是并不神秘。他说，他画鱼刺水并没有多深的法术，只不过照着师傅口口相传的咒语，对着一碗清水边念边画，画完后喝一口，就吞筷子头，那筷子头进了口，也并没有从喉咙眼里咽下去，却无缘无故地消失了。奇妙就奇妙在这里，筷子究竟哪里去了，他自己也说不清道不明。这位师傅坦诚地说，吞筷子头关键在于那几句咒语，念起来并不难，可是真正要让咒语灵验却不是一朝一夕的功夫，首先得在师傅的指教下，每天清早起来集中意念练一个时辰的功，那意念就是反反复复念诵咒语，不能分心，否则不灵。这样练足七七四九天，就算上道了。平时仍然要不间断地练习。最后，师傅为了满足我的好奇，为我表演了一番，吞下三截筷子头。

　　我被师傅的坦诚折服了，世间事原本就是那样，没必要遮遮掩掩故弄玄虚。

（原载《武冈报》）

寄 引 法

日前，看中央台《挑战不可能》，其中有个节目演示，一位英国女催眠师抱着一只"公主"犬，当场给演播厅的人催眠，结果15人有10人被当场催得酣然入睡，挑战成功。据解说，催眠术是一门古老的技艺，利用心理暗示法引起人们的心理反应达到预想的效果。

看来，我们这一带巫楚文化孕育的民间寄引法也可以去央视参战的。

听村上的周成叔说，20世纪60年代他和几个人在贵州一个山区搞副业烧砖瓦，其中有个50来岁掌窑的张师傅，会寄引法，他就亲眼见证了。

有一天，砖瓦厂附近村子里有户人家杀猪，张师傅路过时，看见架在木桶上那褪了毛吹得圆鼓鼓的大肥猪，随口赞叹道，好肥的一口猪，给我下得一席好酒！看热闹的人们以为他是调侃的，只不过笑笑而已。偏偏那杀猪的老板紧追不放过，说：你说一席酒就能下了，我倒要赌把你吃下去。张师傅以退为攻，故意说，我是说得好玩的呢。猪老板倒逼：出门在外做手艺，诚信为本，何况男子汉大丈夫一言既出，驷马难追。大家也跟着起哄，要赌他吃下去。张师傅做出无奈的样子：既然如此，那就试试，说说怎么赌吧。猪老板当然认为那完全是不可能的事，得意地说：你一席吃完了是你的财喜，我认输，不要你一分钱；要是吃不完，你们现烧的那窑砖瓦全归我了。

就这样一言为定，老板忙吩咐屠户快点行动，把猪舞弄干净了就下锅炖肉。

张师傅回到砖瓦场，把打赌的事对徒弟们说了，吩咐大家到那个废砖瓦窑里去待着，他在那里铺了一张草帘，千万不能挪动，发生什么情况，只需如此如此。

于是，张师傅在头上裹一块黑包头，腰上捆一条白汗巾，和大家交换一个眼神，径自去了。

张师傅来到现场，一副愁眉苦脸的样子：大事不好，怎么突然就有点头昏脑涨，怕莫是伤风了。这样子，一锅那么大的肉只怕难奈何吧。

老板脸有喜色，帮忙的和看热闹的人都露出幸灾乐祸的神色。

不一阵工夫，肉炖熟了，用两个大鼓盆盛着，架在两条板凳上，猪老板把量好的一瓦罐米酒顿在张师傅跟前，说声请吧。张师傅快活地抱拳一揖：多谢老板一片盛情。猪老板嘲讽道：美得你脚趾头都没缝了，等下要你们师徒哭都没眼泪。旁观者又一片哄笑。

张师傅整理下头巾，勒勒腰带，朝大家致意道：诸位，失礼了，恕我一个人独享了。坐下来，沾一滴酒行过敬师仪式，就举筷夹肉，放开肚量海吞起来。他咪一口酒，吞一块肉，美滋滋地大嚼大咽，只见他源源不断塞进嘴里，越吞越快，并不见一星半点遗落在地。那阵场，直看得大家目瞪口呆，佩服他喉咙粗，不怕噎着；胃口好，不嫌油腻；肚量大，眨眼间就吃掉大半盆，还远不见有辞住的迹象。此情此景，无不令人叹为观止。

再说周成和师兄弟们在废砖瓦窑里围着草帘坐下，忽然，只见那帘子上无端地摆着一块足有四两重的炖肉来，还热腾腾地冒着香气，扑鼻诱人。正惊疑间，又出现一块，又有一块……大家上下左右审视，那肉块并没有从窑门口飞进来，也没有从窑顶的破洞里漏下来，更没有从帘子下的地里钻出来，只是神出鬼没地一一呈现在眼前。大家这才知道，张师傅是在用寄引法把炖熟的肉"寄"过来了。

窑洞里欢呼雀跃，于是按照师傅的吩咐，只有开头出现的那三块肉不动，其余的尽肚量海吃湖吞。那炖得烂熟的肉块，一口啃个对丫叉，油乎乎的嚼得两边腮帮流圳水，好比六月里下起及时雨，滋润得禾苗摇头摆尾乐陶陶。狼吞虎咽了一气后，终因肚量和胃口有限，一个个抱着圆鼓鼓的肚子喊哎哟，快胀穿了。可是那帘子上的肉块还在陆陆续续粘贴，越垒越高……

禾场上，张师傅还在吃得津津有味，不时品评肘子瘦肉香喷喷，却有点挤塞牙缝；屁陀肉嫩生油而不腻，正好下酒；腰方的开刀肉瘦肥搭配，吃起来才过瘾……馋得那些看热闹的一个个直流涎水，要不是订着赌彩怕违规，早就想抓一块来解馋。老板虽然心疼那肉渐渐消失，却寄希望于张师傅半路卡壳，不想违反协定去消受哪怕一小块。

眼看两大盆炖肉快要见底，张师傅说：老板，来不来尝几块鲜？要不我吃完了啊。老板心疼地说：千盆万桶地喂得艰难，我也来尝尝猪肉味。张师傅护住盆子，声明道：我本来能吃得一块不剩的，只是出于怜悯才请你尝鲜，你先得承认我赢了才能吃。老板知道吐出的口水收不回了，只得认了。

周成叔说，后来，大家问张师傅寄引法是怎么回事，他若无其事地摇摇头，不肯说出真相，倒是说服大家当作是打了一餐牙祭，还是赔付了那老板的猪本金。从此，当地老乡把张师傅当作有道行的神秘人物顶礼膜拜，对周成叔他们那些砖瓦匠也很敬重、关心，他们砖瓦场的生意十分兴隆。先前，有些出门做手艺的人往往学得一些绝技，必要时施展出来，或起震慑作用，或用以扶危助困，赢取他人关注、尊重。

张师傅一席吃下一头大肥猪，敢于挑战不可能的故事，我是相信"能"

的。一来周成叔是个很诚实的农民，事情是他亲眼看见的，不可能、也没有必要凭空捏造；二来和催眠术以及划鱼刺水等一样，民间至今仍然流传着一些古老而神秘的绝技，只是如今的科学技术还来得及破译其中的奥秘而已。

（原载《武冈报》）

抓 疬 子

疬子就是医学上所说的淋巴发炎，人一旦外伤感染或牙龈肿痛，就会引起相应部位如大腿内侧、腋窝和腮腺的淋巴发炎，俗称"作疬子"。这疬子专好为虎作伥，推波助澜，一作梗就会使感染部位疼痛加剧，甚至溃烂；而这些部位伤势一恶化，疬子也越发作梗得厉害，严重时引起寒热表征，苦不堪言，如此恶性循环，最伤脑筋。所以要治感染，先对付疬子，准能收到事半功倍的效果。我在孩提时代，每当伤口发炎作上疬子，母亲就趁着傍晚牛进栏的时分，带我去二婶家，求她给我抓疬子。据说疬子也如牛一样日出而作、日入而息，待它进栏后就容易抓住、制服。只是抓疬子很痛，小孩一般不肯就范，还没抓就逃之夭夭了。还有的是大腿间的淋巴发炎，要是成年人就不好下手了。不过没关系，乡下还有"遥控"抓疬子的高手。

温塘村的肖孝文是个木匠，早些年我家修房子，一天傍晚我去请他做木工时，见识过一番他诊治疬子的高招。

我和肖师傅正喝着茶，见一个中年妇女搀扶着她的女儿走进屋来。女儿二十来岁，身材苗条，有几分俏俊，只是负着伤痛，走路一颠一跛的，人有点憔悴。那妇女告知：前些天她女儿的左脚踝被石块砸伤感染了，大腿间疬子作梗，敷膏药，吃消炎药都不见效，眼见得伤口已经溃烂流脓，整个脚背红肿得厉害。医生说要制服疬子，伤才会好，却要直接在疬子上扎银针。姑娘一听，羞得脸上绯红，死活不肯。听说肖师傅治疬子有奇招，就慕名而来。

我好奇地看着他："没想到你还有奇招啊。"

肖师傅矜持地一笑："什么奇招，上不了台盘的小技艺而已。"接着，他询问了姑娘受伤的情况，有没有畏寒发热的表征，然后安慰她不用担心，只要和他好好配合，保管伤痛能在最短的时间内好利索。

姑娘脸上飞起红霞，难为情地问道："师傅，是不是要……"

"姑娘，别担心。"肖师傅接过话头，"我不要在你身上抓疬子，你只管和你娘到房里去坐着，我也不进来。不过你要答应我，要你怎么做，你一定要尽量做到、做好。"

姑娘脸上的红云消散了，点点头，和娘进了屋。

肖师傅在堂屋里一条板凳上跨马坐下，对屋里说："姑娘，你先用右手食指蘸点口水，随着我的念诵声，在腿巴丫的疬子上涂抹，记住：左三圈，右三圈，然后尽量用力抓住疬子，不要怕痛，长痛不如短痛。"

姑娘答应了。

问明姑娘做好了准备以后，肖师傅先朝我瞥一眼："老表，这老土疗法，你别见笑啊。"我连忙使个眼色，示意他放手施展功夫。

他坐正身子，凝神片刻后，要姑娘开始照他说的去做，自己则并着右手食指和中指在板凳上左右上下龙飞凤舞地画着符讳，同时念念有词："左三圈右三圈，抓死疬子疬公，气死疬子疬婆……"念过一遍后，让姑娘喘口气，又督促她加大力度抓，他也重复一遍画符和念诵。

如此反复三次，他朝屋里说："姑娘，你配合得好，接下来，请你鼓起勇气先站起来，再走出来。"

"哈！一点也不痛了。"姑娘惊喜地说着，独自移步出来，亭亭玉立地站在房门口，发表心得体会，"起先抓着时还很痛，第二遍就缓和了，第三遍竟像甩掉沉重包袱一样轻松了。嘻嘻，大叔，太谢谢您了。"

她妈妈也如释重负，连声道谢："真是出活菩萨了，神通这么大。要不是我亲眼看到，还真不敢相信哩。"

肖师傅淡淡一笑："这点小伤痛算什么，上次谭家老尚牙齿痛得差点要去寻死路了，我给他抓了疬子，点箭下马就不痛了，后来说还想多活几十年哩。"

大家被调笑了。可是我却不敢认同这"遥控疗法"，疑惑地审视着他。

肖师傅并不理会我的挑剔，却对那母女俩说："别把这招数看得神乎其神，要想好利索，回去后一是伤口要继续贴膏药，吃点西药消炎，二是在作疬子的地方用热毛巾搞搞热敷。这样，不出三天就可以下地干活了。"

那妇女掏出一个红包，双手递过去："多谢师傅妙手回春，这点小意思不成敬意，还望师傅莫嫌淡薄。"说完忙不迭地往肖师傅手里塞。

肖师傅并没有推辞，接过红包，抽出一张百元大钞外加二十多元零钱来，又把那张大钞塞回红包，递给那妇女："这举手之劳，何必多礼？只是怕你不放心，担心我不发心，我收下这些零钱，算是领了你的情。"乡下习俗，请师傅信了故式，一定要酬谢，据说这样师傅才发心，才灵验。

母女俩千恩万谢告辞回家。

我这才将疑团摊开："恕我直言，你那样遥控诊治疬子，是真的有神秘的法力相助，还是故弄玄虚耍魔术？"

"你亲眼看到的，我耍了什么手脚，我会什么魔术？"他两手一摊，瞪着我质问。

我认着死理："反正没有科学根据。你刚才抓疬子，让患者配合行动，又使用心理暗示法，安慰、鼓励，要求患者回去后结合药物治疗和热敷，倒是有点科学成分。可是据我所知，乡下一些像你一样的工匠，用的一些招数，如你刚才的抓疹子，还有剥顶针、墙壁上爆灯火治疱疹等，似乎也太离谱，只像是天方夜谭。"

"我的老表哟，大千世界，纷繁复杂，千奇百怪，不是你我这些凡夫俗子所能认识得透彻的。"肖师傅沉稳地说道，"我确实用一些招数治愈过各类患者，我也不知道真的有不有神的法力，可是我照着师傅传授的方法给人家施治，都还灵验。我承认心理暗示有效果，也主张药物配合治疗，但这些都是附带的，起关键作用的还是师傅口传的那些符讳，咒语口诀。据说人类有心灵感应，我经常琢磨，那些符讳和秘诀是不是寄托着先师的意念，通过生物电磁场作用于现实中的人和事……"

"无稽之谈！"我大声喝道。

"嘿嘿！"肖师傅也自觉不着边际，哑然失笑。"不过，我说服不了你，你的唯物论也武装不了我的头脑。对一些用科学无法解释或者还没揭示出来的现象，我主张信之则有，不信则无。"

我只好无言以对。

（原载《武冈报》）

"封狗"法

　　我说个"封狗"的故事，信不信由你。

　　20世纪90年代我在乡下教书时，做家访是家常便饭。可是有一次，班上有个学生两天没来上学了，本来头一天就应该去家访的，只是这个学生住在一个叫柴冲的小山村，离校七八里地，还要爬一个山坳。当然这还不算什么困难，因为听说这学生的家长白天在外面打零工，晚上才会回来，才是问题的关键。因为晚上去，最怕的是他们村上的狗。那里的狗又多又恶，几乎家家户户都养着，有的人家还养了两三只。只要陌生人一出现在槽门口，被一只狗发觉了，"汪"地吠一声，满村的狗闻声而动，"汪汪汪"地一起汇集到村口，群情激愤地昂头伸颈吠得同仇敌忾。除非村上人出面喝住，否则狗们不会放过一个身份不明的人。若是晚上去更危险，稍有不慎就会遭到狗们的群起而攻。这个村地处偏僻，以前是偷抢扒窃者流窜作案的首选场所，村上人没少遭过罪，后来因为都养了狗，发案率才大大降低。

　　正当我犯难的时候，五年级班主任林老师说愿意陪我去家访，他也有个学生在柴冲村，因为这个学生近来成绩有点下降，需要和家长沟通一番。我将信将疑："你不怕狗？"他胸有成竹地说："不怕，我自有退兵之计。"林老师50开外，身体瘦削却也硬朗，平时不苟言笑，据说他兼收并蓄，还通点三教九流的门道，会追魂、收吓什么的，给人一种神秘兮兮的印象。我一向对他那种故弄玄虚的派头不太敢恭维，这下听他说得那么自信，忽然意识到什么，不禁"嗤"的一声："你是说你会封狗法吧？"说罢哈哈大笑……

所谓封狗法，据说只要念咒、画讳，就可以封住狗嘴不叫唤，狗们会乖乖地退避三舍。可是自从有人闹过笑话以后，我对那门道就嗤之以鼻，更不相信了。听说有个多情的种子，眷恋着邻村一个有夫之妇，趁着那女人的丈夫外出之际，晚上想去谐趣寻欢。村上虽然狗厉害，他却自恃学得封狗法，趁着月黑风高，色胆包天地摸进村去。他早有提防，没等狗发觉，就念动咒语，画起符讳来，谁料那法术并不灵验，狗们一概不买他的账，嗅出生人的味道后，就接二连三蹿出来，吠叫着，竟然狗胆包天地向他发起进攻，要不是他手脚利索落荒而逃，后果不堪设想。从此，这段丑闻成了人们工余饭后的笑料。

"你先不要笑啰。"林老师不急不躁地说，"不要以为个别轻薄之徒闹了笑话，就全盘否定一些行之有效的民间神秘文化现象嘛。你不是喜欢猎奇吗，何妨去体验一番？"他这么一说，也正合我意，于是黄昏时分，我俩便带上手电，向柴冲进发。

翻过山坳，柴冲村就出现在黛黑色的夜幕中。我不免有点紧张，林老师壮胆道："别担心，有我哩。"话音刚落，猛听得前方十几米远的槽门口传来一串清脆的"汪汪汪"，划破宁静的山乡，对面的山岭也应着回声。继而，仿佛听到无数的狗应声飞奔而来的动静。我不由得一阵激灵，头皮发麻，本能地弯腰从脚下捞起一个石块，这是我平时防狗咬的唯一招数。可是出乎我的意料，自那一声狗吠以后，竟像掐断墨线一样，再也没听到叫声，其余的奔跑声也戛然而止，更没有看到狗蹿过来。原来林老师正在作法，只见他肃穆站立，凝神屏声，右手曲着肘，正用拇指在中指上比画着，口中念念有词：

"……千把铜锁，万把铁锁，先锁狗头，后锁狗脚。锁到狗头，不许乱叫，锁到狗脚，不许动摇。我奉太上老君急急如律令，敕，敕，敕。"

我怎么也难以相信，眼看着一场群狗起哄咬人的闹剧，难道竟然是林老师的"封狗法"平息的？不过信不信由不得我，林老师领着我进村时，那些狗都在自家门口站着，还对我们两个陌生人摇尾巴哩。当走进我的学生家时，他们家的那只大黑狗猖猖叫了两声，胆怯地溜之大吉，我倍感诧异。

学生家长接住我们，让座敬烟筛茶的空当，发现新大陆似的，为我们没受到狗的骚扰感到惊奇。我正想说是林老师用的法力，他朝我努努嘴，接腔道："我曾经来过你们村，那些狗认得我，才没咬的。"

家访圆满成功，家长答应我的学生不再耽课，林老师也和他的学生家有了新的沟通。额外的收获是让我领略了一番神奇的封狗法。

回学校的路上，我半当真半调侃："要是那招数真的灵验，何不收我做个徒弟？"他庄重地说："学皮毛并不困难，只要一边念动咒语，一边用拇指在中指上画三个倒着的虎字，就这么简单。难就难在两个字，一个'勤'，一个'诚'。"我问怎么个"勤"法，怎么个"诚"法？他说："勤就是要连续七七四十九个清晨起床念咒、练指法，间断一次就前功尽弃；诚就是要心态平和，心术端正，不躁不狂，无欲无念。大家传的那个笑话，就是因为那人贪色才废了功力的。"

原来，看似轻而易举的事情，却蕴藏着艰辛和坚守。我担心"勤"不起来，就不再勉强。

（原载《武冈报》）

锄头脑壳上爆灯火

我的《治疱疹》的故事发在网上以后，引起很多网友跟帖，点赞的有，吐槽的也有，还有一个老乡联系上我，说还有一个关于爆灯火治病毒的故事，比治疱疹故事还离奇。我颇感兴趣，就约他来家里玩，顺便听到他讲了下面的故事——

20世纪80年代初，乡下还比较闭塞，传统观念相应却比较浓郁，要不现在的人常常说乡愁，就是怀念那些渐渐逝去的美好事物。他们村上也有个木匠，人称成十爷，为人坦诚讲义气，同时脾气直爽，疾恶如仇，眼里揉不进沙子，看到不顺眼的事，连自己的儿子都不容情，成十爷的人格一直被人们称道。

有一天成十爷出外做手艺回来，见独生子甫生不在家，问哪里去了。十娘告诉他，刚才高木塘的玉田老表来请他去给女儿治疡瘤。因为不知道他什么时候回来，儿子说跟爹学过，同样能治好，就被玉田请去了。

"家巴伙！"成十爷把端到嘴边的酒杯咚的一声顿在桌上，放下筷子，腾地起身朝门外走，"皮毛还没学到，就去滥竽充数了，看我不收拾了他！"十娘知道他向来性子火暴脾气犟，只得眼巴巴地望着他气冲冲的背影。

成十爷发火不是没缘由。疡瘤是一种疑难杂症，就是大腿内侧根部的淋巴病变。不同于因身体其他部位的皮肤感染、溃烂而引起的淋巴炎，疬瘤属于无名肿毒，初起时征见椭圆形瘤子渐渐隆起，疼痛难忍，不能下床；治疗不当，就会溃烂流脓，甚至出大危险。这种恶疾极难对付，吃药打针难见效，敷药、动手术都不方便，要是黄花闺女患病尤其难堪。不过成十爷有降伏的绝招，不吃药，不打针，不动手术，只一个招数就能手到病除。然而用这一招不能只看表面功夫，得有底蕴，讲究的是一份诚心和执着。师傅告诫，学招数以行善积德，替人消灾为要务，除了手艺精，特别讲究重义气，轻钱财，戒淫乱。为传承师道，每次用餐前，须在脑海里观照起师傅的影像，默诵一遍师训，然后用中指尖沾点酒，弹拨在上，表示对师傅的尊敬或怀念。成十爷恪守着这一规矩，从未忽略过。

成十爷一路小跑着往高木塘赶，担心儿子成事不足，败事有余，既耽误了病人，又毁了声誉。知子莫如父，甫生缺乏的正是一个诚字，每见患者在别的地方花了大代价无济于事后，请成十爷去治疗却不费吹灰之力就迎刃而解，且只收人家一点误工费，就经常埋怨爹脑壳不开窍，如今大家都向钱看，却放着现成的钱不会赚，于是缠着爹要学秘方，拓开钱路。初学时他也答应遵守师训，后来就懒怠起来，说不过形式主义走过场，何必太认真。成十爷教训了几次都当耳边风，料他终难成器，就没有把秘方的核心机密——画讳的口诀告诉他。眼下，那家巴伙竟然趁他不在家去招摇撞骗，这还了得……

再说甫生一到玉田家，就狮子大开口，除了要主东家备办香烛纸钞、神衣方箱、往生解冤之类的敬神用品，还要大红叫鸡公一只，牲禽一碟，果品、素菜、香茶、素酒若干（敬神后打发师傅）；又明码标价，量一升插香烛的牌子米，要封个不少于半天工资的敬神礼，事后要打发双工资，治好以后还要"收水"，酬金由主东家封。危急关头，玉田夫妇只求能解除女儿的病痛，多大的代价都不在乎，便一一应承，打发人四处奔走，立刻操办。

甫生还心生邪念，作古正经地说要看视、摸一摸病人患处，才好对症施治。十七八岁的乡下姑娘出不得众，听说要脱裤让人看、摸，羞得满脸通红，哭着说宁愿不要治了。甫生放宽政策求其次，要隔着单裤摩挲一下。姑娘无奈，只好屈从。甫生正要朝姑娘胯下探幽，却听得外面响起急促的脚步声。

"家巴伙！"成十爷一进门就粗着嗓子嚷开了，"果然到这里丢人现眼来了，你小子不要脸，我成十爷还要在世上做人哩！"进门看到桌上摆的香烛纸钞，更加上火，"啊，还哄起主东家破费钱财兴师动众请神求圣哩，你家巴伙向哪个学的这一套？"

甫生虽是独子，却没受过爹娘的娇宠，向来不敢在成十爷面前调皮，这下更吓得脸色青紫，从房里溜出来，不敢出声。玉田连忙迎上前解释，劝慰说只要能治好女儿的毒症，他们父子谁都一样，言外之意是敬奉的礼金反正肥水不落别人田。成十爷跺脚申辩："你玉田老表误会了，我是说这家巴伙阉猪匠领马骟，根本不够格。"玉田这才明白过来，怨艾地瞥了甫生一眼："那你怎么说奈得何？"甫生想扳回面子，央求道："爹，你不是教过我了吗，今天，你就在一旁掌本（指教），让我试一回吧。"成十爷决绝地说："你耍装神弄鬼那一套门堂，我掌不了你的本；何况你那点皮毛功夫还根本上不得台盘。"甫生撒气道："好，我不行，我退阵好了。"成十爷有意教训他，喝令："不要走！你不是要学吗，就在这里现场见习！"

成十爷要人把患者背到堂屋的躺椅上向门外坐着，只询问了她那毒瘤的形状、大小，号了号脉，看看舌苔，就叫人去找一把大锄来，再寻几根灯草和备一小盏桐油。几个帮忙走动的不一时把东西找齐，站在一边看稀奇。

成十爷扛着锄头走到门外空地上，把锄头挖进地里，锄头把对着坐在堂屋里的姑娘。接着拿起一叠纸钱，口中念诵了一番，把纸钱当天烧化了。然后要姑娘躺下去，张开两腿。又吩咐甫生拿着灯草和桐油灯盏，站在锄头边。他凝神屏息有顷，就弓腰在锄头脑壳上画符讳。他瞥了儿子小半眼，意思是这才是核心机密，还没诚你的卦（传授真谛）哩。画了讳，成十爷接过甫生递来的盏子，先把一根灯草横卧着浸润在桐油中，用草签拨出头子，打火点燃，形成灯焰；又捏一根灯草在手，将一头蘸上油，在灯焰上点燃后，往光亮的锄头脑壳上一戳，火焰炙在铁面上，叭的一声爆响；又浸油点燃，又往上戳，又爆响；循环往复，共爆响七具灯火。旁观的人们惊诧不已，别人爆灯火爆在患处的表皮上，效果蛮好，眼前的成十爷却往锄头脑壳上爆，管用吗？

成十爷放下盏子走进堂屋，对姑娘说："站起来看看。"姑娘疑惑了一下，撑着身子，果然站了起来。成十爷问："还痛不痛？"姑娘如梦初醒，惊喜地说："不痛，真的不痛了。"还走动了两步。成十爷叮嘱暂时不宜多动，每天要用蘸上热水的布敷一敷患处，三天后就可以帮爹娘下地干活了。大家像在看魔术，既惊叹，又有点不敢相信自己的眼睛。甫生趁人不注意，悄悄开了溜。

吃饭时一看甫生不在，玉田要去找。成十爷料定他没有面子待了，刚才留意到，大家看他施招时，还不时嘀咕：爷俩学的不是一教，爹学的是光明正大扶危解困的阳教，儿子学得是乌七八糟贪财骗色的"阴教"，直听得甫生脸上红一阵白一阵。这下趁人不备，还有不脚板搽油溜之跑也的。于是他叫住玉田不用费心了。

饭后，玉田封了个鼓胀的红包，打发成十爷回去。他接过红包，把几张大票子一并掏出来，摺在桌上，只拣出一张10元的塞进包封，说是酒醉饭饱已经领情了，红包本该一起推辞，又怕主翁家不放心，只好依照日工日食的惯例，要了这一张，其实已经算是刮削了，其余一概不受。玉田夫妇知道他直心直道说一不二，不好勉强，千恩万谢，送出村口。

玉田的女儿三天后果然康复，能下地干活。成十爷并不要去"收水"讨酬谢。

老乡讲完故事，感慨地说：现如今人心不古，乱了规矩，只图往钱眼里钻。甫生那样的年轻人，传教的爷老子还在，就想越轨胡搞了，叫人何不担忧？据说后来人们劝成十爷原谅儿子，还是要诚他的真卦，免得这密招失传。成十爷把头摇得拨浪鼓似的，说如今世风日下，不指望儿子能守住那份诚心，宁愿失传，也不诚真卦了。

听了老乡的故事，我为民间一件件具有非物质文化遗产价值的技艺、方术濒临失传而扼腕！

（原载《武冈报》）

深水诱鱼

记得我在学校教书时，和老师们课余饭后聚在一起侃大山，当过兵的曾老师讲述了他的战友深水引鱼的故事——

20世纪70年代初，曾老师在广州博罗当兵。一个夏秋之交的星期天，他们营的几个湖南老乡相约去看望一个在山冲里养猪的老乡。

老乡见老乡，两眼泪汪汪。战友们聚在一起，自然欢天喜地，也希望改善一下生活。养猪班的老乡何尝不想尽地主之谊，盛情款待大家一番？可是那时部队生活也很艰苦，伙食标准不高，养猪班除了按规定供应的少得可怜的蔬菜之外，别无他物；饲养场离市区远，即使有钱也一时买不到东西。那老乡犯了难，一脸尴尬地实话实说，如此捉襟见肘，只好凑合着吃一顿名副其实的粗茶淡饭，请大家莫见怪。

老乡聚餐不打个牙祭一饱口福实在太遗憾，大家却一筹莫展。这时，新化籍的老乡大杨朝四周张望一番，发现对面的山脚下有一口水塘，问那塘是谁的，养鱼没有？养猪班的老乡告诉他，那水塘本来是饲养场养着鱼，不过面积宽，水又深，不放干水或张网捕，无论如何捞不上鱼，要不哪里还要为招待老乡没有菜发愁？大杨爽快地说道：既然如此，聚餐的含金量高了。大家不解地问他，怎么会丰富起来？一时放不干水，又没有渔网，难道搞炸药去炸？他并不理会大家的疑惑，只说了声"让你们吃上鱼就是"。于是要老乡找来一只箩筐，把箩索解脱后提在手里，说着出了饲养场，径直往水塘边走去。大家都跟在他后面想看稀奇，离水塘还有二十来米远时，他就不准大家近前了。

好奇心促使大家关注着事态的发展。大杨到了塘边，并不脱鞋下水，只蹲下身子，朝着水面默默凝神片刻。接着，他把箩筐口朝天沉下水去，让水面刚好淹没箩口。然后一边嘴里念叨着什么，一边用右手往箩筐口不停地轻轻拨水。拨了一会，停下来，又不露声色地凝视着水面，仿佛在胸有成竹地静候老朋友大驾光临。

看到这一情境，大家才有点明白：大杨是新化人，而新化是梅山教的发源地，梅山有上峒、中峒、下峒之分，素有上峒梅山上山打猎、中峒梅山捐棚牧鸭、下峒梅山打鱼摸虾的分门别类，那么大杨是在用下峒梅山的故式演绎深水诱鱼的绝招无疑了。就当时的气候来说，大杨的行为有明显的迷信色彩，是犯大忌的，尤其是部队这样严肃的场所。但是出于老乡的"私情"，出于口福的需求，出于猎奇心的驱使，大家心照不宣地把两只眼睛都睁开，欣赏着大杨的演示。

忽然，他朝这边努努嘴，将食指往嘴边一指，示意大家噤声。一会儿，奇迹居然出现了，只见大杨右侧稍远处的水面上泛起涟漪，渐渐波及箩筐边，旋即，一尾摇头摆尾扑棱着鳍翅的草鱼，仿佛赴约似的游近箩筐口。大杨顺手掐住鱼鳃处，往这边塘基外的草地上一扔，那鱼儿足有两斤来重，跳跃扑腾了一气就泄了劲，躺在那里张嘴巴鳃。大家一片惊呼，简直不敢相信自己的眼睛，如此扑朔迷离的奇异现象，仿佛只应在梦里遇到，或者疑心是在欣赏魔术节目。还没弄清半点头绪，奇迹接踵而来，大杨又把两尾鱼儿请上岸来。草地上三个鱼儿竞技似的蹦跶着，此起彼伏，闹腾一片。

大家看得心花怒放，对在筵席上放开肚皮饕餮一顿充满向往，自然希望大杨还多请几尾上来。然而大杨并没有满足大家的欲念，停止了拨水，把箩筐提上来撂到草地上，示意东道主老乡把鱼捡回去搞烹调。那老乡看着那几尾鱼，估摸着充其量六七斤，而老乡和养猪班总共十几个人，摆全鱼宴还嫌淡薄了一些，央告大杨再请两尾上来。大杨摇摇头，以不容商量的口吻拒绝了，又认真地说："什么事都要讲规矩。没有规矩不能成方圆嘛。"大家都是军人，军有军规，"法"也有法，就没有再说什么。

回营房的路上，老乡们好奇地问起大杨关于深水诱鱼的"法"理依据，也有希望他传授这一绝招的。他坦诚相告，这招数算不算迷信他也不知道，传授招数的先人教他这样，他照着去做果然屡试不爽。不过招数在身，要有法度意识，不能贪心，不能越轨，每搞一次够全家人吃一顿或够当天的用度就要自觉歇手。同时一个水面只搞一次，没有第二次。这是祖传下来的绝招，是先人留给子孙赖以谋生的手段，自古以来一代只传一人，更不能传给外人，所以请老乡们原谅，他不能丢了祖宗规矩。

大家知道大杨是个至诚人，在部队也一向是个守纪律的模范，做事丁是丁卯是卯的决不含糊，并不勉强他，只不过猎奇探胜而已。那天的鱼宴虽然不算丰盛，口味却分外鲜美，战友们吃得格外香甜、开心，至今回忆起来，鲜香味还萦绕在舌端鼻腔内，回味无穷。大杨守规矩的品格也久久留存在战友们的记忆中。

（原载《武冈报》）

治疗毒不用药

故事发生在20世纪90年代。

青树坪的衍生右脚大趾节间长出一个疖子，上午他还没在意，以为是蚊叮虫咬了一口，发痒的时候一抓挠而感染了细菌什么的。可到了傍晚那"疖子"长得有算盘珠大小，水肿透亮，正中顶部显出乌紫色，除了有点痒，浑身也觉得不舒服，畏寒怕冷。请来上屋里的本家大伯茂林一看，大伯警觉地问他大腿间是否"作疬子"（淋巴发炎），畏不畏寒。衍生说没有疬子，有点畏寒。又问最近吃过牛肉么。他说没吃过，只是记起前天上街时，从剐牛肉的场地边路过。大伯马上断定是染上了"疔毒"。这病毒又叫"飞疔"，因形状像牛的瞳仁，俗称"牛眼睛"，医学上叫做皮肤炭疽，是接触了炭疽芽孢引起的，如果不及时治疗，一旦毒素入了肚（实际是并发败血症引起炭疽性脑膜炎）就有生命危险。这病容易识别，现在医学进步，有抗生素药物，只要治疗及时就无大碍。可是在以前医疗条件落后的农村，人们谈疔毒色变。好在一招降一招，乡间也有诊治疔毒的高手，甚至不用药就能"方"到病除，茂林以前感染过一次，就是独角坪庆元用绝招治好的。他本想叫衍生也去请庆元，陡然记起他们两家有过节，不便开口，只建议他马上去村卫生室请医生打针。

　　衍生来到村卫生室，然而事不凑巧，医生给他一做青霉素皮下试验，呈阳性反应，不能注射青霉素，而其他的抗生素药物眼下缺货。天色已晚，去乡卫生院山高路远的已来不及，医生只好给开张中药单子，抓了几味清热解毒的中药要他赶紧煎两次服用，看情况明天再做处置。

　　患疗毒的人忌冒风，不宜多走动，衍生颠颠簸簸从卫生室回来后，来不及煎药，就浑身酸痛，畏寒发冷，心里也潮起潮落地一阵阵难受。他婆娘煎好药服侍他喝了一碗，也没见缓解的迹象，反而畏寒更厉害，大热天捂两床棉被都直喊冷。他婆娘立即去请大伯来想办法、出主意。大伯见病人那副难受的样子，知道快到凶多吉少的境地，不得已地说："看来非请庆元不可了。"衍生婆娘迟疑不决：自己家里曾经亏待过他家，他不存心弄刺落井下石就算万幸，哪里还愿意来治病？大伯沉吟片刻，痛心疾首地跺脚道："我早就说过，冤家宜解不宜结，你们偏就不信狠，这下知道粑粑是米舂的了吧。"衍生婆娘一脸惶恐，央求道："大伯，我们知悔了。只是庆元老表的脾气也大得很，这下我们去求，他不见得肯来。救急要紧，还是拜托你老人家辛苦一趟吧。"大伯一向与庆元的交情不错，这下又是人命关天的紧要关头，一副临危受命的坚毅，拿上手电，急匆匆往独角坪走。

　　庆元已七十来岁，两鬓斑白，身子骨倒还硬朗，心性善良，为人豪爽，只是性子有点倔，你对他好，他的脑袋可以给你垫座；要是和他犯对忤，天皇老子都敢顶。听茂林一说，是替衍生来求情的，不由一股无名火直冒顶发皮："那样的刁脑壳，死了十个只有五双。他生牛眼睛，关你什么屁事，黑灯瞎火爬山过坳的来招魂？"茂林赔着小心，一再好言抚慰，他听不进，左一句右一句"我是不会和你去的。"茂林也火了，跺脚道："见死不救，你庆元死后要堕入地狱的！"骂完气冲冲地走了。

　　庆元任他骂，并不还口，也不挽留。其实他跟茂林一样着急，只是不露声色。一来按照他们这一教的行规，出门行医必须一个人单行，才故意气走茂林；二来有意让他先去通报衍生，要衍生对以前做过的绝事知悔。当茂林走了一袋烟工夫后，他也不声不响跟去。

一路上，庆元仍然憋着一肚子火，提起衍生那种人，没有不指背皮的，向来奸诈狡猾，雁过拔毛，鹭鸶脚上剔肉。他家住在马路边，哪个司机压死他家一只鸡，非要从第一代起计算，子发孙孙又发孙赔上五六代的利息不可。他和衍生本来还是堂姑舅老表，可在向钱看的年代，亲情一文不值。前年春上庆元的儿子开农用车不慎一头扎进衍生家的厢房，造成钢筋混凝土捣制顶层垮塌，幸亏没造成人员伤亡。庆元家应承赔偿厢房的全部损失两万块左右。可衍生通不过，说正屋虽然没垮却受到损害，他请交警中队的熟人通过资产评估，横说竖说要赔偿。庆元家近年来才有点起色，哪里承受得起？他们央求过村干部和一些与衍生有点交情的人去调解过，希望从轻一点，衍生不让步，硬是获赔了共五万块钱才勉强罢休，还高姿态地说车祸那天晚上一家人受惊吓的精神损失费就免了。五万块对于刚刚起步的庆元一家来说，是个天文数字，万般无奈，也只得咬着牙根把车子折旧卖掉，把微薄的积蓄全部贴进去，连庆元夫妇准备防老的两副棺木筒子都含泪卖了，还借了一屁股债。庆元的儿子和媳妇只好离乡背井外出打工挣钱。

回想起酸楚往事，庆元恨不得马上折转身子回家睡大觉，可仿佛有一股无形的力量催促着他不停步地往前走。到了衍生家门口，朦胧的月色下，那新修的厢房和并未受损的正屋刺激得庆元眼珠子圆睁，差一点又要拔腿往回走，却听得屋里传来衍生婆娘心急火燎的号啕："何得了哟，都怪你把人都得罪了啊，早知道这样，何不做一线留一线哩……"接着是茂林的声音："病人都这样了，哪还敢怨天尤人，赶快去请人送乡医院吧。"

庆元再也不敢犹豫，跨进门去，却并不说话，径直朝衍生床边走去，掀开被子，见他已烧得迷迷糊糊，呻吟不止，马上验证了病毒，探了探额头，又将被子盖好，退出来，进堂屋从神龛上抽出三根香，揭一小叠纸钱，走出门外，消失在夜幕里……

衍生婆娘起先见庆元进了屋，满心欢喜，以为丈夫遇到救星了。这下他一走，不由悲从中来，绝望地哭嚎着："啊哟哟，一定是老表看到没有办法，才退缩了……"大伯却舒展开老脸，安慰道："阿弥陀佛，放心放心，你庆元老表这就是在整病，衍生幸运了。"她大惑不解，不下药、不用单方就走人，哪里整得病好？大伯告知，庆元学得这门绝招就是神，谁染上疔毒，只要还能呻吟，说明毒气还没攻心，就可以化险为夷。而更叫人拍案叫绝的是根本不要用药，只要看视了病人的症状，到神龛上拿几根香，一叠纸钱，去外面田塍、畲坎下敬过菩萨烧化了，就算手续到堂，也不再打回转。病好以后主翁家去酬谢，也不贪多，一天的工资就足够。他那年患疔毒也正是这样整好的。

衍生婆娘半信半疑，不住地嘀咕，自己家里那样亏待过他，哪有不心存芥蒂的？再说，一般信教的人请圣敬神非得有个牲禽、一个红包礼信不可，可他仅拿去些香纸，只怕敬祈神灵时不会发心，不发心所求就不灵验。大伯宽慰她，他理解庆元不是那种肚量狭窄的人，既然来了，就会尽心尽道的；至于敬神不用牲禽和礼信，全是为了抢时间，要是备办得那些东西来，怕耽误了病人。正说话间，衍生的呻吟缓慢下来，烧也退了，不再畏寒，要婆娘把被子搬掉，想喝开水了。他的婆娘喜不自胜，连称出了活菩萨。衍生问怎么回事，大伯把庆元来这里整病的情况告诉他。衍生哑巴似的坐在床上，久久没有出声，没准心里在翻江倒海：想起在老表门上做得那般绝情，羞愧不已；换上自己处在庆元的位置，憋着气不肯来救死扶伤也算不定，即使来了也会讨价还价敲一通诈诈才罢休的……

五天后，病毒好利落了的衍生和婆娘提着一大兜礼物：好酒好烟，肉食水果之类，去庆元家千恩万谢感激之余，又忙不迭地悔过赔罪。说着，衍生掏出个特大红包，真诚地说："我这条命是你表兄给的，这点小意思请你收下吧。"庆元还沉浸在昔日的怨愤之中，一直没开笑脸，也没搭理他俩，当衍生将红包塞到胸前时，他打开一看是两扎钞票，估计是有两万块之多，——那意思很明显，知恩图报，特意退回前次霸蛮索要超额赔偿部分。——庆元并没表现出惊喜，把红包退回去："你们今天是来为整好疗毒谢恩的吧，那就按规矩，付我一天的工资才是正本当行的，其余一分一毫我不会受。"

衍生两口子知道他的脾气，不再勉强，只照规矩酬谢了五十块工价，日后才把那两万块钱以庆元的名义存进银行。从此，庆元以德报怨，衍生受感化退回部分赔款的佳话四乡传颂开来。

肃　娩

　　三代单传的民旭的媳妇桂花有了身孕，一家人举首遮额，感戴神灵赐福。可是，一天下午，桂花忽然染上一种怪病，不发烧不发寒，头不痛肚不疼，却无端地浑身颤抖，像得疟疾的人打摆子，呻唤呶喉，不得安宁。老夫妇俩直急得团团转，请来医生诊断，医生却说没有病，不用吃药打针。民旭意识到可能中了邪，马上去对河请教荞粑师公。荞粑掐指一算，断言桂花是五鬼守命，必须打符治邪，否则母子性命难保。民旭吓得魂不附体，连忙依照吩咐，请人去街上备办信故式的一应物品。粗略一算，包括打发师公的红包，开支不低于一千元。民旭虽然是个守财奴，可是事关传宗接代的大事，也只好忍痛割肉了。

　　这里轰轰烈烈准备师公做法事，惊动了住在村子当头的和四爷。他一听和四娘说起桂花的病症，不由一愣，心生坎坷，便去了民旭家，绕着房子转悠了一圈，又在桂花住的房间的后窗边听了一会病人的动静，心里有了定数，赶忙追上给民旭家上街办事的人，要人家稍候片刻，待他和师傅说一声再去不迟。

　　和四爷走进民旭家堂屋，看见荞粑师公一副神秘兮兮、神气活现的样子，不由火从心头起，怒向胆边生。他强压恶气，揶揄道："师傅，贺喜你这回又要稳捞一把了。"荞粑师公没听出他话里带骨头，一本正经地说："出门行教，消灾攘祸，慈悲为怀，金钱如粪土，何足挂齿。"和四爷冷笑一声："说的比唱的好听！你当头婆（接生婆）还没摸着屁股，就出来吃饿蛮钱，要是误了人家母子大事，要你吃不了兜着走！"荞粑也知道和四爷会点门道，不由心里发虚，可是舍不得快要到嘴的肥肉，马上涎着脸："四爷，江湖是把伞，识破没滴成。你我都是教门中人，还请四爷多多担待，小侄不会亏待于四爷你的……"和四爷像受了侮辱，咆哮起来："放你娘的狗屁！天理良心，这人命关天的大事，你怎敢胡作非为？"他马上把民旭夫妇叫来批了一顿，说桂花分明只是受了娩，何必兴师动众打符治邪做法事！

这一顿怒吼，让民旭连忙捶胸捣头骂自己是老糊涂。原来，不论是怀孕在身的人，还是怀了胎的其他家畜，居所周围一旦动了土，就会伤了胎气，乡下方言称"着娩"，孕妇或孕畜表现出浑身颤抖，心神不宁的症状，如果不及时"肃娩"，就有流产的危险。肃娩，顾名思义，就是用一定故式肃清着娩者沾染的邪气。而民旭夫妇虽然也上了点年纪，却对这点常识知之甚少，因见屋后有点空地，上午就去挖了个瓜堆，准备栽南瓜。这一动土，竟然酿出祸端来。他顾不及理睬、埋怨晾在一旁的荞粑师公，几乎要下跪似的央求和四爷："你老识多见广，经验丰富，看在同宗份上，快给我家桂花肃肃娩吧。我不会亏待你老的。"

"少啰唆，我不是来和荞粑师傅抢生意的。"和四爷马上吩咐民旭夫妇去准备三根香，一叠纸钱，舀一碗净水。老两口不敢怠慢，还照乡俗，用量米的升子打了一升米，上面赫然摆着一个鼓囊囊的大红包。和四爷不耐烦地喝令民旭把升子拿回去。只见他在土地菩萨龛前点上三炷香，念念有词请过下坛长生兴隆土地旺相夫人招财童子进宝郎君，抽过一枝点着的香，左手端起净水碗，念过净水箴言，就用香在水面上一边画符讳一边念

巫乡撷奇 ◀◀lmuch no—

巫乡撷奇 ◀◀

动咒语：

> "启眼观青天，观请师傅在身边……隔山叫，隔山应，隔河叫，
> 隔河应，千叫千应，万叫万灵。我奉太上老君急急如律令！"

临了，抖下些许香灰在净水中。完成这道程序后，和四爷在龛前烧了一叠纸钱，再走到动过土的地方，插香烧纸念诵一番，拿起锄头象征性地在土堆上勾动平复几下，洒下几点净水。然后走进桂花睡的房间，烧过纸钱后，要桂花喝下三口净水。桂花头发披散，一脸疲惫，呻吟不止，有病乱投医地胡乱喝下三口水去。说来实在神奇，却见她喝下水去以后，渐渐停止了颤抖，唤也不呻了，惨白的面容开始红润起来。民旭夫妇一声阿弥陀佛，对和四爷打躬作揖不已。

和四爷并不张扬，矜持地走出房门。民旭夫妇马上拿起那个大红包追了出来，千恩万谢之余，求四爷莫嫌淡薄，一包烟钱，还望笑纳。和四爷接过红包打开。抖出簇新的三张百元大钞外加一些零票。他从中抽出一张5元的，其余的推给民旭："按正本当行的规矩，该我的，一分也莫少我的；不该我的，我分文不取。肃娩不过举手之劳小事一桩，只值一包烟，我这就领纳了。"任民旭怎样劝说追加，一概不受。

人们评议，这一回，和四爷不仅给桂花肃了身孕娩，还给荞粑师公那些骗取钱财的歪门邪道肃了鬼胎娩。

（原载《武冈报》）

205

聪 明 误

这是个真实的故事，发生在20世纪70年代。

鼓桥村的曾德华平时喜欢捉鱼捞虾盘泥鳅，可是他的手法一般，拖着网下河下塘捞，或者把泥巴盘开捉，既累人又收效甚微。一天，德华看见对河的龙师傅穿着凉鞋蹲在田塍边，用右手食指往泥中一探，就变戏法似的捏出一条泥鳅来。据说龙师傅学得梅山教，有一手捉泥鳅的绝招，只要出门，家人只管架上锅立等就有。

晚上，德华提着一瓶米酒、斤把肉、几个鸡蛋，外加一包辰河牌香烟，去拜师学艺。龙师傅本来不轻易传艺，却经不住德华软缠硬磨，只好松口："手艺易学，只怕你难守戒律。"德华信誓旦旦表白，一切听从师傅训诫，绝不食言。龙师傅将他带到村后，选中一棵虬枝密叶的松树，指着说："你的师傅在这里。"梅山教是要封一棵树做师傅的，叫梅山树。他用德华带来的礼物做供品，筛上素酒净茶摆在树蔸下，要他一同跪下，焚香烧纸行叩首礼，口中念念有词祷告一番后，传给他几句净口咒语，最后叫他指天画地、吐了口水唯了舌，赌咒发誓道："菩萨在天边，梅山祖师在身边，弟子曾德华，牢记师傅言：手艺学在手，犯戒遭天谴。不可滥捕乱杀绝源头，但求细水长流浃旱田。皇天在上，足可垂鉴。太上老君急急如律令，敕，敕，敕！"龙师傅又向德华戒了真卦，并且千叮咛万嘱咐：每次出门，捉上第一条泥鳅，掐掉尾鳍后，念动咒语，朝它嘴里吹口气后放了生，再捉时泥鳅自然源源不断而来。当最后又捉到那条掐尾的泥鳅，就绝不可再下手，否则，犯了戒律，后果自负。至于有什么后果，师父没有说。德华点头一一应承。

德华绝技在身，下田一试，百灵百验，每次只要到田塍边转一袋烟久工夫，下酒菜就有了。而一旦捉了一餐菜，那条掐尾的泥鳅就出现了。德华牢记师傅言，不敢造次，自觉歇手。

德华颇有点开拓创新精神，师傅戒卦只是捉泥鳅，有一次张着罾到河里去扳鱼，也依法炮制，把第一罾扳上来的第一个鱼掐尾念咒吹气放生，以后每罾都能扳到小半罾袋子，有了足够的下酒菜，掐尾的鱼出现了就收场。

德华人缘好，经常和村上人你来我往地喝酒。一位堂叔酿出一坛桃花酒，邀他和几个叔侄去喝一台。德华问有什么好下酒菜，堂叔难为情地说只有豆角丝瓜。他自告奋勇地提出傍晚收工后去捞鱼做下酒菜。收工后德华捎着捞网往河边走，他依法炮制，仅捞了几网就将近半鱼篓。再捞一网，只有起首掐了尾的那一个，在网底张口巴腮。德华记起师傅的告诫，打算把那无尾鱼放了。再看看篓子，估计了晚上喝酒的人多，鱼少了吃起来不尽兴，暗忖道："何不破一次戒，下不为例。"于是捉上那尾鱼，对嘴念诵咒语，扔下水中。头几网照常丰收，一出水面，网底躺下一片白。他窃喜：无非师傅良心好，怕过分滥捕了，鱼儿繁殖不赢，断了日后的生计，才教当缩手时且缩手。我只这一次贪多点，想来无妨吧。

来到水坝下的回水湾，德华握住捞网柄扣下去往身边拖，然后往上一提。这一提吓得德华灵魂出了窍：他隐约发现网底滚动着一个披头散发的人脑壳，仿佛还龇牙咧嘴朝他冷笑。他倒掉那个脑壳，拖着网朝岸上没命地爬，浑身冷汗直冒，湿透了汗衫。他在空坪上喘息片刻，觉得河里哪有人脑壳？得去看个水落石出。于是麻着胆子走近水边一看，那圆滚滚的是个被浸腐烂了的棕树蔸，在水中一浮一沉地飘荡，浓密的根须就像披散的头发，却把人吓得三魂不在身。他吐了口唾沫，垂头丧气回了家。那晚的酒喝得一点也不尽兴，德华却没把原委告诉大家，好长一段时间，他总是一副神不守舍的样子。

冬天，打着浓霜的清早出集体工，有人发现德华远远地走在最前面，还巴着烟呢。可到了工地却不见人，大家锄了一阵地他才趿拉着一双鞋子姗姗来迟。有人疑心那影子是他的新魂，提醒他的老婆给信个故式禳解一番，以防万一。他老婆本来听他说捞鱼时受到惊吓，却没当回事，这下才着紧从街上买回纸钱法器准备悄悄为他招魂收吓。可是不凑巧，当晚公社革委突然下达紧急命令，全员集合进行军事演习兼战前大转移。命令如山倒，谁敢有半点怠慢？搞了演习就要过年，招魂故式就这样失之交臂。

过了年，初四这天，德华带着儿女去给岳父母拜年。为了改善生活，他要内弟搞来雷管炸药去河里炸鱼。他们用农药瓶子造好炸弹，选中一处水深的河面，实施爆炸。内弟胆小，离得远远地站着。德华见鱼生火，脱了棉衣棉裤，然后卷一支喇叭筒烟巴在嘴边，青烟缭绕，然后捧着炸弹，把导火索挤出点硝药，就俯下身子用烟蒂去点。雨雾天能见度低，内弟几次催他快扔炸弹，都说不急。最后，正待把炸弹扔出去，身前映出猩红的火团，"轰隆！"一声惊天动地的巨响。硝烟弥漫中，德华被一股强烈的冲击波往后抛向半空，又重重地落在地上……

人为财死，鸟为食亡。德华就这样折了一条宝贵的生命。有人说他不听师傅告诫，犯了戒律，自取遭殃。这当然有点宿命论的色彩。不过从德华学梅山教捉鱼到为捞鱼而惨死这偶然性的事故中，也能找出必然性的成分：心地纯正，至诚专一，自会安然无恙；否则，利欲熏心，投机取巧，心怀侥幸，聪明反被聪明误，终究难逃厄运。

（原载《武冈报》）

心病难治

谭泰生本是个大气饱力的汉子，三锄脑壳都砸不死，却被病磨得英年早逝，人们无不叹息。那病说怪不怪，原本只是轻微的伤风感冒，并发肺炎；说不怪又实在蹊跷，吃药无效，信神不灵，逐渐导致肺部积液，最终不治。只有谭泰生的表兄、我的初中同学槐山谙得其中苦涩，不由扼腕：为人莫坏心术，心术不正，容易中邪，酿成心病；心病不治，肌体的病变就回天无力了。泰生出殡那天，我和槐山去送了一程葬，就坐在一棵柏树下歇息。槐山深沉地道出一番根苗来。

谭泰生早年学泥水匠时，师傅还传授了他一门给妇女治乳房痛的招数，不吃药、不打针、不敷药，只要稍费心思，就能药不到病也除。师傅告诫，学这一行不能贪财，只要有日工日食足矣；更不能贪色，丝毫起不得淫心……

谭泰生兢兢业业行医，为四乡八邻患乳房痛的妇女整治。因医术神奇高明，又收费低廉，一时间在女人乳房病毒科一行中，声名鹊起，慕名求医者络绎不绝，家里墙壁上挂满了"妙手回春""华佗再世""德艺双馨"之类的匾额和锦旗。

一天，邻县一位据说当正科级干部的开来一辆小轿车，特意接他去给自己的夫人诊治乳房痛，说是几家大医院治过不见效，才经人介绍来请谭医生的。正科级干部与他年纪相仿，四十开外光景。泰生也是见过些世面的，坦然前往。快进城时，泰生需下车去路边找点药，要正科级干部告诉门牌号码，以便找上门去。他在田边地头扯了一把半边莲、青木香、车前草之类清火止痛通淋利水的草药，用三根黄茅缠着，提在手上。

找到正科级干部家进了门，正科级干部让座敬烟斟茶，叫夫人出来看医生。顿时，谭泰生眼前涌出一道亮丽的风景线，正科级干部夫人姗姗而来，半老徐娘风韵犹存，足可把乡里黄花闺女的嫩貌、白净比下去；更兼身材苗条，三围彰显，脸蛋儿秀美，病中不施粉黛，云鬓乱堆，一手护在患病的乳房下，面带些微病容，却衬托出一幅活生生的病西施画卷来。

那女人莞尔一笑："我还以为是一位老郎中师傅哩，原来还嫩年轻的，就有高明医术了啊。"那语气里含有庆幸、慰藉的成分。谭泰生不由脸上微微发热，客气地说："承蒙正科级干部抬爱，亲临寒舍相顾，只是我行医时间不长，经验欠缺，不足之处，还请正科级干部和夫人担待、海涵。"

正科级干部是个爽快人："别说得文绉绉的了，白猫黑猫，你谭医生要不是捉得住老鼠的好猫，我也不会去请你了。"

他被逗得哈哈大笑："正科级干部真会开玩笑。只要正科级干部和夫人信得过，我一定尽力而为。"

只因这一番谐趣，屋里的气氛活跃起来，谭泰生觉得他和正科级干部夫妇的距离拉近了，不再感到拘谨，对正科级干部夫人顿生怜花惜玉的念头，踌躇片刻，显出点难为情说："不好意思，得请夫人掀起衣襟让我诊视一下。"正科级干部宽容地表示："没问题，没问题，只管看。到那些医院，哪个医生没看过摸过？"夫人怨艾地瞪了丈夫一眼，却没有发作。

谭泰生面向夫人站着，当她大方地解开睡衣，露出半边酥胸时，一股巨大的冲击波几乎使他眩晕过去，那细腻的雪肤玉肌间，颠翘起一座生动活泼、玲珑剔透的乳房，如夺人心魄的精灵化身，似造物主最绝妙的艺术珍品！那是乳蒂发生病变，肿胀的范围不大，只是痛得厉害，因此展现在眼前的那件极品基本上是原生态的雅致风韵。不看则已，这一看，泰生不禁走火入魔。

他管束着神迷意乱，要夫人掩上衣襟，专注地用右手食指指着女人胸前，念动咒语，画了道符讳，然后拿起扯来的草药，并不做任何加工，走出客厅，来到阳台上，扔到对面一排平房的屋顶上。转身进屋说："好，手续到堂了。保管夫人从此以后，降灾消难，玉体安康。"

正科级干部和夫人简直不相信自己的耳朵："什么，这就手续到堂了？"谭泰生嘿嘿一笑："不瞒正科级干部和夫人说，比夫人还严重得多的病症，都这么搞定的。夫人，是不是不痛了？"

正科级干部夫人如梦初醒，揉揉患病的乳房，夸张地喊道："啊呀，果然像把痛楚连根拔掉了一样，一点也不痛了。"正科级干部自然高兴，稀罕地问道："师傅是哪里学得这样的神术妙方？难怪你家里挂了那么多的匾额、锦旗，真是华佗再世。"

"哪里哪里，些小技艺，混碗饭吃罢了。"谭泰生转而交代，"要是夫人那里的肿块还没完全软化、消失的话，我留个电话号码，你们只要说一声，我再来看看，巩固一下，稳妥一些，却完全不用另外破费的。"

只因这一番话语，引起一场轩然大波。没过几天，正科级干部夫人乘丈夫外出的空当，打电话要谭医生来"巩固一下"。谭泰生虽是乡下人，却魁梧健壮，穿着体统，谈吐不俗，正科级干部夫人除了感恩，更生一份好感。一回生，二回熟，两人坐在一起，就天南海北侃起大山来。侃着侃着，夫人竟然凄婉地说起自己的遭遇：她和丈夫的婚姻名存实亡，正科级干部采取屋里红旗不倒，外面彩旗飘飘的战略，在外头包养着二奶，她这个糟糠之妻只是维护正科级干部脸面的摆设，给他照看儿子的保姆。说到伤心处，还嘤嘤地哭泣起来。谭泰生一阵震惊，慨叹："这样如花似玉的美人胚子，竟然被冷落了！"一对相互爱慕的孤男寡女独处一室，免不了擦出火花，蓄谋已久的谭泰生将她拥入怀抱，于是干柴烈火成燎原之势。

事情很快败露，在正科级干部软硬兼施的盘问审讯中，夫人如实交代了奸情的全过程。据说当正科级干部要她在笔录口供上签名时，她意识到问题的严重性，立即将稿纸揉成一团塞进嘴里要咽下去，正科级干部一把掐住她的喉咙，下蛮力气从口里抠了出来。正科级干部就凭这如山铁证，决绝地与她离了婚，把年轻漂亮的二奶扶正做了夫人。至于促使事情败露的根蒂，据说有三种版本，一是左邻右舍告的密；二是正科级干部回来后发现蛛丝马迹；三是正科级干部故意设的圈套，莫衷一是。只可叹正科级干部的前妻妇德不保，一失足成千古恨，得知前夫如愿以偿迎娶、扶正二奶以后，羞愤交加、忧结难解、精神分裂，住进了精神病医院……

槐山幽幽地说，事发后虽然那正科级干部没来找麻烦，那女的也没来纠缠，可泰生的心里背上沉重的包袱，一种强烈的罪过感，使良心受到严厉的谴责，日夜不得安宁，以至乘着一点伤风感冒的风帆，酿成重症，最终导致精神崩溃，一蹶不振。本来住进了长沙湘雅医院，可是再好的医生也只会治能治的病，泰生意识到自己心病不治，于是不听劝告，毅然回家坐等末日来临。

这些，是谭泰生临终前七天在视为至交的表兄槐山去探望他时，才和盘托出的，并道出真情：师傅教他治女人乳房痛，其实根本不用诊视，只要进屋后问是哪只乳房痛，指着那只有痛处的乳房念几句咒语，划个符讳，出门把扯来的草药丢上屋顶就搞定了，也不要第二次上门。他却节外生枝，要人家掀开衣襟贪看；更不可饶恕的是画蛇添足地"巩固一下"，就先动了淫心，后来竟然犯了奸淫大罪。欲念一平息，他就心神不安，因为师傅在授真传时，要他吐了口水，指天画地鸣了誓愿，不贪财、不贪色，犯戒的必遭天谴。偶尔有病，就疑心是遭天谴的前兆。知道那女人被丈夫抛弃患上精神病后，更加恐怖莫名，那沉重的罪恶感时时刻刻咬噬着他，仿佛有无数个怒目相向的鬼怪在斥责他失诚信、丧天良，搅得他如临深渊、如履薄冰，日夜受着煎熬，生不如死，渴望立即得到解脱。槐山宽慰他，造孽的不止他一个，比他罪孽更深重的也大有人在，那正科级干部休前妻、包二奶，就是坏心术的罪过，还不照样逍遥法外？泰生苦笑着说：他何尝不那样为自己开脱？可是大凡良心还没泯灭的人，心中有愧总不能释怀，就像孙悟空头上的紧箍咒，任怎样都取不下。对他而言，因为受了真传，一旦造下罪孽，无论怎么悔过，希图弥补，都不能熨平师傅诚卦时烙下的深痕。

　　我和槐山目送着远去的灵柩，良久无语……

"迷引法"招苦果

  石背村有一个佝偻着腰背、步履蹒跚的老头，或荷锄挑担，或负柴背草，经常出没在村前院后的巷弄、小路间，为一天三餐艰难苦涩地挣扎着。那副老无所依的孤独与凄凉，并没有引起乡邻们起码的怜恤，冷漠得如同陌路人，只是近年才享受政府的五保待遇。并非完全世态炎凉，人们缺乏起码的良知，而是他年轻时的劣迹招致"公共鄙视"，使他成为"被同情遗忘的角落"。

  老头姓廖，单号一个斌字，年近九旬，几十年一贯制地栖居在祖上遗留下的木架子板壁老屋里。那房子失去了当年在村上鹤立鸡群的风光，早已风雨剥蚀，摇摇欲坠。

  廖斌的祖上确也曾广有田产，是本地的望族。遗憾的是人丁不旺，到了廖斌门下，已是三代单传。他理所当然成了唯一的继承祖业、传宗接代人。取名"斌"者，无非寄托着长辈们的厚望：知书达礼、文武全才，博取功名。然而廖家教子无方，把他视为贵器宝贝，当皇帝老子似的娇宠着。据老辈人回忆，廖斌十一二岁了，还过着衣来伸手饭来张口的日子，整天游手好闲，读书怕刻苦，做工怕出力，百无一能，独有一个癖好：贪色。还是蓬头稚子时，就喜欢摸女人的前胸、胯间；长高大了，女的不让他接近，他就隔着壁缝偷窥人家洗澡，伏在地上觊觎人家蹲便桶。被别人发现，免不了遭诟骂，受侮辱，也有向他爹娘告发的。然而当他爹意识到自己疏于管教，希图有所改观时，已经晚了，任你百般规劝，严词责备，罚跪拷打，一切都不奏效。万般无奈，父母只得在他十六岁时就给成了亲，希图拴住他这匹不听调教的劣马。

廖斌淫邪的习性不改，经常吃着碗里的，盯着锅里的，恨不得把天下所有女人都搂在怀里供自己淫乐。可惜他虽有海一样的色量，却没有想象中的艳福。旧时代乡里的女人十分传统，何况都知道他从小那么流痞，谁见了他都避瘟疫似的躲得远远的。然而，似乎"天无绝人之路"，他从一班二流子堆里听说莫洛田邓家有个师傅会"迷引法"，只要学到手，没有勾引不上的女人。于是他借口出门学做生意，变卖了垅中那丘十担图壤（折合两亩）的上等好田，备上丰厚的拜师礼，穿着士林蓝长衫子，头戴饭碗帽，背着雨伞包袱，风尘仆仆上门去学艺。

师傅对那败坏心术的歪门邪道已金盆洗手不干，更不愿意授徒祸害乡里。可是廖斌凭三寸不烂之舌胡编乱造，说他和自己的未婚妻是爹娘在世时定下的，爹娘死后岳父母嫌贫爱富想悔婚。可他看中了妻子，哪怕海枯石烂，非她不娶。万不得已，出此下策，希望学到迷引法，把心上人引到身边，将生米煮成熟饭。说着将包袱里的礼物一股脑儿搬出来。师傅经不住他的花言巧语，更见那不菲的财礼，直诱得心里麻麻痒，才勉强答应授徒，并一再告诫不得去拈花惹草。廖斌欢天喜地，满口应承。

师傅把他带到牛栏前，烧纸焚香，禀告先师神灵。在授口传之前，师傅要廖斌回过头去，问道："你后面有没有人？"他如实回答："没有人哦。"师傅才诚真卦：怎样念咒语，画符讳，织花箍。

廖斌身怀绝技，如获至宝，早把在师傅跟前的承诺抛到爪哇国去了，回家以后，屡试不爽。说来实在太玄乎，只要廖斌见哪个女人有点姿色的，趁她出门割草或摘菜，就瞄上去，编织一个花箍，念动咒语画上符讳，插在她要经过的路边。女人只要裤管沾上那花箍，就心迷意乱，不由自主地跟着他走进树林里或岩洞中，任他肆意摆布，发泄兽欲。直到他拆了花箍，退了符讳，女人才如梦初醒，不过后悔已来不及，为了保全名节又不敢声张，只好哑巴吃黄连有苦难言。

廖斌胡作非为，越来越大胆，一天竟然将一个从自家门前路过的少妇迷引进屋，抱到床上，脱衣解带，正当渐入佳境，却听得自己婆娘大叫大嚷地闯进屋来，不由分说，一边抄起赶牛的苗竹梢往床上两个精赤条条的身子猛抽，一边呵斥："牛马不如、绝子灭孙的畜生！"婆娘对他的劣迹早有觉察，这下刚好逮个正着，不顾性命地发泄解恨。廖斌知情不妙，慌忙冒着纷纷扬扬紧抽的鞭雨，在婆娘面前忙不迭跪地求饶，请他千万别伤害了那女人，否则身家性命难保；至于自己任她怎样处置。婆娘也算通情达理，忍让着看他给那女人解了讳打发走以后，才与他吵得不可开交，最终搬来娘家人逼着他退了婚。爹娘知道详情后，羞愤交加，在"家门不幸，出此孽障"的悲叹中相继谢世。

祸不单行，据说最后那个被引迷进屋被糟蹋的女人，也有说是先前的几个女人，总之是发了狠心，买通几个混混，把廖斌狠狠地收拾了一番，先用女人的小便灌他的嘴巴，再用狗血泼到他头上。据说灌了女人小便永远不走运，被狗血污秽以后，所学的秘招再也不灵了。

是不是真的灵验不得而知，反正事情败露以后，廖斌更加声名狼藉，女人望风而逃，谁也不再上门给他提亲说媒。

不久后闹解放进入新社会，因为家道早已中落，廖斌没摊上地主富农成分，却被划归流氓地痞之列，在历次运动中备受批斗，再也没有翻身的机会，哪里还有人肯嫁给他，他也更不敢迷引女人了。后来不用受管制了，却步入暮年，又老又臭，最终没能为祖上续上香火。有人为他叹息，说受真传前，师傅要他回头，问他后面有没有人，他要是不应没有人，也许不得绝后。有人不同意这种说法，认为绝后并不是迷信所说神灵的惩罚，因为学那样的歪门邪道本来就是断子绝孙的缺德勾当，你不横下一条心打算绝后，师傅就不得传授歪招。这也是迷引法一门中残存的一点善念，选择在牛栏面前授徒诫卦，就暗示这是畜生行径；通过发问，更是达到警醒浪子回头的目的。而一旦执迷不悟，心甘情愿作畜生，应承"后面没人"，就表明你滑向了罪恶的深渊，没有续香火的已是情理中的事情，廖斌的遭际和下场就是活生生的注脚。

我在准备写这点文字之前，特意去了一趟石背村，走访了一些知道底细的老人，也走进廖斌老人那破败的老屋。廖斌并没有我想象中的叹老嗟贫的悲苦情绪，有的只是白痴似的麻木，仿佛一尊活化石给世间平添一道风景。当我斟词酌句地探问他，世界上究竟有没有"迷引法"之类的招数时，只见他从佝偻中努力地仰起被岁月刻画出一道道粗糙皱褶的长脸，答非所问地回复我："人老不死为罪过。阎王老子不勾我的簿，就是要世人看我这把残败老骨头把戏的。"我从这含混的话语里，似乎听出了他的忏悔和某种警示。有没有迷引法其实不必刨根问底，一个人一旦心术不正，即使不去拱牛栏门，也会去玩弄其他的花样，当然吃苦果的归宿是注定的。

书林观景

SHU LIN GUAN JING

两篇"红色"散文

　　黄三畅相继发表在《邵阳晚报》上的散文《瞻朱自清塑像》和《瞻闻一多塑像》，好似两朵并蒂莲荷，清新悦目。朱自清和闻一多是毛泽东赞誉的"红色人物"，这两篇小文既是两位"红色人物"塑像的"观后感"，也可谓"红色散文"了。当然，作者彼时的别样心境，并非一个"红"字了得。

　　"身无彩凤双飞翼，心有灵犀一点通。"虽然作者和朱、闻二位先贤没有生活在同一个时代，可谓幽冥相隔两茫茫，然而流淌在华夏儿女血液中刚硬的气质、仁爱的因子，是息息相通的。作为后人，作者从《别了，司徒雷登》中，感受到了朱自清先生拒绝领美国救济粮那种"比汉白玉还要坚硬"的民族气节，领略到了闻一多先生为民主自由奔走呼号不惜流血的与赭红色花岗岩一样的神韵和精髓；作为后人，作者又在《荷塘月色》中，解读了朱自清先生难遣愁肠月夜游荷塘的真谛：避开纷扰，摈弃繁杂，让纯净的阳光月色注入心胸，让鲜洁的雨露清风融入血液，与自然为友，和草木对话，如是，则能心宁气静，平和豁达。也从《最后的演讲》《太阳吟》《洗衣歌》《爱国心》《一句话》《我是中国人》《七子之歌》……中，仰视到了闻一多先生"诗人的主要天赋是爱，爱他的祖国、爱他的人民"的伟大胸怀。正是因为这些，黄三畅的灵魂也得到了升华，与先贤们有了心灵的沟通。

　　有了心灵的融合，在瞻仰先贤两尊塑像时，就有了真情流露。当作者从"弯弯曲曲的""坎坎坷坷的""已然没有了煤屑"的通往荷塘边的路上突然就发现了朱先生的塑像，仿佛拜谒到一位久仰的尚在人世的尊者，心情是那样惊喜、激动，瞻仰、端详是那样细致："您身子微侧，面向荷塘，一只手搭在大腿上，一只手自然下垂，在小憩。您面容清癯，头发却梳得一丝不苟。"由此及彼，又想象着当年朱先生的形象："在我的想象中，那月夜绕荷塘漫步的您……似乎更忧郁，因此眉头似应更皱一些；似乎要更儒雅，因此目光没有这样犀利乃至逼人；似乎更潇洒，因此手脚没有这样拘谨；内心的不宁静，似乎也应该从睿智的前额上沁透出来。"眼前所见的形象与以前想象中的形象描绘，细腻逼真，流露出后辈对先贤的拳拳之意，仰慕之情。"您的眼镜是多少度？该不会影响视力吧？"是学生对先生的关心，更是作者真性情的自然流露，读来不禁令人眼眶发热。

　　有了对先贤敬仰的真情，就有了不同于常人的别样心境。在与闻一多先生的"交流"中，作者发现"您身躯微俯地坐着，右臂的臂拐撑在右大腿上，手举一个烟斗，左臂拐以下随意地搭在左腿及左腿与右腿之间的袍幅上。您的头微微扭着，长着上髭的嘴唇也微微抿着，睿智的前额微微皱着。"于是猜测"也许，您在思索'谁是中国人，谁的心里有尧舜的心，谁的血是荆轲聂政的血，谁是神农黄帝的遗孽……'或者就在思索'诗人的主要天赋'究竟是什么；或者就在思索，中国怎样才能真正消灭专制，中国人怎样才能真正获得民主和自由。或者，您在签署了《抗议美国扶日政策并拒绝领取美援面粉宣言》之后，在思考怎样继续投身争取民主和自由的热潮……"话语中，莫不流露出一位与先哲心灵相通的后来人深刻的思考与普世价值理念。

　　登山则情满于山，观海则意溢于海，读先贤则倾情于先贤，这亦是人生的幸事啊。

（原载《邵阳晚报》）

看似庸常却其美

——品读黄三畅小生灵系列散文

在高明的作家笔下，喜怒笑骂皆成文章，花鸟虫鱼也登大雅。黄三畅近期创作并相继发表在《邵阳日报》《邵阳晚报》《生态文化》《安徽文学》等报纸杂志上的一系列散文，其中《麻雀》获湖南省2013年度报纸副刊作品铜奖，就是将一些在世俗眼里毫不入流的小生灵请上"嘉宾席"，品评褒贬，亦庄亦谐，读来兴致盎然，掩卷后余韵不绝。

这些小生灵分别是虾弓、泥鳅、田螺、秧蟆蝈、蚱鸡、蜻蜓、麻雀等，正如作者在《田螺》一文中所说："上天造万物，每一物都有独特的美，只看你有没有眼光'审'。而看似庸常的东西亦能创造出非常的美，可千万别忽视了。"黄三畅就善于发现那些独特的美，那种奇美，并且有善于"审"这美的眼光。

在作者眼里，"点水的蜻蜓简直是在做最优美的舞蹈表演，成双成对、一后一前的相叠着，后面那只的上半身搭在前面那只的尾巴上；它们那半透明的翅膀一如既往地没有扇动，只是平行伸展着，双方的配合是那样默契，滑翔出的弧线是那样柔美多变。滑翔着滑翔着突然就接近地面了，后面那只的尾尖就在地面上轻巧地点一下，然后又飞得高一点，又柔美多变地滑翔。不一会又贴近地面，又轻巧地点一下……"（《蜻蜓》）能搞这样的舞蹈表演的，非生活的热爱者不能，黄三畅实际上在歌颂生活。

在作者眼里，"蚱蜢是最健美的运动员，成年的雌性油蚱蜢个头有人的拇指那样大那样长；眼睛（复眼）晶莹剔透；身子青翠油亮，触角粗长坚挺，前额突起，蹲着不动时，俨像一条额角前突的要牴架的水牯；翅膀宽展坚实，那双后腿尤其长而粗壮结实……起飞时，游泳运动员一样猛力一弹，可以弹去很远，还挟一路格格格的'马达'声。"（《蚱蜢》）的确，这样的肌肉"女"是值得赞美的。

在作者眼里，小不点田螺竟然是巍巍山峰，那"如盘山路一样的纹路斜斜延绕一直到'山顶'而凝成一点，每一颗都是一座具体而微的山，都可以让人生出'山到绝顶我为峰'的感叹。"（《田螺》）

作者不仅发现了这些小生灵的外表美，更"审"出了它们的内在美。

泥鳅在水族中的地位十分低贱，虾兵蟹将，泥鳅在神话中当兵的资格也没有，连虾也不如；更没有鲤鱼跳龙门那样的荣耀了。"可一般人忽视了它值得称道的品质，人往高处走"，它们也"很爱吊水，很会吊水。水沟里的泥鳅，一般不顺水溜，而是逆水上。田塍上如果挂着绢一样的水流，泥鳅就会迎着水流往上'吊'，'吊'到上一级田里去……身子贴在绢子背后的泥壁上，一扭一扭的，一矫一矫的，一分一分的上，掉下来，又重新开始……"作者对泥鳅这种坚忍不拔，奋发向上的精神赞赏有加之余，还借泥鳅心理活动描写，给人以心智的启迪："不能灰心，要有毅力，要百折不挠！它们这样告诫自己或互相勉励。诱惑总在前头，总在最高处！它们一定是这样想的。"看来，低贱的泥鳅心志可真高妙。

还有麻雀。作者在历数了麻雀兴衰存亡的遭遇后，感慨"能与人类和平相处的事物，原先嫌'多'而终于嫌少，这是怎样的遗憾和悲哀呢？"（《麻雀》）这遗憾和悲哀源于人类的过失，从小孩驱逐捉拿捕获，到升格为"四害之一"而招致"全党共诛之，全民共讨之"，再到不顾后果地滥施农药几乎酿成诛灭麻雀族的惨祸，剩存者竟然变得凤毛麟角般珍稀起来，列为二级保护鸟类。在遗憾和悲剧的扼腕叹息声中，往往会引起人们的发散性思维，从嫌多到嫌少，何止麻雀这例个案啊！叹惋的余音中，人们会想起更多更多！

禽类中有英雄，作者敬重英雄，可并不要求英雄千人一面，一味威武张扬。在《鹰》中有一段文字耐人寻味："鹰与虎，都是英雄。虎死不倒威；鹰不同，它蹲着不动时，耸着翅膀，缩着脖子，半闭着眼睛，看上去没有半点威风。或许它认为，真正的英雄非到需要施展勇武时是不必显山露水的；或许它是在积蓄精力。这样的英雄，千万不要轻看。"正是，平时收着翼翅为鹰，低调做人，该出手时才出手，才是真正的大智大勇者。

说到启迪人的心智，《秧蟆蝈》别具一格。作者在马路旁的一摊浅水中，邂逅了一群秧蟆蝈，一律大腹便便，一律拖着一条尾巴像清朝的遗少，煞是可爱，然而当他发觉这是没有源头的死水滩，就很为它们悲悯。可是这些小生灵并不理会什么祸之将至，尽情地享受着今天，它们是那样悠闲自在，自由潇洒，幸福指数居高不下。于是作者感叹："'闲坐悲君亦自悲'，我突然想起我们这些'人'来。其实我们和这些秧蟆蝈一样，时不时就会遭遇恶作剧；我们也不知道赖以生存的'水'什么时候干涸；同样不知道突然会有什么灾祸降临我们头上，在有些灾祸面前，我们比秧蟆蝈更无计可施呢。既然如此，我们又何不也像秧蟆蝈一样，快快乐乐过好每一天？这样想着，我的'悲'也就化为乌有了。"请不要误以为这是在鼓吹得过且过、苟且偷生的庸人哲学。这是"乐天知命"的人生体念，是充盈着智慧、隐含着人生真谛的智者的顿悟。《易经》说："与天地相似，故不违。知周乎万物，而道济天下，故不过。旁行而不流，乐天知命，故不忧。安土敦乎仁，故能爱。"就是说，一个人若能直道而行、不偏颇，就可以泰然处世；若能认识命运，就可以没有忧虑。

　　总之，读黄三畅的这一系列散文，是美的享受，是心灵的陶冶。文学作品的形式为内容服务，这些散文的表现形式与之所载的"道"相得益彰，读起来更是一种艺术的享受。这类散文篇幅短小精悍，小中见大；语言洗练，雅俗共享。作者讲了捉泥鳅的方法就写道："无论什么事物，总有弱点，抓住其弱点，就可制服擒拿。"质朴里透着睿智。写虾弓："它地位低，但并不任人欺凌，你看它备了长长的螯，还备了大刀……可称之为青龙偃月刀，在水里游弋，吊睛瞪圆，长须探路，长螯开路，大刀朝前，人不犯我，我不犯人，人若犯我，我必犯人……所谓虾兵蟹将，龙王为什么征虾公当兵，可能就是这个原因。"平实中蕴含幽默，阅读把玩心领神会之余，又叫人忍俊不禁。

（原载《邵阳日报》）

激荡胸臆山水情

黄三畅描述了这样一个图书馆：管理员工作"潦草塞责""率性而为"，一叠叠图书参差错落地胡乱码放着，有的像高高叠成的罗汉，有的像大半部分悬空的难看的"7"，还有一个印把朝下、印面朝上的"翻天印"……

初看这些文字，以为世上真有这样一个特色图书馆，再看下去，原来是描摹贵州梵净山"金顶"基部的奇特景观。在游记《金顶》中，作者把偌大的一个梵净山比作一个图书馆，除了体现作者丰富的想象能力，更让人体会出作者对雄伟壮丽大自然的热爱。黄三畅生平崇尚的是"书山有路勤为径"的境界，当他从以往抽象的书山里来到这具体有形的"书"和"径"面前，宁不为大自然的造化神功叹为观止，激情荡胸臆？

美国学者桑塔格在《诗人的散文家》一书中的观点之一，就是强调"诗人的散文是激情的自传"。散文对作者主观感情的要求是所有文体中仅次于诗歌的。古今中外有成就的散文家，他们的优秀作品无不洋溢着诗情画意，他们对事物、人生、景观突然有了感悟，感悟深化升华，敷衍成文，字里行间都渗透着感情。黄三畅日前在《邵阳晚报·神滩晚读》相继刊发的一系列游记散文，除《金顶》外，还有《德天瀑布》《山灵与天籁》《西江记忆》《漓江看山》《探寻资水源》《参观李宗仁先生官邸》等，被大自然和人文景观的威力所吸摄，将饱满的感情寓于其间，通过对景物的精雕细刻，层层铺垫，抒发胸臆，莫不是诗意的挥洒，激情的自传。

正如作者在《山灵与天籁》中所说："是的，自然是伟大的，但有了人的装点，有了人的顺应其脾性的装点，这种伟大就有了质的飞跃。"在作者饱蘸激情浓墨的笔下，如前所说，金顶是盛载"人类进步的阶梯"书籍的图书馆。在作者洋溢着激情的情怀中，德天瀑布"是与我亲密依偎过的朋友"。这位"朋友"形象气质百里挑一，"任何白布都没有它那样光耀鲜洁"飞流直下显得"磅礴和壮观"，近看，"显得不是布了，是一绺一绺密密的银线珠条垂成的帘子，而沿着崖壁边沿的缝隙扭扭曲曲滑溜下来的，就是米粉条。瀑布的响声听不出是有节奏的了，只是轰轰烈烈地往耳朵里灌；飞沫已经飞到脸上来了，人却感觉到从未有过的清爽润泽，呼吸尤其顺畅"。这位朋友果然有灵性，"两汉就都比赛似的跳，中国这一汉更是连跳三级：于是跳成了世界第二、亚洲第一的跨国大瀑布。"这细腻、逼真和拟人化的描写，非有艺术的灵感、非有真挚的情感不可！"单调暗袭"得叫人有点萎靡也有点浮躁了的风光山色，在作者柔情似水的胸臆间，却可以点化得"清新、凉爽、柔和、婉丽"，使人"不骄不躁"。正是带有作者主观情感色彩的参与，这些奇山秀水在读者的印象中，才有韵味，有灵性，有未临其境、胜临其境的审美享受。

这些山水游记，不仅有诗的激情，当然也有诗的语言，相映生辉。《山灵与天籁》中，有一段关于少女演奏古筝与人们"看"音乐的文字：

　　……一个女子，正在演奏古筝。一袭本为白色而稍稍浸染了些绿意的长裙，与季节相合；浅浅的淡妆，与环境相合；古朴幽雅的音乐，与季节、环境都相合。此时，少女是山灵，音乐成了天籁。游人——男人、女人，老者、少者，独行侠、成群结队者，踌躇满志者、心情抑郁者，没有人不停下来。都像"行者""少年""耕者""锄者"见到采桑的罗敷，但却是欣赏音乐和观赏少女，而没有其他妄想。

周围，山还是原来的山；石还是原来的石；树木还是原来的树木；蝉声还是原来的蝉声。但是，又都变了，山多了灵气；石少了冥顽；树木增了生意；蝉声有了情调。

人呢，在古筝的旋律中，萎靡拂去了，心志沉静了。

这诗化的语言让山灵与天籁变得空灵剔透，却质感丰富，可感、可触、可看，吟咏着，吟咏着，让人思接千里，遐想无穷。不仅这一篇，其他如《西江记忆》《漓江看山》《探寻资水源》等，都有各具妙趣的诗的语言。

（原载《邵阳晚报》）

不争不幸"农二代"

——黄三畅小说《听鬼说话》浅析

与当下应运而生的"官二代""富二代"比肩的，还有一个逐渐被人们关注的群体，就是"农二代"。黄三畅的短篇小说《听鬼说话》（载《湖南文学》2015年第11期）中的维营，就是"农二代"这一群体中的代表人物。

黄三畅一向接地气，关注农民命运，1996年曾在上述刊物发表短篇小说《留守》，描述了当时大批农民外出打工的情景。今天的维营就是当年那些农民工的后代，"江山代有人才出"，"农二代"们的出息如何？作者又运用现实主义的表现手法，将笔触伸向这一群体，塑造出典型环境中的"这一个"典型人物。

与官、富二代们生存环境截然不同，维营的境遇充满负面清单。贫困使得乡村几乎一派萧条，"粮食又不值钱"，"村里的田没什么人想种，已经荒芜了很多"，很难令人鼓起理想的风帆。乡间道路坎坷不平，雨天则泥泞不堪，莫不让人失望颓废。村上"大多数屋子都是蛛网封窗，锈锁看门。大家都是一家一家外出了"，不顾后果一切"向钱看"的氛围滋生着腐朽观念。维营刚生下来，父母给他"办了周岁酒就出外打工了"，成了留守儿童，"由外祖父母带着，一直到读完小学，读中学则是寄宿。"缺少父爱、母爱，缺失亲情濡染的维营，在年老体衰的外祖父母勉为其难的看护下，连身体都没长成，"个子只齐莲莲的下巴，体重是九十来斤"，更别说心灵健康了。维营接受教育的大环境不容乐观，从小学到高中学习阶段，都是稀里糊涂过来的，只是语文成绩好一点，"英语和数学真是'半盲'"，只是政策很宽松，参加高中二年级二期毕业会考"如果各科及格，只要交三年级的学费，就不上课也可以领到文凭了"。即便维营参加会考一共三科不及格，"但补考题目容易，监考也松，所以也过了关"。在这种应试教育和教育产业化模式下"打造"出来的"产品"，定然会变得更加畸形。

在这样一块土壤里长出来的维营，显然不敢恭维，其性格特征具有典型的负面效应。笔者不揣浅陋，试做浅析。

不学无术，浅薄空虚，是维营人生路上的短板。虽然号称"语文成绩好一点"，也不过是一只尽撒石灰的三脚猫，将"己巳"读成"己己"或"乙己"，"不耻下问"也会用错，只能"轻而举易""纪人忧天""供不求应""失不偿得"地卖弄那点听来叫人哑然失笑的学问。由于读两年高中三科未及格，所以连已知零售价六块求批发价是零售价的三分之一是多少也算不出来。凭着这"半盲"水平，一事无成是癞子头上的虱子明摆着的，他走上社会后每每被碰得鼻青眼肿、血本无归，无不是知识贫乏造的孽。

学问不足，低调一点倒还情有可原，偏偏还那么好高骛远，急功近利，是维营行事风格的败笔。他高中毕业后不想读录取分数线非常低的职业技术学校，就投奔在广东打了二十多年工的父母。找个厂打工却又嫌纪律特别严，月工资只有八百块，"老子干个卵"，"雕虫小技，壮夫不为"。父母说，八百也比在农村里种田强多少倍。他却认为是"可怜的农民，这样容易满足"，打心底里怜悯父母。这种放不下架子的虚假高傲，是终将跌得惨重的前奏。因为不屑雕虫小技,宁愿整日里"一个手指插在裤腰的小插口里,另一只手来回在街头晃荡",后来就拿了父母的血汗钱作本金,在赌场放高利贷、搞传销,幻想一夜暴富,结果自然惨不忍睹。人要是不知道自己究竟几斤几两,一味狂妄高傲,难免栽跟头。

懒惰赖皮、唯利是图、不择手段,造成人格的缺失。当他遇上女人莲莲并让她怀上了孩子。后来同村的李虹鼓动他返乡发展,维营的父母也赞同他们夫妇随李虹一道回乡发展,并给了钱做头本和生活补贴,于是夫妻双双把家回。可是,维营哪是返乡发展的料?父母给的头本和生活补贴花销完之后,日子总还得往下过。可是,农活,维营自然是不愿去"沾"的。老婆叫他去挖土,被他一口回绝:"我不会挖土!"但是,不会挖土的"农二代"维营,总还得养家糊口呀。于是成了双料"啃老族",啃了父母啃祖宗,"找到父亲在家做泥水匠用过的砖刀,用破布擦擦锈",从自家又搬了条凳子放在自家"近七百年的老屋"墙下,踏在凳子上用砖刀戳下具有历史文物价值、刻有"天历己巳端月"字样的砖,然后拿着这古董去到城里换成钞票。很快,自家有"天历己巳端月"字样的砖卖完了,便又去另外几座主人外出打工的老屋,盗换青砖当古董卖。再后来,邻居家的青砖也被他当古董卖完了,便又去盗卖邻居的牲畜。从懒汉到败家子到铤而走险行窃,是贪欲膨胀的必然走向。

伴随着人格缺失的是人性的亏损,自甘堕落、寡廉鲜耻,直至失却尊严。生为堂堂男子,最忌讳的莫过于被人家戴上"绿帽子",然而,维营为了能维持生计,竟然默认甚至放任老婆用身体引诱已经当上村主任的李虹,设局敲诈,让李虹给了维营一个水上治安委员的"官职",进了村委会,村里不仅给补助,还可以向外地来村前小河钓鱼的钓鱼客收费,可以堂而皇之地收费拿钱。

在作者眼里,维营毕竟是一个男人。是男人,看着自己的女人与人家鬼混在一起，自然会有许多情不自禁的"恶气"难已排遣，于是便有了维营偶然在乱葬岗听鬼说话的描摹——

　　"好烦！真不知道怎么办？"声音幽幽的，好像是个女鬼。鬼也有烦恼的事？也有没办法解决的事？

　　维营张着耳朵，可惜没说下去了。也没有鬼接话，依旧只有隐隐的哗哗声。

　　"别这样！"哦，又说了，好像还是个女鬼。

　　依旧没有鬼接话，还是只有隐隐的哗哗声。

　　"这里好！……草软软的！"又有说话的了，哦，好像是个男鬼。

　　"你这样急！"又是那女鬼。呃，声音有点熟？像……谁的？谁要和她做什么？

　　"你说要和他合伙办羊场，靠得住吗？"又是那女鬼。究竟是谁，似乎没有什么疑问了。

　　"靠得住！"是那男鬼，究竟是谁，也似乎没有什么疑问了……

　　听着这样的鬼说话，只要稍有点血性的男子，都会勃然而起，落实"哪天我捉住你，要你死一回"的誓言。可是，按照人物性格发展的脉络，不允许作者拔高他笔下的主人公，只能如实记录生活，"维营心里怦怦直跳。他俩！我日你们的娘！"而已。因为这下听来的鬼话，成了维营生活中绕不过去的一道坎。他不是怕得罪鬼，而是怕得罪自己要过下去的生活，一个卑怯、猥琐的"农二代"必须过下去的生活，何况"要和他合伙办羊场""靠得住！"的鬼话诱惑着他呢！

　　现实主义文学作品是真实生活的再现。黄三畅因为熟悉农村，了解农民兄弟的疾苦，对他们的窘困境遇郁结于心，《听鬼说话》正是出于一个作家的良知，直面现实，似有几分残酷地下猛药，将一个见多不怪的当代农村青年负面形象昭然若揭。其实，揭之愈深，惜之愈切，作者对维营的所作所为纯粹出于一个长辈对子侄辈恨铁不成钢的责难，是怒其不争、哀其不幸的拷问与呼吁，彰显出作家的人文关怀。

基于上述意旨，黄三畅在塑造人物的过程中，对描写对象没有一味地揭短、嘲讽，没有热衷于其人其事的噱头和八卦花边，而是深入人物的内心层面，还原一个活生生的维营。维营的那些负能量表现有其深刻的社会根源，有些甚至是不能以自己意志为转移的痼疾使然。所以作者在刻画人物时，除了涂抹暗淡的色素，还尽量浸润出一些"亮色"来。

维营究竟生活在有着传统文化虽然支离破碎却并没有泯灭的农村，骨子里还沉淀着一些朴素醇厚的美好情愫。作为男人，他有丈夫的担当和父亲的责任心，会关心照顾妻子，"把女儿当作心头肉"；挣到钱以后首先给妻子卖肉吃、买面霜，给女儿买"包装盒一律的外文"的牛奶粉。维营也有心怀恻隐的善性一面，尽管做了"内鬼"勾引外贼盗走了五匹羊，那是他以为羊"不是江伯家的，而是那牲畜屋主人的"，而牲畜屋主人的羊是可以"牵"走的……但是当得知是江伯家的以后，就有点良心发现了，"从衬衣口袋里摸出两张老人头，递向江婶"，作为补偿或是悔罪吧。维营同时也讲点义气，在担任水上治安员的任上，在阻止炸鱼的争斗中，被"红头发"暗算而负伤后，因防卫不当而投以匕首刺伤"红头发"，差点出了人命。通过调解达成协议，"红头发和维营各自负责自己的医药费的百分之八十，负责对方的百分之二十"。维营不仅能设身处地为他人着想，认为"红头发为他自己负责医药费百分之八十，凭良心说也太重了点"，还及时"到镇医院给红头发送了几百块钱，还给红头发买了两盒专送病人的补品，又向医生仔细询问了治疗情况"。这无论从哪个角度讲，都是难能可贵的。维营的本质还是不错的，在胡乱折腾屡屡败北中，没有对生活失去信心，没有破罐子破摔像一些烂仔一样走上犯罪的不归路，而是能不时反思自己，寻求出路，也经常为自己的女儿的前途考量。只不过面对茫茫大地，"以后又怎样养家糊口，是不是按原来的路数，不知道。怎么把唧唧那个农三代培养出来，至少让她有尊严地做人，更不知道"。这些情节的叙写，除了体现人物具有立体感的艺术手法以外，更侧重于主旨的诉求：质本洁的"农二代"们的出路在哪里？

维营所迷蒙的，也正是《听鬼说话》所纠结的。上演维营一幕幕悲剧的这个舞台——农村的症结，说到底是"三农问题"，深层次一点说是农民的核心价值的问题。但是，试问今日，有多少人真正关心过农民？农民种出的粮食不值钱，或者产不敷出，导致农村很多田地荒芜；维营的父母为了生存，背井离乡，跑到城市打工；"刚办了周岁酒"的维营成了留守儿童，在小学和中学被动接受单纯的应试教育，高中会考三门功课不及格，后来成为"问题青年"，这些弊端难道仅仅是维营和他的父母主观造成的？维营和李虹合伙租地种茄子，结果"失不偿得"大亏本，这种听任农民在生产经营中自生自灭的现象，有关方面是难辞其咎的。如果说农民也能得到点利好的话，也是要付出沉重代价的。维营能够当上水上治安委员得补助收取服务费，后来还可能和李虹"合伙办羊场"，竟然是要忍受戴绿帽子的耻辱，遭受在荒草一片的乱葬岗听鬼说话的尴尬与煎熬，岂不令人扼腕！难怪作者要哀其不幸了！"农二代"的出路问题，作者无能为力做答，只是望闻问切将症候诊断出来，期待高明的医家们对症下药。这，正是这篇小说深刻的现实意义所在！

文学作品创作的一个重要原则是内容决定形式，反过来形式又是为内容服务的，《听鬼说话》这篇小说就较好地做到二者的和谐统一。为了在有限的篇幅内充分表现人物的多棱角、立体面的形象，平铺直叙按人物成长的顺序肯定难以奏效。作者巧妙地从人物性格发展的转折点切入，开篇就从维营在外、在家折腾够以后何去何从写起，通过对拆卸和出卖自家老屋墙上刻有"天历己巳端月"字样青砖的细致描写，活画出一个走投无路、穷困潦倒却也顾家、关爱妻女的农村青年的真实面目。这一情节恰到好处地发挥着悬念的作用，激发读者急于去探究书中主人公的来龙去脉。读者的胃口被吊起以后，作者就舒卷自如地将人物的过去经历补述出来，再将人物后来的表现和性格变异娓娓道来：有历史文物价值的青砖卖完了，别无他法，只好做内鬼"牵"走江伯家的羊；行窃觉得良心上过不去，就放任老婆和李虹苟且，设局敲诈，捞上一官半职渔利……直到忍辱负屈听鬼说话，水到渠成，显得脉络清晰，结构严谨。

读黄三畅的作品，往往会被其中独具张力的叙述语言所折服，那看似朴拙实则简约的笔致，冷不防就叫人拍案叫绝。《听鬼说话》中，为了情节发展和体现人物性格的需要，也有几处类似床戏的描写，但是作者没有恣意拿"性事"去渲染，赚取噱头，而是寥寥几笔，含而不露，却能让读者二度创作，生发遐想，余味袅袅之余，领略出书中主人公们的甘辛来。尤其是篇末那场鬼说话，作者惜墨如金，只用"别这样！""这里好！……草软软的！""你这样急！"几句简短的道白，就活灵活现地把一对苟合的野鸳鸯一个急于求欢一个为索取而扭捏拖延的场景叠印在读者脑际，其强烈艺术感染力不言而喻。

风趣幽默是黄三畅艺术语言的又一特色，《听鬼说话》也有出色的彰显。折腾来折腾去一事无成的维营，不学无术，吊儿郎当，作者就不妨幽它一默，错用"不耻下问"，开口闭口乱掉书袋，词序颠倒，"轻而举易"就让一个"四不像"的"农二代"的形象呼之欲出。还有，"孙子也如同东山背后的太阳即将喷薄而出"；维营给女儿取了"唧唧"的名字，当别人感叹他学问好，尤其是古典文学好时，"他笑纳了"，等等，都十分生动传神又让人忍俊不禁。

　　总之，《听鬼说话》无论从思想性到艺术性都达到了一定的高度，别开生面地塑造了一个崭新的艺术形象，也给人以艺术美的享受。

　　但是毋庸讳言，这篇小说也有其不尽完美的一面。文章总体上把住了时代脉搏，竖起了一个打上当今时代烙印的艺术形象，但是作者在刻画维营这个时代产儿时，没能够准确把握其具有时代特征的言谈举止和思维特征，如果让主人公着装新潮、韩派，适当操一些哪怕同样蹩脚的网络语言，考虑问题时发散性跳跃性一点，也许更具典型性。这仅是笔者一鳞半爪的拙见而已，不足为训。

（原载《都梁风》）

视"腐朽"为神奇

——感受黄三畅"都梁十景"散文的艺术魅力

三畅近年来相继在国内一些报刊发表的"都梁十景"系列散文，是继他"农事吟"系列之后，又一组上乘之作。

实话实说，所谓"都梁十景"，虽然曾经被历代先贤极力推崇和热情讴歌，留下不少传世佳作，可是在现如今"道行"浅薄的我辈眼里，都不过一些平淡无奇甚至视为"腐朽"不经的场所，任怎样去观摩揣度都激发不出雅兴来。然而，三畅没有麻木不仁，颇具视"腐朽"为神奇的慧眼，心领神会之余，将一幅幅神奇的画图展现在我们眼前。

三畅的这一系列散文，不仅以深厚的文化、艺术功底，准确领会、通俗晓畅地诠释了前人艺术创作的意象和主旨，而且能独辟幽径，以丰富的想象，生动细腻的笔触，为我们重新塑造出生动、神奇的艺术形象。

《龙潭夜雨》是系列散文的发端之作，艺术感染力也堪称开作者此类文字之先河，姑且录数语，领略其意趣——

……我轻吟着这首诗（王昌龄的《龙潭夜雨》——作者注），

和唐君弓身进入"小洞天"。里面还较宽敞,洞顶有一人多高。我徘徊于这"小洞天"里,很感慨古人的闲情逸致,居然待在洞里听雨,一直听到"中宵"。那该是怎样一种情景呢?也许,那一夜真的下雨,是春雨。春雨潇潇,不大也不小,打在洞边的树叶上,沙沙有声;落在茫茫江面上,融融作响。江水是涨了的,水波撞击着崖壁,一卟一卟,犹如龙吟。于是听雨者在洞内待不下了,就走出洞来。却见夜色沉沉,了无边际,亦觉冷风啸啸,寒意料峭,洞前崖下的"龙吟"声也更响更急。"彻夜淋铃听雨声,寒潭顿觉碧波深"(宋·陈与义《龙潭夜雨》句)啊。于是,一种身在何处、家在何方的伤感斜雨般袭来。正不知何去何从,忽有风把咚咚的木鱼声导来,知道是崖壁后面龙潭寺的僧人还在诵经。伤感者遂顿时为之一激灵,顿时豁然清醒,身也有了立足感,心也有了归属感,身心与夜雨、与潜龙,相融相合,灵犀相通。这时候,眼睛自然清亮起来,似乎还看见亮光闪烁。是的呢,真有亮光闪烁呢。那是一艘夜行船,顺流而下或逆流而上,桅灯虽微,却也能划破暗夜的屏障,让艄公耳聪目明,绕礁避险,使船平安抵达归属……或许,有乘客知道龙潭到了,也吟起读过的咏龙潭的诗来……帮听雨者扫开阴霾浮云,助其豁达,增其逸兴。

……读着这优美的文字,宁不为作者思接千里、驰骋古今的艺术感悟力拍案叫绝?而这类奇思妙想,在系列散文中比比皆是,如一颗颗艺术明珠,赋予人以轻拂心房的历史感、叩击心扉的禅意、滋润心田的文化雨露。

作者还"神奇"地上演了一幕"穿越剧",在《宣风雪霁》中,与时为游击使后为南宋"理宗"皇帝的赵昀进行心灵沟通,探讨题写"宣风雪霁"匾额的心路历程:当伫立宣风楼上,环视四围,大地被冰雪覆盖又被煌煌太阳照耀，"寒光中蕴暖流，朔风里藏煦意"，"新鲜感豪迈感油然而生，心情也变得既平和又宽容起来"，觉得小城到处传递着一种升平的气息，营造着一种谐和的氛围。作为宋皇室成员的赵昀，自然是希望社会安定和谐，人民安居乐业。在宣风楼上看到的景象，正与自己的心意相符的，于是吩咐手下拿文房四宝来，略一思索，然后铁笔银钩，"宣风雪霁"一气呵成，后来制成牌匾挂到楼额上。

作者还对这些形象进行理性的思考，倾注了一位热爱生活、迷恋家园赤子的柔情，演绎过程中，亦庄亦谐，相映成趣。在《法相洞天多斯文》中，描述摩崖石刻后有一段文字：人们"一进入'景区'，就会看到这一方石刻，由是有些人潜藏在心底的对自然和他人的轻佻，就该会收敛一些的。我是个佛盲，但即使只从字面上理解，八句偈语也能振聋发聩，让我有所畏惧，让我为人整肃，不敢妄为。"字里行间，莫不折射出作者端庄而淳朴的心灵！而《渠渡晴岚》中，作者表白："须申明的是，我绝不是鼓吹修庙。我只是说，世上任何事物，都是不应该缺了那种类似灵祠、灵幡一类的东西的。"则给人以哲理的警醒。在《龙潭夜雨》中，说到景物不再时笔调却变了："虽说'世易时移'，这龙潭的自然景观，应与王昌龄时代、与陈与义时代、与陈鎏时代基本相同的，只是人变了，不把'景'当作'景'了，或者，没有心情来赏这种景了。偌大的中国，旧时有多少'八景''十景'，而今都道'风光不再'，庶几皆是这个原因吧。"透视出作者对当今人们缺乏保护风景名胜意识的愤懑和人们文化品位今不如昔的忧思。

在《云山晴晓》中，说到厉以宁教授赋云山的诗时："厉先生……把云山和匡庐作了比较，认为'遣闲'莫如到云山，作为经济学家，他大概算了'经济账'的。"欣喜、赞佩之余不忘幽厉教授一默。在描写渠渡庙时，"右首边门的门楣上，居然还岌岌可危地立着三尊雕像，他们还在尽职尽责地坚守岗位，大有'人在阵地在'悲壮感。"教人忍俊不禁之余，还会发出莫奈其何的沉吟。

　　总之，读这一系列散文，不仅是一种美妙、神奇的艺术享受和心灵的陶冶，增进着人们对山河壮美、文化底蕴深厚的家乡的自豪感，也是一次对作者的体悟，让我们更全面了解到一位纯文学作家执着追求和炉火纯青的艺术技巧。

（原载《都梁风》）

度尽劫波兄弟在

——评长篇小说《黄埔兄弟》

长篇纪实性小说《黄埔兄弟》（熊烨、朱若松著，湖南人民出版社，2013年9月）描述了抗战和解放战争期间一群黄埔军校底层军官的成长和奋斗过程，为我们展现出一幅近代中国风云变幻的生动历史画卷。作品以写实的手法，以"中国陆军军官学校第二分校"即黄埔军校武冈分校为背景，塑造出这些热血青年共纾国难英勇抗战的集体群像，从而讴歌了中华优秀儿女的忠贞情操，同时流露出对兄弟反目同室操戈行为的叹惋，也表达了作者对中华一家亲、兄弟同心其利断金的美好愿景，读来给人既有一种回肠荡气的壮阔感，又别具一番缠绵缱绻的情怀。

小说其实是人说。坚持现实主义典型化创作原则的小说，就是需要塑造出典型环境中的典型性格。《黄埔兄弟》较好地把握住了这一原则，把这群底层军官中的两位典型代表——张光武和苏四光刻画得有血有肉，栩栩如生。

张光武和苏四光是一对生死之交的异姓兄弟，两人有着共同的特质，自幼资质聪慧，勤奋好学，学习成绩名列前茅；都有一腔爱国热血而志趣相投，国难当头时，毅然投笔从戎报考军校；也不乏磊落胸襟，大敌当前，能捐弃前嫌，相互切磋琢磨，苦练杀敌本领，比武场上难分伯仲；尤其是都有大智大勇，出类拔萃，敢于高呼"好男儿杀敌去！"宜昌血战威震敌胆，雪峰会战共立奇功……这些都是那个特定时期的中华优秀儿女真实而生动的写照。

但是，这两个人物又各具特质，作者通过独具匠心的艺术表现手法，很有立体感地将他们树立在读者面前。人物的个性特征，有其自身的禀赋与气质差异，也与他们所处的特殊环境的熏染是分不开的。张光武出身贫寒农家，为人光明磊落，不卑不亢，颇富正义感，生性善良、憨厚，对自己兄弟不设防；而苏四光是富家子弟，风流倜傥，豪爽儒雅，不甘人后，颇富同情心，恩义分明，却不乏精明狡黠，工于心计。

作者正是捕捉住人物的这些细微的个性差异，把他们放在特定的历史环境中考量、磨合，不可避免地会演绎出一幕幕慷慨激昂的悲壮场景，也难免发生令人叹惋的恩怨情感交锋，读来别开生面。诸如：贫寒子弟张光武激流中勇救富家少爷苏四光的善举；苏四光抛开门户之见与光武义结金兰的佳话；张光武为大众利益不畏权贵敢与苏家打官司的举措和与为富不仁的苏四光划地绝交的义愤，张光武为四光与自己同具报国志趣考军校而捐弃前嫌兄弟握手言欢的义举；以及在拼刺刀的比武场上因四光使诈而引发械斗招致双双关禁闭的憾事，还有苏四光多次暗中搬弄是非离间光武与尹寒梅而最终取而代之的龃龉等等。

作者在演绎故事的过程中，特别注重对特殊环境的渲染，强调社会环境对人物成长至关重要的因素，所谓"近朱者赤，近墨者黑"。

张光武贫寒出身，容易接受代表劳苦大众利益的进步思想，他退学后去表叔刘布谷的纸厂打工，受过塘田战时讲学院一些进步人士的影响；考入军校后，深得李明灏将军的器重，耳濡目染着将军"要为国家尽大忠，为民族尽大孝"的正能量,因而时时处处表现出一身不屈不挠的凛然正气,才有卓越的战功,石下江一枪打下岩鹰震慑匪首张云卿,宜昌血战中一举干掉十一个鬼子,游击战中显雄威,带领军民抗敌再创"武冈城墙盖天下"的奇迹,继而又为解放家乡把红旗插上武冈城而改写历史纪录⋯⋯这一切,无不彰显出一个进步青年铁肩担道义的英雄形象。

而苏四光这个人物,也与他所处的复杂环境是分不开的。他出身富有家庭,为维护所属阶层的既得利益,患得患失,曾经站在父亲一边弹压抗旱放水的乡民。基于这一局限性,他势必寻求既得利益的保护伞和靠山,以达到出人头地,飞黄腾达的目的,因而在军校学习和当教官阶段,投入军统安插在军校的钉子、政训处长张泰祥和王超等人怀抱,牢记自己是黄埔军校校长蒋委员长的学生,效忠党国,凡事无不散发出一股陈腐的功利气息,以致在有悖正义的道路上越走越远。对于出生入死、把他从激流和鬼子刺刀下救出来的兄弟张光武,常怀戒备之心;甚至在和平解放长沙时,罔顾兄弟情分,暗藏杀机⋯⋯但是,他又有人性化的一面,在中华民族传统文化的熏染下,在李明灏将军开创的黄埔军校崇尚的民族大义的氛围中,他的良知并没有完全泯灭,所以,在解放武冈的战斗中,他处在极度的矛盾、彷徨的境地,一方面希图为党国挽回残局,欲撕破脸皮与张光武反目成仇,和解放军兵戎相见决一死战;另一方面又难下置家乡父老的安危和生死之交的兄弟情分于不顾的决心,也不忍心过分刺痛爱妻的心,于是只是为了"对历史有个交代",才勉强部署城防工事,才对光武兄弟抛上城墙的卤菜闷声受纳,也才对喊话的妻子枪击手指而"留下刻骨铭心"的伤痛,最终丢开阵地,化妆潜逃出城,投奔台湾。

作者还有分寸地把握住民情风土对人物成长的诱因。作为黔巫要冲的武冈,民情淳朴,民风彪悍,这里的人民素有"蛮子"之称,处身这一氛围中的主人公,不可避免地浸淫着一股不甘人后、坚毅顽强的"蛮气"。

作者笔下的武冈名吃土特产，诸如水南桥米粉、铜鹅、卤豆腐、扶冲米花等等，更加氤氲着一股股扑鼻的醇香，诱人胃口大开，食之唇齿留香，终身难忘。有如此美味佳肴，才有黄埔弟子在品尝的过程中增进情谊；才有时过三十八年后苏四光回归家乡时，一时竟忘了与黄埔兄弟聚首的要义而陶醉在卤菜摊前忘情饕餮的镜头；也才激起他乡情勃发表达了投资办铜鹅食品卤菜厂的意愿。

随着一群黄埔兄弟相聚的特写镜头定格在中山堂前，演绎了半个多世纪的历史情感剧徐徐降下帷幕。掩卷遐思，百感交集。度尽劫波兄弟在，相逢一笑恩仇泯。作品所展现的其实就是国共两党在20世纪中合合分分、磕磕碰碰、恩恩怨怨的一个缩影，她揭示了一个朴素的真理：中华一家亲，打断骨头连着筋；民族团结、祖国统一的历史潮流不可阻挡！

总之，《黄埔兄弟》通过对一个个具有"这一个"特性人物别出心裁的发掘，开拓出一个崭新的创作领域，堪称中国第一部描写黄埔军校底层军官的力作。

毋庸讳言，作为一部文学作品，《黄埔兄弟》还存在着一些美中不足的地方。作者在表达人物情感意志品质的叙述中，创作理念有点陈旧，有未能免"阶级斗争"观念俗套之嫌，有悖人性化、人情味。在展开故事情节的写作过程中，运用环环扣紧、悬念迭生技巧不够娴熟，有碍读者爱不释手的兴致。同时，个别地方遣词造句失于严谨、精准，影响可读性。然而，终究瑕不掩瑜，这是一部值得向大家推荐的佳作。

（原载《邵阳日报》）

绿叶对根的情意

——读李潺《紫红的山花》

我和李潺先生素未谋面，却久闻大名，如雷贯耳。此前，以他对书画艺术精深的造诣和在国内书画艺术界的显赫名声，我总觉得他有点高不可攀的架势。可是，当我有幸拜读着他的散文集《耕云种月》时，仿佛他已走下了我潜意识为他构筑的神坛，极为平凡地站在我的面前，与我进行着心灵的沟通。文如其人。该书《文华种月》集子中的很多篇什，其实就是先生作为一个游子家乡情结的真实写照，让我们窥见了先生情系故土的赤子之心，而其中《紫红的山花》更是以细腻的感情、朴实的笔调，表达出绿叶对根的深情厚意。

《紫红的山花》是作者为纪念已故四十余年的姨外婆而写的一篇佳作。

文章的主人公姨外婆刘翠姣是个农村劳动妇女，并且地位低贱，八字命运也似乎极差，年轻时被两任丈夫或虐待、或轻贱，被逼三易其嫁，一辈子膝下无亲生子嗣。然而就是这样一位极普通的草根人物，作者却倾注着满腔的热情，为其树碑立传。言为心声。作者将自己置身于普通的劳动群众之中，以磊落的胸怀，崇尚真善美的良知，独具只眼去发掘被平凡生活湮没的金子。

姨外婆不逆来顺受，敢于与命运抗争，是人生的一大亮点。她不仅以不屈服第一任丈夫的淫威而逃婚的行为，改变着自身的命运；而且当乡邻在遭遇天灾人祸时，带头捐助，还主动上百家门前代为募捐钱物，具有"天塌了，我翠婆也为你们顶"的豪迈担当，激励着他人从困境中崛起。

姨外婆把与人为善作为自觉行动，成为习惯，成为生活中的重头戏。她大爱无边，把丧父的孤儿抚养长大后又送给他人为嗣；她常常比"家务长"还尽职尽责地为邻里操心劳力，为了操办别人结婚闹洞房的喜事，忙里忙外，以至通宵达旦；她善解人意，想他人之所想，丢下自己的功夫，多次陪同"我"去四乡八邻采风，搜集民歌；她慈悲为怀，救苦救难，敢于为寡妇消弭因寂寞而闯下不堪启齿的横祸，力避众议，组织人员送去医院抢救，等等，无不折射出一个劳动妇女的崇高灵魂！正因为如此，一个改嫁多次且生理上有缺陷的"远乡婆"，不仅没有受到歧视和排挤，反而理所当然地受到乡邻们由衷的尊重与爱戴，方圆几十里范围内无人不知晓文家的秀婆，每到一个村子，人人亲昵地与秀婆婆打招呼，连狗都只要一听到是"秀婆婆家的客"，也"吠声停了下来"；姨外婆因触雷电不幸逝世以后，周围二三十里地的人无不悲痛，成群结队前去灵堂吊唁，送葬的队伍从茶江排到文家，将近两里路长，好像送别一位伟人！

血浓于水，作者受姨外婆伟大人格的感召，也表现不俗。当第一次听到姨外婆回娘家诉说没有亲人去看望而受孤寂的苦衷时，他就自告奋勇做出承诺，身为生活在大城市的年轻大学生，不辞跋涉之苦，一天步行一百二十多里山路，去偏远的苗家山寨看望亲人。作者是个性情中人，自打受到姨外婆和苗家人的真诚相待以后，就爱上了苗家人，迷上了苗家传统文化，于是自觉放下架子，多次深入苗寨采风，为发掘和整理民间传统文化遗产辛勤奔波。

时隔近半个世纪，姨外婆生前的音容笑貌犹在眼前耳畔，姨外婆的生前壮行和善举依然记忆犹新，可见李潨先生对亲人缅怀之情的深切。读罢大作，掩卷遐思，我觉出先生并不只是为纪念而为文，而应作如是观：是姨外婆伟大的人格力量激励着先生奋发有为而发自肺腑的感激！人们看到，先生来到姨外婆坟前摘下两朵紫红色的山花珍藏在民歌手抄本里，也把以姨外婆为代表的普通劳动人民的形象永远印在心里，陪伴着自己跨越一个个人生的高度。先生虚怀若谷，在成才的道路上，自觉将自己划归普通劳动者族群，把根扎在最底层，吸取劳动人民精神养分和艺术精髓，终成大器，如一棵枝繁叶茂的大树，展现在人们的视野里。可是人们在仰视他的累累硕果时不难发现，他这几十年来在书法艺术上斩获的一项项桂冠，无不浸透着刻苦磨炼、不屈不挠顽强拼搏的汗水与心血；据我所知，他曾把自己大量传世的书画艺术作品和珍贵文物捐赠给家乡，又曾呕心沥血不计酬劳主持修编《都梁文钞》等家乡典籍，无不是大爱胸怀的体现。——这一切熠熠生辉的光环里，又无不彰显出姨外婆人格力量的魅力！而姨外婆人格力量，其实就是中华民族传统美德的生动写照。

绿叶对根的情意越真挚、深切，根赋予绿叶的越甘甜、丰厚！

（原载《都梁风》）

十二年之痒

——《血祭野人山》从写作到出版追忆

　　早在20世纪90年代末，我在双牌乡钟桥小学教书时，有一位老人经常来学校向我借阅报纸，尤其喜欢看可读性和资料性较强的《文萃》周报。为了便于阅读，他把报纸用竹片做的报夹逐一夹好，读后又定期退还给我，关心时事和爱惜书报的嗜好都令人感动。这位老人就是长篇纪实文学《血祭野人山——一个中国远征军老兵的自述》中的主人公之一胡子龙。他是我的一个远房表叔，就住在离我家仅3华里远的滔溪村狮公井。当时，老人已经八十多岁高龄，虽然饱经沧桑已鬓发霜白，清癯的脸上沟壑纵横，却也精神矍铄，耳聪目明，思路清晰，嗓音洪亮；作为一名因当过国民党军官曾经被长期管制的人员，他能审时度势，做到从容淡定，乐观豁达。因了颇具传奇的经历与其无可挑剔的人品，老人在我们当地崇尚传统道德的人们心目中，颇受敬重。

　　1998仲春的一天，胡子龙老人把自己撰写的一份3000余字的回忆录手稿给我看，希望我给他润润色。那是一份繁体竖写毛笔行楷手稿，简要记述了他从读书到当兵的经历。我对他记述随中国远征军赴缅甸抗日、后来被逼溃退野人山那段艰苦卓绝的经历很感兴趣；后来又多次与他交谈，启发他的记忆，了解到更多鲜为人知的历史资料和可歌可泣的动人故事。我为其中因政治倾轧而导致中国远征军第一次南出国门抗战遭受惨败的史实深恶痛绝，却对远征军将士精忠报国英勇杀敌的精神深表敬意，更被将士们在败退野人山后与大自然殊死抗争、与野蛮激烈搏斗、与邪恶做生死较量的顽强意志震撼着心灵，于是萌发了写一部纪实文学作品的念头。

我对老人说出了这一想法，他自然十分赞成，并且满怀期盼在有生之年能看到亲历的远征军故事整理成书，向世人昭示中国军人的伟大民族精神和不屈不挠的战斗意志，以传后人，以告慰远征军兄弟姐妹的在天之灵。

我又将创意告诉几个朋友，大家都很赞成，尤其是通俗文学作家钟连城表示，只要我的书稿达到出版的标准，就帮我带到广州出版社去，争取出版发行。我得到大家的支持后，创作热情陡然高涨，向学校请了两个月的创作假，并自费请人代课。在创作的过程中，钟连城给予我很多帮助，和我讨论书稿的构思框架、内容和技巧，书名《血祭野人山》也是他为我取定的，并且借了一些史料性的书籍供我参考。在他的帮助下，我比较顺利地将初稿写完，约25万字，后来又托他将书稿带去广州出版社，并代我签订了出版合同。签约后，根据出版社的意见，我又将初稿修改了一遍，将第三人称的叙述手法改为第一人称，并充实了部分内容。当时没有电脑，全靠用钢笔正楷边修改边誊写，为了赶在合同期限——1998年7月30日之前完成修改稿，几乎达到夜以继日，废寝忘食的地步。

但是，由于当时国内媒体对国民党抗战历史的正面宣传不如今天这样开放，该出版社对中国远征军入缅作战的史实报道也存在一定顾虑，所以未能如期出版。后来，虽然气候解冻，某编辑却压着稿子不做处理，几年中，经我与钟连城多次与之交涉，甚至敦促其将书稿退给我，都未作出切实答复，这一拖竟然就是十余年。

十多年来，我为自己花费了大量心血而写成的书稿被埋没、羁押，就像比疼痛还叫人难耐的奇痒，无时不撩拨得我莫名的苦闷彷徨，却又无可奈何。更为没能兑现对胡子龙老人的承诺而寝食难安。据说老人在弥留之际，还念念不忘这件事，却只能带着眷恋与遗憾于2002年与世长辞，享年八十八岁。

值得庆幸的是，该书稿辗转了11年之后，终于在2010年1月由广东省出版集团花城出版社正式出版发行，以胡子龙为代表的一批中国远征军将士的民族大义终于得以昭彰。只是很遗憾，《血祭野人山——一个中国远征军老兵的自述》一书的著作者署名有张冠李戴之误。也许是巧合，也许是胡子龙们在天之灵有知使然，是年8月3日，正是中国远征军幸存者们68年前走出莽莽丛林野人山的时日，我在互联网上偶然发现了这一署名的错误。

这一明目张胆的侵权行为就像一只利爪，把我的奇痒撩拨得火辣辣地疼痛起来，于是我愤怒了，为了给自己艰辛的劳动成果讨个说法，决计走上维权之路。

我的维权行为得到了广大文学界的老师和朋友在道义上的大力支持。著名作家鲁之洛老师在第一时间里为我伸张正义，首先向侵权当事人打电话核实，批评其错误行为，接着向花城出版社负责同志反映情况，然后又在自己的博客上发帖揭露。花城出版社在不知情的情况下出版该书，没有直接责任，可是该负责同志接到电话后，立即召开中层以上干部会议，表示一定要严肃处理这一剽窃行为，为原作者讨回公道，并通知当事人做好应诉的准备。

与此同时，我将该书创作经过和被侵权的处境等内容写成一份备忘录式的文字，贴在"武冈人网"文学栏目上，立即引起强烈反响。广大老乡网友除了跟帖从道义上支持我之外，还纷纷将我的帖子转帖在全国各大网站，还有很多朋友特意注册了当事人所在的网站，贴上我的帖子，跟帖敦促其改恶从善。一时间，声援我维权的热潮一浪高过一浪，以至在百度上一搜索"血祭野人山"一词，就有上千条声援我和揭露、批评对方当事人的条目。真可谓：公道自在人心，网络伸张正义！

在这种铺天盖地的讨伐声中，当事者一方招架不住了，很快和我取得联系，要求我立即去广州协商，尽快解决问题。

我应邀去了广州，了解到这次剽窃行为真面目：出面与我交涉的当事人有点冤大头之嫌，虽然他为了沽名钓誉不惜冒剽窃的风险很不应该，但是他以为另一个当事人征求了我的意见同意将书稿出卖，更没料到他付出的稿费我一分钱也没得到。这个年轻人敢于承担责任，向我赔礼道歉之余，愿意赔偿我部分损失。秉着与人为善的态度和得饶人处且饶人的道义原则，鉴于当事人知错能改的诚意，我放弃了与之对簿公堂的打算。承蒙花城出版社出面协调解决，将该书的署名权和版权归属于我，重新和我签订了出版合同、重新申报版权，并于今年2月通过修订，增添了胡子龙回忆录手稿影印件、序言和后记，以我的名义第二版第二次印刷发行，由全国新华书店经销。

知恩图报是人的良知。为了感激胡子龙生前传给后人一份弥足珍贵的精神遗产，告慰老人的在天之灵，在该书版权纠纷尘埃落定之后，我于去年8月底特意去了一趟他的故乡，向其家人通告了这件事，并且承诺出资为老人修筑坟台，刻碑纪念。清明前夕，我又回去具体落实了经费，并亲自用电磨为老人镌刻大理石墓碑。碑文为："中国远征军战士胡公子龙之墓。"联曰：

铮铮硬骨驰骋疆场，
巍巍忠魂气贯长虹。

（原载《武冈报》）

抗战“雷剧”及其他

日前各类媒体对于手撕鬼子、手榴弹炸鬼子飞机之类的“抗日雷剧”口诛笔伐，余波未平，眼下又有雷剧干脆堕落到编造出女八路遭一群鬼子强奸后，腾空跃起连发数箭使几十名“鬼子兵”接连毙命的雷人场景，还有让抗日战士从裤裆里掏出手榴弹投向敌人阵地的……

无独有偶，除了抗日雷剧，还有一些以现实生活为题材的电视剧，也有“雷人”之作。日前间或浏览一部写现代农村题材的电视连续剧，偶然被一处细节雷倒了。剧情演绎的是集体化时期，上级为了防止农民的“资本主义自发思想”，限定每个家庭只准养一头公猪，不许养母猪。这个细节雷就雷在编剧人员根本没有农村生活经验和常识，又不虚心向农民请教，结果严重失实。其实，根据剧情得知，“上级”限制的不是具有繁殖能力的母猪，而是限制普通的肉猪数量。可实际情况是，无论是“原生态”的公猪还是母猪，都不能作肉猪饲养，而是都要经过阉割处理，使之丧失繁殖能力才长肉注膘。

无独有偶，除了雷剧，还有雷“小说”。我的案头以前有一部“新锐”之作，说的是“中国”和“日本”为了一件国宝级玉菩萨展开殊死较量，鬼子为了将国宝抢到手，惨绝人寰地屠杀了30多万我中国同胞，制造了与南京大屠杀同级别的惊世惨案，雷得人瞠目结舌之余，惊诧于此等超级惨案为何六七十年后才首次披露？国家为何不将此次惨案作为第N个爱国主义教育内容提振民族精神？掩卷稍思，原来是作者毫无生活常识杜撰出来的无稽之谈而已！

又无独有偶，近日陪老伴看一个叫《××求爱记》的都市生活喜剧片，其中有个雷人的"童话故事"：一位像清洁工一样的老人倒在地上，一批批路人熟视无睹地绕道走过，某医院一心地善良爱管闲事的医生却将其背到医院抢救，还替老人付了医药费。"清洁工"原来是身家数亿却孤身一人的公司董事长，在医生背起他那一刻起就做好了将全部家业托付给医生的决定。这类只有在格林童话之类书籍中屡见不鲜的情节，一旦搬到现今中国的城市现实生活之中，无论多么"戏剧性"，都会令人吐槽不已，鄙夷其只能模仿"天方夜谭"的拙劣伎俩。

这些遭万众吐槽的雷剧、雷小说，除了暴露出那些编造者们创作态度不严肃、胡编乱造、不尊重历史、过度娱乐化的"软肋"以外，还晒出了这些人文学艺术素养低下，不懂现实主义文艺创作基本规律的"胚胎"。

作为以现实主义为特征的文艺作品，包括革命战争题材、现实生活题材，与戏说历史、穿越时空之类作品的最根本的区别在于生活的真实性，离开现实生活的根基，就是无源之水、无根之木。诚然，现实主义创作原则需要源于生活，高于生活，可绝对不能异想天开地去胡乱拔高，不能臆造出神一样、偶像化、假大空之类的文学意象来，否则你的作品去贴上超现实主义、魔幻现实主义或者童话的标签好了！细节决定成败，这一断语尤其对于文艺作品至关重要。文艺作品中的细节，是指描绘人物性格、事件发展、自然景物、社会环境等最小的组成单位。细节描写要求真实、生动，并服从主题思想的表达。一部文艺作品如果塞进了一些手撕鬼子之类的细节，就像一桶鲜嫩美味的豆腐浆里掺进了一滴盐水，豆腐浆顿时化为浊水，前功尽弃。难怪一些抗日雷剧被禁播，一些雷小说被丢进垃圾堆，这是重要原因之一。

（原载《武冈报》）

附录：

壮士悲情血泪战史

◇ 陈应松

长篇纪实小说《血祭野人山——一个中国远征军老兵的自述》由花城出版社出版后，即引起了广泛关注。这部以一个中国远征军老兵胡子龙自述的第一人称纪实小说，把我们带回到了中国远征军赴缅抗日的峥嵘岁月。十万远征军入缅作战后，节节败退，作为友军的英军为保存实力，不与中国军队配合，总指挥史迪威将军和司令长官罗卓英竟丢下千军万马，只身逃往印度。而日军逐渐占领了中国的南大门畹町，逼近腾冲，于是远征军最后一条归国之路被切断，剩下来的远征军官兵，像无头苍蝇进入了近600公里方圆的野人山，开始经受这称之为"中外战争史上最为惨重的大撤退"。

作者采用了边写远征军在野人山遭受旷世磨难的经历，边插叙远征军历史，以及远征军何以沦落至此的原因，抽丝剥茧，层层展开，让真相大白于天下。这种叙述方式有悬念感，极大地满足了读者的阅读期待。作者将这些无论是善还是恶，无论是英雄还是狗熊的人物，进行身世的回溯，让人们看到当年抗战史中鲜为人知的另一面。每个人的命运，都与那个时代息息相关，被裹挟者有之；自愿者有之；投机者有之；舍身成仁者有之。害死几个战友的陆培林，骁勇善战的邓君林，忠于上司且英勇无畏的黄强，被称为"浴血天使"的徐芝蓉，黄保旺与刘玉芳的爱情与牺牲，为不连累战友而饮弹自尽的连长李楚祥，曾经残酷对待中共的冷面杀手、后来却自知罪孽深重做了些好事的军统特务袁家骅，以及那个军中阔少戴斌，都塑造得丰满生动，人物众多，堪称群像，这是一组用小说雕刻起来的中国远征军的巍巍碑石，每个人都充满了传奇色彩，惨烈至极，或生或死，都透着一股民族的悲壮之气。我们看到了丰富的二十世纪四十年代的中国生活，特别是政治和军事生活，还有大多为农民子弟的士兵的底层生活。不管怎样，这群有数万之众的男女终于走到了一起，演绎了这场惊心动魄的"血祭"。

就像作者所言："野人山，吃人的魔鬼。"野人山其实是中、缅、印三国交界处一座原始山林，是一些未开化的土著民族的聚居地。作者借主人公之口形容这是一群人面狮身的妖孽。胡子龙们进入野人山之后，由于饥饿和迷路，"走着走着，就见有人跌倒在地，再也爬不起来。沿途，仰着的、趴着的、侧着的、蹲着的、歪在树苑下的、栽在坑沟里的，随处可见。巨大的红蚂蚁们，簇拥而上，尽职尽责地剜皮剔肉，给死去的兄弟们进行'地葬'；蛆虫、苍蝇们手忙脚乱地把死者制造成一堆堆黑色的土末"。真是读之让人头皮发麻，寒噤连连。其实岂止是自然环境的恶劣，还加上日军和缅甸义勇军的追袭与偷袭。我们在作者所描绘的地狱般的环境中，感受到了战争的残酷。这群被世人遗忘的士兵在进入似乎永远也走不出的迷宫中，煮马骨，吃皮带、皮鞋，一排一排地倒下，却有更多不肯倒下的士兵，为了回到祖国，踏着战友的尸体，穿越迷失之途，为寻找一条能够走出的路，男兵们，被女野人掳去，女兵也会被男野人抢去。作者描写的每一个场面都惊心动魄，震撼人心。

　　这部小说的铺陈显示出相当的技巧，穿插叙述游刃有余，灵活多变。作者笔力强健，激情充沛，写得大气磅礴，浩荡淋漓，具有一种写民族悲情英雄的较高能力。如此在国内国外险恶的自然环境和政治倾轧中，为了民族大义和国家生存的这一群衣衫褴褛的士兵，在几乎被人遗忘的征途中，为了生命的尊严而向死亡挑战，因此小说具有了广泛的意义，它虽是一次战争的书写，但却是一部关于人生、关于命运与生命讴歌的壮怀激烈的哲理寓言和黄钟大吕。这是一段我们民族无法忘却的记忆，不应该湮没在历史的丛林里。面对如此严酷的、令人绝望的生存环境，一个人究竟要经受多少磨难，要有着怎样的对祖国和人民的爱与忠贞，才能够走出这涂炭生灵的凶山恶水，走出这死亡紧逼的高山密林？就像海明威在他的《老人与海》中所说："人不是生来要给打败的。你尽可以消灭他，但就是打不败他。"这也是这部小说给予我们的壮阔启示。

《血祭野人山》黄三丛著，花城出版社2011年2月版

（原载《文学报》）

一曲扣人心弦的绝地悲歌

——评黄三丛长篇小说《血祭野人山》

◇ 周玉柳

战争题材的文学作品之所以受到欢迎，重要原因是战争能够检验出真善美假丑恶。

人性中任何美好闪光的东西，任何丑恶肮脏的东西，都会在战争中暴露出来。《血祭野人山》以1942年中国远征军从缅北撤退进入野人山为主要题材，采取纪实性手法，通过主人公胡子龙的回忆，描绘了中国远征军在这一特定的自然环境中的特殊的生存状态。血与火、生与死、原始与现代、人道与人欲、精神与肉体、纯洁与邪恶，等等，在这里得到淋漓尽致的展现。

当我们跟着作品的主人公胡子龙一路走来后，我们会被作品中所展现的惊心动魄的场景所激动所震撼。这是一个无人知晓的世界，是一个神秘与令人恐惧的世界。作品以历史与文学的双重功能，展示了特定的美学与文化的价值。

首先，特殊的历史事件让读者感兴趣。中国远征缅甸，这是一件多么重大的历史事件；是一件值得中国人骄傲的历史事件；然而它又是一件令人黯然神伤的事件。1942年初，中国组织10万军队，进入缅甸开展对日作战。

　　这是中国第一次以这么大的规模到境外抗日，然而这次远征，由于各种各样的原因，特别是英军的背信弃义提早撤出战场，使得中国军队举步维艰。在经历了同古、平满纳与曼德勒会战之后，不得已而转入大撤退。按照计划，一部分转入印度，一部分回国。新22师原拟抄捷径转入印度，然而由于恶劣气候，导致河流猛涨，军队被迫改道野人山，演绎了一曲扣人心弦的绝地悲歌。作为一部战争题材的作品，描写战争场景是它的基本功能。作品开篇就展现了一幅血与火的激战，新22师在曼德勒伊洛瓦底江西岸与日军的战斗场面，作者以精彩而又简短的文字描述了参与激战的中国军人的高昂士气，从一般战士、基层指战员、到师长廖耀湘，都充满着激烈的战斗情怀。此后，断断续续对这类战争场面进行描述。我们可以看出，作品的立足点和兴趣主要在野人山，所以战争场面的描写是次要的。但就是在很少的笔墨上，我们仍然可以看出作者对战争本质、场面、人物、事件的精确、形象、生动与深刻的把握。着墨虽然不多，但是远征军英勇无畏、同仇敌忾的精神风貌与英雄气质跃然纸上，为我们整体把握这样一种历史事件创造了条件。

　　其次，特殊的自然环境引领读者探秘。《血祭野人山》将环境推到前沿阵地，将险恶环境与人的斗争当作主线来描绘，让我们看到了在恶劣的自然环境下人类生存的困难与无奈。野人山位于中国、印度、缅甸之间，是一片方圆五六百平方公里的原始热带雨林，危险重重。

　　据有关资料，10万远征军死亡达到5.8万人，其中大部分不是战死在沙场，而是无辜地死于莽莽野人山。为什么区区一座野人山，会让那么多中国军人客死异乡？这就是恶劣的自然环境使然。作品以胡子龙的亲身经历，逐渐展现了中国军人进入野人山后的种种遭遇。野人山的危险是多方面的：河流、峡谷、沼泽；蚊蝇、蚂蟥、吸血蝙蝠、蟒蛇；与世隔绝的原始部落克钦人；以及饥饿、疾病等，随时都可能要了人的生命。刚进入野人山的边沿，洪水猛涨的河流就夺走了9位勇士的生命。一进入野人山，就遭到山蚂蟥的进攻，曾祥欣全身被55条蚂蟥叮咬，随即又遭到蚊蝇的侵袭，中毒死亡，死亡后，战友们将其埋葬，又被蚂蚁从地下挖出，掏吃一空。到了野人部落后，野人们的原始文明与军队的现代文明构成冲突，大胆的性暴露、性骚扰，让人匪夷所思。韦思乐被野人抓去，被强迫后死于非命；胡子龙也被三个野人抓去，被一个假野人救出。军队误入克钦人设计的8字形迷网阵，怎么也走不出。明明看到的是一块绿色树皮，可是靠近的时候却是一条巨大的蟒蛇。当他们欣欣然走进一块巨大的开阔地以为走出了莽林的时候，却发现自己已经陷入沼泽。几百人、上千人在沼泽边沿无缘无故地死去。野人山对于中国军人来说，就是一座坟山。

第三，特殊的人群让读者牵怀。展示中国军人在恶劣的自然环境中的感情、爱憎、思想、精神始终贯穿整个作品。作品描写的是一群战败而撤退的中国军人，一群对热带丛林一无所知的人们。当他们最初进入野人山的时候，他们不是怀着恐惧的心理，而是怀着喜悦之情，他们甚至沉迷于野人山的美。随着死亡、疾病、饥饿的不断降临，巨大的恐惧笼罩着将士们，人性开始裂变，一些军人丧失了基本的道德准则，只图自保，对他人的生死视而不见。在一条河边，一群男军人和十多个女军人，男人们脱光衣服扔下女兵泅水过河。凡是能够吃的东西，都拿来充饥。廖耀湘吃了周朴的变质的熊掌，两天不能进食。生存成为第一要务，但是美好的有情的生存仍然是主流。张志忠、张志仁是一对堂兄弟，张志忠感染了疟疾，自己的药早被雨淋坏，没有了药吃，生命处于危险之中，堂弟张志仁知道后，要将自己的药给他吃，他不肯要，两人为此争执不让。杜聿明将军的警卫连长常玉山谎称自己多一份药，将自己唯一的一份药给了张志忠，然而，"天有不测风云，人有旦夕祸福"，第二天常玉山就病倒了，而且病得很厉害，由于没有药，又不肯吃军长的药，不久死去。生死之间的这种高尚情怀，正是中国军人的精神。作者在描写这种精神时，并没有浓墨重彩，而是轻描淡写，但是人的精神面貌跃然纸上，令人感动。袁家骅是上海一个普通工人的儿子，在一次英雄救美后，被吸收加入蓝衣社，是一个有知识的大打手，杀人不眨眼，制造了綦江事件，一百多学生被无辜杀害。他受戴笠的派遣进入中国远征军，目的是监视卫立煌，但卫立煌并没有成为远征军总司令，所以，他的任务也就自然取消。他误食一种野果，醉死过去，被胡子龙救起，经历了生死顿时彻悟，向胡子龙吐露了自己的真实身份，决心重新做人。当远征军陷入克钦人控制的大峡谷时，他为架藤桥，遭到克钦人的围攻，坠崖而死。他用自己的死架起了一座藤桥，表明了自己忏悔的心迹。作品还描绘了黄宝旺与刘玉芳朴素的爱情，让人在残酷之中感到美好的喜悦。

作品在表现手法上，采用第一人称叙述，娓娓道来，给人以亲临第一现场的感觉。在人物描写与塑造上，采用白描手法，往往一个小小的场景，简简单单的几笔就可以将一个人物的性格勾勒出来。语言上，使用了一些邵阳的方言土语，读来让人倍感温馨，也增强了小说的可读性与真实性。当然由于作者经历等各方面的原因，小说也有一些不尽人意之处，比如一些自然环境场景的描写还不够精确，叙述有些地方也显得松散。但是不管怎么说，这是一部值得一读的好作品。

（原载《邵阳日报》）